10|18
12, avenue d'Italie – PARIS XIIIe

Du même auteur
dans la collection 10/18

La plume du corbeau, n° 2307
Miss Silver entre en scène, n° 2308
Miss Silver intervient, n° 2362
Pleins feux, n° 2406
Les lèvres qui voient, n° 2407
La roue de Sainte-Catherine, n° 2437
Le chemin de la falaise, n° 2450
L'empreinte du passé, n° 2473
Le châle chinois, n° 2494
Au douzième coup de minuit, n° 2519
Le rocher de la Tête Noire, n° 2534
Un anneau pour l'éternité, n° 2575
Le masque gris, n° 2597
À travers le mur, n° 2624

LE POINT DE NON-RETOUR

PAR

PATRICIA WENTWORTH

Traduit de l'anglais
par Patrick BERTHON

10|18

« Grands Détectives »
dirigé par Jean-Claude Zylberstein

SEGHERS

Si vous désirez être régulièrement tenu au courant
de nos publications, écrivez-nous :
Éditions 10/18
12, avenue d'Italie
75627 Paris Cedex 13

Titre original :
Vanishing Point

ISBN 2-264-01791-0

CHAPITRE I

Rosamond marchait dans le bois obscur. Au-dessus de sa tête les arbres étaient dénudés et, sous ses pieds, le sol spongieux était recouvert d'un tapis de feuilles mortes apportées par le vent d'automne. Il avait tellement plu les nuits et les jours précédents que les feuilles mortes ne craquaient plus sous ses pas. Le bois s'étendait à l'extrémité du jardin, mais à peine était-on arrivé à la hauteur des deux grands chênes qui en marquaient l'entrée que l'on aurait pu se croire à des centaines de kilomètres du jardin, de la maison ou de la route, au-delà de l'allée sinueuse. Loin des yeux, loin du cœur. On ne peut s'affliger de ce qu'on ne voit pas. Qu'ils étaient vrais ces vieux proverbes ! Puisqu'elle ne pouvait pas voir la route, peu lui importait de savoir qui l'empruntait. Puisqu'elle ne pouvait pas voir la maison, peu lui importait de savoir qui y demeurait. Qu'il s'agisse des Crewe de jadis, qui avaient eu leur heure de gloire et leur période dorée, ou bien de Lydia Crewe qui était venue au monde trop tard pour en profiter et qui avait passé toute une morne vie à le déplorer, ou encore de ceux qui lui succéderaient, que ce soit Rosamond et Jenny Maxwell ou quelqu'un d'autre. Une fois que l'on était dans le bois, cela n'avait plus aucune importance, car il n'y avait plus personne à entourer d'égards et à servir en fléchissant le genou. Il n'y avait plus ni passé ni avenir. Plus rien ne comptait que la terre qui avait donné naissance aux arbres et la voûte céleste au-dessus d'eux. C'était pour cette raison que Rosamond marchait dans le bois. Pour pouvoir s'évader de son quotidien, dans lequel elle se levait à six heures et travaillait presque sans interruption jusqu'à la fin de la longue journée où elle s'écroulait sur son lit et s'endormait comme une masse. C'est la raison pour laquelle il lui fallait à tout prix trouver le moyen de dérober ces quelques minutes d'évasion. Elle avait depuis longtemps réalisé que, sans elles, elle serait incapable de continuer à vivre ainsi. Il fallait qu'elle parte quelque part où elle ne serait plus seulement quelqu'un qui répondait à l'appel d'une sonnette, qui écrivait des lettres, qui faisait les courses, qui donnait un coup de main ici, et là, et partout, et qui, en un mot, faisait marcher la maison. Il fallait qu'elle parte...

Mais il y avait quelqu'un qu'elle ne pouvait pas laisser derrière elle. Elle ne pouvait pas laisser Jenny, car Jenny était dans son cœur, et aussi loin que l'on aille, on ne peut laisser son cœur derrière soi. Et en ce moment même, alors qu'elle était en train de marcher dans le bois, l'image de Jenny marchait à ses côtés. C'était très bête, d'ailleurs, car la véritable Jenny aurait absolument détesté marcher dans un sous-bois humide avec seulement des branches dénudées entre l'or de ses cheveux et le ciel nocturne. Jenny aimait la chaleur, la couleur et la lumière. Jenny aimait le son des voix humaines et la musique, et aussi la lueur vive d'un feu de cheminée. Elle ne parvenait pas à comprendre comment Rosamond pouvait renoncer à tout cela pour traverser le jardin gorgé d'eau et aller marcher seule dans le bois. Mais cela faisait bien longtemps qu'elle avait décidé que les grandes personnes agissaient parfois de manière très bizarre. Quant à elle, elle savait très exactement ce qu'elle ferait quand elle serait adulte. Pour commencer, elle ne resterait pas enterrée à la campagne... en tout cas, dès qu'elle aurait son mot à dire. Elle irait à Londres, et elle habiterait dans un appartement qui serait au dernier étage du plus haut immeuble qu'elle pourrait trouver et elle passerait son temps à monter et à descendre dans un de ces ascenseurs rapides et excitants où il suffit d'appuyer sur un bouton quand on en a envie pour avoir la sensation de voler. Et elle écrirait des livres qui se vendraient par milliers et qui lui rapporteraient des milliers de livres, et son dos ne la ferait plus souffrir, et elle irait danser tous les soirs, et elle porterait les plus belles robes du monde. Elle donnerait, bien entendu, la moitié de l'argent à Rosamond, car Rosamond l'accompagnerait. Elle ne pourrait pas se passer d'elle. Pas encore... pas avant d'être tout à fait grande, et il faudrait attendre encore cinq ou six ans, jusqu'à ce qu'elle ait dix-sept ou dix-huit ans. Cela lui paraissait une éternité.

Dans le bois, Rosamond était plongée dans la contemplation de l'entrelacs de branches noires se détachant sur le gris doux et profond du ciel. Cela faisait un certain temps qu'elle était absolument immobile. Un petit rongeur passa sur son pied en courant. Une chouette blanche s'abattit sur une proie. Elle était toute blanche et parfaitement silencieuse. Elle fondit sur sa proie et s'évanouit comme si elle n'avait jamais existé. Rosamond entendit dans le lointain l'horloge du clocher du village sonner six heures. Elle prit une longue inspiration d'air froid et humide et ressortit entre les chênes pour retrouver le monde quotidien.

Chapitre II

Elle entra par une porte latérale et suivit un couloir obscur qui menait dans le hall où une unique ampoule électrique jetait une lueur hésitante. L'âtre immense était un antre obscur, l'escalier s'enfonçait dans les ténèbres, la porte en chêne aux verrous massifs semblait faite pour retenir quelqu'un prisonnier ou pour empêcher un amoureux transi d'entrer. Jenny l'utilisait dans chacune des histoires qu'elle écrivait. Elle en avait secrètement peur, comme elle avait peur de la rangée de portraits des ancêtres qui contemplaient d'un œil menaçant ce hall où ils avaient marché, discuté, ri, aimé et haï en leur temps.

Ces pensées étaient celles de Jenny, mais pas de Rosamond. Car dès qu'elle avait quitté le bois, Rosamond n'avait plus le temps de s'abandonner à son imagination. Le hall était insuffisamment éclairé parce que l'électricité coûtait cher et qu'ayant dépensé ce qu'elle estimait être une forte somme pour la faire installer, miss Lydia Crewe prenait grand soin de s'assurer qu'on l'utilisait aussi peu que possible. Combien d'argent restait-il, personne n'en avait la moindre idée, hormis Lydia Crewe. La maison devait être entretenue, mais il n'y avait pas d'argent pour payer les gages des domestiques, qu'elle considérait comme exorbitants. Les vieux meubles devaient être briqués, l'argenterie ancienne devait être rutilante, et comme Mrs. Bolder, la cuisinière, et les deux filles du village qui travaillaient à la journée étaient bien incapables de satisfaire à ses exigences, c'était Rosamond qui se chargeait du travail inachevé.

Au moment où elle traversait le hall, quelqu'un frappa à la lourde porte. Si la sonnette avait retenti, Mrs. Bolder l'avait peut-être entendue, mais ce n'était pas sûr. Si l'on insistait un peu, elle finissait par proclamer que ce n'était pas son rôle de répondre à la sonnette de la porte d'entrée. Elle estimait qu'un maître d'hôtel aurait dû s'en charger, ou tout au moins une femme de chambre. Elle était absolument scandalisée de voir que cette tâche incombait à miss Rosamond. Jamais elle n'avait vu cela, et elle se demandait jusqu'où iraient les choses. Et pour sa part, quoi qu'il advienne, jamais elle ne s'abaisserait à dépasser la porte de derrière.

Rosamond, qui n'ignorait rien de ces idées, en conclut que la sonnette devait retentir depuis un certain temps et que la suite maintenant ininterrompue de coups frappés à la porte représentait un ultime effort pour essayer d'attirer l'attention. Tout en tirant les verrous, elle se demanda qui ce pouvait bien être, puisque tous ceux qui étaient au courant des habitudes de la maison faisaient le tour par l'aile gauche de la demeure où Lydia Crewe avait pris ses quartiers et où Jenny et elle-même étaient reléguées.

Elle ouvrit la porte et vit Craig Lester debout... derrière lui, les contours imprécis d'une voiture. Il ne parla pas tout de suite et elle sentit une sorte d'oppression devant sa haute stature et l'impression de puissance qui se dégageait de lui. Il y avait quelque chose d'étrange dans sa manière de rester immobile à la regarder en silence, comme s'ils avaient eu des choses à se dire et qu'il ne trouvait pas les mots pour le faire. Elle eut cette sensation fugace et prit une longue inspiration, puis elle entendit sa voix chaude et profonde.

— Je suis bien à Crewe House ?

Ce pouvait être quelqu'un qui demandait son chemin. Mais apparemment pas, puisqu'elle avait à peine eu le temps de répondre « Oui », qu'il demandait à parler à Jenny... à Jenny !

— Je viens voir miss Jenny Maxwell.

— Jenny ?

— Ce n'est pas à elle que j'ai l'honneur de parler, n'est-ce pas ?

Il ne se l'était pas imaginé un seul instant et ne fut aucunement étonné lorsqu'elle lui répondit : « Oh, non. »

La main tenant toujours la porte, elle s'était légèrement détournée en parlant, et la lumière faiblarde n'était plus directement derrière elle. Il n'y avait pas d'erreur possible. Il savait qu'elle n'était pas Jenny Maxwell et il n'avait pas la moindre idée de qui elle était, mais il était hors de doute qu'il se trouvait en présence de l'original de la photographie. La silhouette gracieuse et élancée, les cheveux bruns aux boucles lourdes, le port de tête... tout cela lui avait permis d'en acquérir la conviction avant même qu'elle se tourne. Maintenant, de l'endroit où il se tenait sous le porche plongé dans l'obscurité, il distinguait son visage à la lueur incertaine de l'ampoule du hall. C'était tout à fait comme s'il voyait son reflet dans l'eau, car il devait se contenter de deviner les couleurs qu'une lumière plus franche aurait montrées. Ses yeux restaient dans l'ombre. Ils pouvaient être bruns, ou gris, ou bleu très sombre. Mais les sourcils étaient ceux de la photographie, fortement marqués, avec l'arc oblique qui donnait au visage sa physionomie propre. Une autre femme aurait pu avoir cette belle bouche généreuse, cette ligne des pommettes et du menton, mais ces sourcils bien arqués ne pouvaient appartenir à personne d'autre. En tout cas, ils n'appartenaient certainement pas à cette Jenny Maxwell qui lui avait écrit.

— Vous devez trouver qu'il est un peu tard pour rendre visite à quelqu'un, dit-il, mais je me trouvais à passer par ici et je me suis dit qu'il serait peut-être possible de la voir. J'aurais dû arriver plus tôt, mais j'ai eu une crevaison et puis je me suis perdu dans vos chemins tortueux.

Elle fit un pas en arrière.

— Jenny ?

— Miss Jenny Maxwell. Elle habite ici, n'est-ce pas ?

— Oui...

Il y avait une certaine réticence dans sa voix. Un parfait étranger, débarquant ainsi en pleine nuit et demandant à voir Jenny... cela ne semblait pas être le genre de choses susceptible de se produire, et pourtant c'était bien de cela qu'il s'agissait. Elle répondit avec une franchise pleine de simplicité qui lui plut.

— Je suis sa sœur, Rosamond Maxwell. Cela vous ennuierait-il de me dire pourquoi vous voulez voir Jenny ?

— Elle m'a écrit, répondit-il.

— Jenny vous a écrit ?

Il hocha lentement la tête.

— Elle ne vous en a pas parlé ?

— Non... absolument pas...

— Et vous ne savez pas qui je suis ?

Il sortit une carte de visite et la lui tendit. Elle lut : « Mr. Craig Lester. » Sous son nom, un mot avait été ajouté au crayon : « Pethertons. »

Rosamond commença à comprendre. Elle s'écarta légèrement

de la porte. Il franchit le seuil, posa à son tour la main sur la porte et la referma derrière lui.

— Vous voulez dire que vous venez de la part de la maison d'édition Pethertons ? Jenny leur a écrit ?

Il se mit à rire.

— J'ai l'impression de trahir un secret ! Mais elle n'est pas très âgée, n'est-ce pas ?

— Jenny a douze ans, répondit Rosamond, et elle aurait dû m'en parler. Mais je suis en train de me demander dans quelle pièce nous pourrions discuter. La majeure partie de la maison n'est pas habitée, vous comprenez... il va faire affreusement froid. Ma tante occupe plusieurs pièces et Jenny et moi-même partageons un salon, mais je préférerais avoir un entretien en tête-à-tête avec vous pour commencer, si le froid ne vous dérange pas trop.

Il était tellement intrigué qu'il eût accepté avec plaisir une invitation au cercle arctique. Il était en tout cas disposé à faire beaucoup plus que la suivre à travers le hall chichement éclairé jusqu'à une porte qui s'ouvrait sous la spirale de l'escalier.

Elle alluma l'unique suspension. La pièce était petite, les murs étaient lambrissés de boiseries dont la teinte ivoire était, avec le temps, devenue presque couleur café au lait [1], la peinture était craquelée et il y avait des endroits usagés sur le fleurage très pâle du tapis. C'était la première chose qui l'avait frappé, la pâleur froide de la pièce... le brocart des rideaux et des tapisseries était si pâle qu'on aurait dit l'évocation de leur splendeur oubliée... des miroirs dont l'or des cadres était terni et le verre trop voilé pour réfléchir autre chose que des formes vagues. Mais il n'y avait pas un grain de poussière sur les ravissantes porcelaines anciennes qui ornaient la tablette de la cheminée, ni sur le bonheur-du-jour de l'époque de Mary Stuart, ni sur la gracieuse table-bouillotte entre les fenêtres. Si cette pièce respirait l'abandon, elle était impeccablement entretenue. Craig Lester avait le regard pénétrant. D'un seul coup d'œil, il trouva matière à nourrir ses pensées.

Il regarda Rosamond s'asseoir, accepta le lourd fauteuil rembourré qu'elle lui offrit et constata avec satisfaction que ses yeux, comme il l'avait espéré, n'étaient ni bruns ni gris, mais d'un bleu très foncé. Mais, comme la pièce, elle était pâle. Ses lèvres auraient dû être plus rouges et ses pommettes plus colorées. Et

1. En français dans le texte.

elle était un peu maigre... Ses joues à la ligne délicate étaient légèrement creusées. Il remarqua que ses vêtements étaient usagés... une vieille jupe de tweed, un vieux pull-over bleu, de lourdes chaussures de campagne. Ses chaussures paraissaient humides et elle avait les cheveux légèrement mouillés. Soudain, il eut honte de son gros manteau. Si elle était sortie avec ces vêtements légers, et il était sûr que c'était ce qu'elle avait fait...

— Vous n'aurez pas trop froid ici, vraiment ? demanda-t-elle.

— Mais c'est de vous qu'il s'agit, répliqua-t-il rudement. Moi, j'ai un manteau, mais vous ? Si vous êtes sortie sans rien mettre d'autre que cela...

Il y avait dans son sourire quelque chose qu'il n'avait jamais vu chez personne d'autre. Il avait une qualité qui lui échappait. Il se dit, par la suite, que c'était la gentillesse. Rosamond répondit :

— Je suis seulement allée au fond du jardin. Il y a un bois là-bas... j'aime m'y promener.

— Dans l'obscurité ?

— Oh, oui. C'est tellement reposant.

Il comprit alors à quel point elle était épuisée. Sa pâleur était due à l'épuisement. Il sentit une vague de colère d'une violence extraordinaire le submerger. Cette réaction le laissa stupéfait et il réalisa que ce qui, de prime abord, n'avait été qu'un engouement passager était sur le point de se transformer, si ce n'était déjà fait, en une périlleuse aventure. Il ne dit rien, car il n'y avait rien à dire, à moins d'en dire trop. Le seul fait d'être venu ici avait été une véritable folie. Ou bien l'action la plus sage qu'il lui ait jamais été donné d'accomplir.

Elle le regarda, un peu étonnée, un peu sur la défensive. La première impression qu'elle avait eue de lui en ouvrant la porte était confirmée par l'éclairage de la pièce. Son lourd manteau de tweed avait contribué à créer cette impression de puissance massive, mais il avait malgré tout une carrure et une vigueur hors du commun. Les traits du visage hâlé étaient lourds et carrés sous de gros cheveux bruns coupés si court que cela triomphait presque de leur tendance naturelle à friser. Presque, mais pas tout à fait. Des yeux sombres, des sourcils sombres et, pour le moment, un air sombre et furieux. Elle ne comprenait pas comment elle avait pu l'offenser, mais il semblait ne pouvoir en être autrement. Et pourtant elle n'avait parlé que du froid qui régnait dans la pièce... et de sa promenade dans le bois. D'ailleurs, pourquoi en avait-elle parlé ? Le bois était son jardin secret, le seul endroit où elle pouvait se plonger dans ses pensées et être seule. Elle ne savait pas pourquoi elle en avait parlé à Craig Lester, ni comment cela avait pu le mettre en colère. Toutes ces pensées se lisaient sur son visage — de la perplexité, une pointe de timidité et un soupçon d'étonnement. Puis elle s'adressa à lui.

— Vous vouliez parler à Jenny. Vous dites qu'elle vous a écrit ?

Il se dérida tout à coup. Ses yeux se mirent à pétiller. Elle aimait la manière dont ils se plissaient dans les coins.

— Elle nous a envoyé un échantillon de ce qu'elle écrit.

— Oh..., fit-elle dans un souffle atterré.

— Elle a écrit une lettre... très précise, très mûre. Elle ne mentionnait pas son âge... après tout, ce n'est pas le genre de choses dont on parle dans une lettre d'affaires. C'était plutôt le style : « Miss Jenny Maxwell présente ses compliments à MM. Petherton et se permet de leur soumettre le manuscrit ci-inclus. »

Les yeux de Rosamond s'agrandirent, ses lèvres se mirent à frémir.

— Mon Dieu ! fit-elle, mais c'est tout à fait comme les lettres d'affaires de ma tante. A vrai dire, c'est ma grand-tante. Elle me les dicte. Il n'y a pas très longtemps, il y en avait une à propos d'un bail... toute la fin paraît s'en être inspirée. Elle écrivait à son notaire et elle se permettait de lui soumettre un document.

Il rejeta la tête en arrière et éclata de rire.

— Vous n'allez pas vous moquer de Jenny quand vous la verrez, n'est-ce pas, Mr. Lester ? demanda-t-elle immédiatement d'un ton angoissé. Elle est très fière et très sensible et écrire est excessivement important pour elle. Elle serait affreusement déçue si vous deviez vous moquer de ce qu'elle écrit et ce serait très mauvais pour elle. Vous savez, elle a eu un très grave accident de voiture il y a deux ans. Au début, les médecins croyaient qu'elle allait mourir, et puis au bout de quelque temps, ils ont dit qu'elle ne pourrait plus jamais marcher.

Il vit les muscles de son visage se contracter et ses cils s'humecter. Il commença à parler, mais elle tendit la main pour l'arrêter.

— Je ne sais pas pourquoi j'ai dit cela. Ils ne le pensent plus maintenant. Ma tante nous a offert l'hospitalité, et Jenny s'est merveilleusement rétablie ici. Elle arrive à marcher un peu maintenant, et ils disent que tout ira très bien, mais qu'elle doit mener une vie calme et bien réglée et qu'il faut la rendre heureuse. Si elle s'inquiète ou si elle est perturbée, elle risque de rechuter, alors il ne faut pas l'inquiéter ni la perturber. Et son plus grand bonheur, elle le trouve dans l'écriture. Vous savez, la vie qu'elle mène n'est pas très gaie. Il n'y a pas d'autres enfants, et s'il y en avait, elle ne serait pas vraiment capable de jouer avec eux, mais quand elle écrit, c'est comme si elle vivait une autre vie. Elle peut se créer des compagnons à son goût et elle peut réaliser tout ce qu'elle n'a pas été capable de faire depuis l'accident. Vous ne pouvez pas savoir comme cela m'a fait plaisir...

Elle s'interrompit et leva les yeux vers lui. Ses joues s'étaient colorées et des larmes brillaient dans ses yeux sombres.

— Vous n'allez pas vous moquer d'elle, n'est-ce pas, ni la décourager ?

— Non, non, bien sûr que non, répondit-il, mais je crains...

— Je ne parlais pas de publier ce qu'elle vous a envoyé. Il est évident que vous ne pouvez pas faire cela... elle est beaucoup trop jeune. Mais si vous pouviez lui dire quelque chose...

Il éclata de rire.

— Oh, il y a des tas de choses à dire ! Bien sûr, pour l'instant elle ne fait qu'imiter... elle plagie ce qu'elle trouve chez les autres. Mais il y a de temps à autre une tournure originale. Et si elle se mettait à observer par elle-même et à exprimer cela avec des mots qui lui soient propres... » Il esquissa un geste... « eh bien, je ne sais pas, mais peut-être pourrait-elle arriver à quelque chose. Toutes ces histoires d'enfants prodiges sont terriblement complexes. J'ai lu des vers absolument extraordinaires écrits par des enfants de cinq ou six ans... quelques fragments de poèmes, et puis plus rien. Cela se produit en général à l'âge où ils sortent de la nursery et avant que l'influence desséchante de l'éducation ne commence à s'exercer sur eux. A cet âge, pratiquement tous les enfants sont capables de créer, et nombreux sont ceux qui peuvent réaliser des œuvres hautement originales, mais dès l'instant où ils entrent à l'école, c'en est fini. L'esprit grégaire s'affirme et dès lors, la chose que l'on redoute le plus au monde consiste à ne pas ressembler exactement au voisin. Jenny a dépassé cet âge, mais elle a été séparée du troupeau et s'il y a quelque originalité en elle, elle a la chance de subsister.

Elle se pencha légèrement vers lui.

— Mr. Lester... que pensez-vous sincèrement de ce qu'elle écrit ?

— Je vous l'ai dit. Et vous-même, qu'en pensez-vous ?

— Elle ne me montre jamais rien. Je vous ai dit qu'elle était très orgueilleuse. Elle ne veut pas s'exposer à des critiques et quoi que je dise, elle saurait exactement ce que je pense.

— Si elle doit devenir écrivain, il lui faudra affronter la critique... et l'accepter.

Elle lui demanda avec franchise :

— Si elle doit être écrivain... vous comprenez bien que c'est ce que je dois savoir. Elle n'a personne d'autre que moi. Je dois savoir jusqu'à quel point je peux me permettre de l'encourager. Tout ce qu'elle entreprend est nécessairement beaucoup plus important pour elle que ce ne le serait si elle s'adonnait à toutes les activités auxquelles s'adonnent les enfants de son âge. Mon devoir est-il de l'encourager à choisir cette carrière ou bien...

— Ou bien? demanda-t-il, et il la vit s'empourprer.

— Non, il n'y a pas de ou bien. Jamais je n'aurai le courage de l'en dissuader. Elle a déjà si peu de choses dans la vie qu'il n'est pas possible de lui enlever cela.

Il réalisa qu'il était en train de partager son état d'esprit, alors qu'il aurait dû prendre du recul et faire preuve d'esprit critique. Ils faisaient tous deux montre d'un sérieux exagéré. Soit. Et alors? Il se dit qu'autant que n'importe qui il devait avoir en lui ce besoin de sérieux.

— C'est une question à laquelle je ne peux pas répondre, fit-il d'un ton résolu, car, comme je vous l'ai dit, c'est le genre de chose qui risque de faire long feu. Mais je ne vois pas en quoi cela devrait vous préoccuper. Dans l'état actuel des choses, rien n'est publiable. La seule attitude que vous puissiez adopter est de la laisser suivre son penchant... laissez-la continuer à écrire. De toute façon, elle le fera, jusqu'à ce qu'elle sache — jusqu'à ce que nous sachions tous — si elle peut réussir. Entre-temps votre rôle consistera à faire en sorte qu'elle ait de bonnes lectures... ne laissez pas d'ouvrages médiocres corrompre son goût. Je présume que dans une demeure comme celle-ci il y a une bibliothèque?

Elle lui adressa un pauvre sourire.

— Elle est bien démodée.

Il se mit à rire.

— Scott... Dickens... et les autres victoriens!

— Elle ne veut pas les lire.

— Privez-la du reste jusqu'à ce qu'elle le fasse. Arrêtez toutes les cochonneries. Si elle n'y a plus accès, elle aura suffisamment soif de lectures pour se rabattre sur des ouvrages de qualité. A propos, que lit-elle? Non, ne me dites rien... je le sais.

« Il s'approcha d'elle et posa sur ses lèvres un long baiser brûlant. Mon amour, mon amour ! s'écria-t-elle. Et tout ce genre de choses ! »

Les yeux bleu foncé de Rosamond s'agrandirent.

— Oh ! C'est elle qui a écrit cela ?

Il eut un sourire narquois.

— Et bien d'autres passages de la même veine, sauf en une occasion où le baiser est amer... Il y avait aussi quelque chose sur « le goût salé des larmes sur les lèvres ». Cela pouvait être de son propre cru.

— Mais... elle ne devrait pas écrire des choses comme cela. Enfin, si elle l'a seulement copié, cela n'a pas tellement d'importance, mais si c'est elle qui l'a inventé...

Il eut un autre accès imprévisible de colère. Son regard de détresse avait été poignant. Que pouvait-elle savoir des baisers noyés dans les larmes ?

Elle le regarda et dit d'un ton indécis :

— Je suppose qu'il vaudrait mieux que vous la voyiez.

Chapitre III

Ils ressortirent dans le hall, le traversèrent et s'engagèrent dans un long couloir obscur. Rosamond avait allumé la lumière, mais la lampe suspendue au plafond ne dégageait pas plus de luminosité que la flamme d'une bougie. Aucun bruit ne filtrait de nulle part, jusqu'à ce que soudain retentisse le tintement insistant d'une sonnette.

Il était parfaitement évident que quelqu'un voulait quelque chose et continuerait à sonner jusqu'à ce qu'on réponde à son appel. Rosamond s'immobilisa et dit à voix basse : « C'est ma tante. Il faut que j'y aille. Je ferai aussi vite que possible », et disparut sur ces mots. Il perçut une voix rauque et une autre, si basse qu'elle ressemblait à un murmure et qui se tut pendant que la première continuait. Il supposa que Rosamond Maxwell se faisait réprimander et que, soit habitude soit résignation, elle subissait ces réprimandes en silence. Il se prit à détester le possesseur de la voix qui faisait les remontrances.

Il s'éloigna et avait presque atteint l'extrémité du couloir quand la porte qui lui faisait face s'ouvrit brusquement et une jeune fille vêtue d'une robe verte apparut dans l'ouverture. Elle avait une main sur la porte et de l'autre s'accrochait au chambranle pour se pencher. Un long châle aux couleurs passées tombait de ses épaules et traînait par terre. Les traits du visage auraient été jolis s'ils avaient été moins pincés. Elle avait des yeux d'un bleu surprenant et ses cheveux formaient une auréole brillante. Son visage était encore enfantin, mais les yeux étaient plus durs que ne l'étaient des yeux d'enfants. Il n'avait de sa vie jamais vu d'aussi beaux cheveux, couleur bronze, flamboyants.

Ils étaient rejetés en arrière en boucles ondoyantes et frisaient en spirales délicates autour des tempes et des oreilles.

— Miss Jenny Maxwell ? demanda-t-il.

Elle lâcha la porte pour serrer son châle autour de son cou.

— Oui, bien sûr, répondit-elle. Mais à qui ai-je l'honneur ?

Pas la moindre trace de réserve ni de surprise dans son attitude. Il répondit :

— Votre sœur me menait à vous.

— Où est-elle ?

— Nous avons entendu une sonnette. Elle est entrée dans une pièce au milieu du couloir.

Jenny hocha la tête.

— C'était tante Lydia. Elle sonne sans arrêt, et elle ne supporte pas qu'on la fasse attendre une seule minute. Son nom est miss Crewe et c'est sa maison. Mais je présume que vous savez déjà tout cela. » Elle fit un pas en arrière. « Si vous êtes venu pour me voir, je pense que vous devriez entrer. »

Tout avait l'air misérable dans cette pièce. Les bords des rideaux s'effrangeaient. Le motif du tapis était en voie de disparition. Les vieilles chaises étaient affaissées. Un vieux divan victorien était rapetassé à l'endroit où le capiton était crevé, mais il était presque entièrement dissimulé par la couverture que Jenny avait jetée dessus et par une masse de livres et de papiers. Elle s'installa dessus, tira la couverture sur elle et montra une chaise du doigt.

— Je vous conseille de prendre cette chaise. Il faudrait réparer les ressorts, mais je ne crois pas que vous passerez à travers.

— J'espère que non.

Les yeux brillants l'observaient avec intérêt. Ils n'avaient pas la douceur et la profondeur de ceux de Rosamond. Ils scintillaient et miroitaient comme la surface de la mer sous le soleil. Elle le dévisagea en prenant tout son temps et dit :

— Je présume que vous êtes docteur. J'en ai vu tellement. Au début ils croyaient que j'allais mourir. Ils ne me le disaient pas, mais je le savais, bien sûr. Maintenant ils me considèrent comme un cas exceptionnel. C'est très pénible d'être infirme, mais on rencontre des gens très intéressants et puis, c'est quand même chouette d'être un cas exceptionnel.

— Je ne crois pas que cela compense le fait d'être incapable de se déplacer comme on veut. Mais je pense que cela va s'arranger, non ?

Elle fit la moue.

— Oui, je suppose. Vous ne m'avez pas dit comment vous vous appelez. Etes-vous une sommité de la médecine ? Le dernier qui est venu me voir était très célèbre. Il était venu de Paris exprès pour moi, mais je n'arrive pas à me souvenir de son nom, parce que c'était un nom russe. On aurait dit un éternuement, et les noms russes sont tous comme ça, non ?

— Vous savez, je regrette mais je ne suis pas du tout médecin.

— Oh ! Mais alors, pourquoi vouliez-vous me voir ?

— Eh bien, je passais et...

— Mais pourquoi êtes-vous passé justement par ici et comment saviez-vous qu'il y avait quelqu'un à voir ? Avez-vous connu mon père et ma mère ? Si c'est mon père que vous avez connu, tante Lydia ne sera pas du tout contente. Elle lui en a toujours voulu de ne pas avoir accepté de changer de nom quand il a épousé ma mère. S'il l'avait fait, nous nous serions appelées Crewe et nous aurions perpétué le nom, alors que maintenant il n'y a plus personne. Cela la rend folle de savoir que ce sont des Maxwell qui vivent à Crewe House, alors peut-être en fera-t-elle don à l'Etat et Rosamond et moi-même n'aurons plus nulle part où aller — comme Vera Vavasour et son enfant dans *Cœurs ardents*. Avez-vous lu *Cœurs ardents ?* C'est un roman de Gloria Gilmore.

— Non, je ne crois pas.

— Oh, si vous l'aviez lu, vous vous en souviendriez ! C'est absolument merveilleux ! J'ai tellement pleuré sur le chapitre dix-sept que Rosamond m'a enlevé le livre. Mais elle a bien été obligée de me le rendre, parce que j'ai continué à pleurer jusqu'à ce qu'elle le fasse !

— Mais pourquoi les femmes raffolent-elles de ces choses qui les font pleurer ? demanda-t-il sans se départir de son impassibilité.

Il avait failli dire les jeunes filles, mais s'était aperçu à temps que c'eût été une erreur. Jenny buvait du petit lait. Son changement de dernière minute était vraiment arrivé à point. Mais pendant qu'elle se lançait dans l'énumération de ses romans préférés, il sentit la déception l'envahir. *L'Eveil d'un cœur, Le Secret de Lady Marcia, Le Sacrifice d'une sœur...* si c'était cela le choix de Rosamond !

— C'est le genre de choses que vous aimez ? demanda-t-il.

Elle s'empourpra et répondit avec passion :

— Oh, *oui !* Vous n'en avez lu aucun ?

Il secoua la tête.

— Ce n'est pas tellement mon genre de lectures.

— Quel dommage ! Ce sont de si beaux livres ! C'est quand même drôle que Rosamond ne les aime pas beaucoup. Elle veut me faire lire des trucs sinistres et vieillots, mais à quoi bon, puisque je n'aime pas cela ? Quand je lis un Gloria Gilmore, plus rien d'autre ne compte pour moi — je ne pense plus à mon dos ni à rien. Il y a aussi Mavis la Rue ; je la trouve merveilleuse, mais Rosamond est résolument contre, je ne comprends pas pourquoi. Elle réussit à créer l'impression que même les choses les plus affreuses peuvent être belles... vous voyez ce que je veux dire. Rosamond ne comprend pas cela. Et j'ai eu beau lui expliquer, elle m'a retiré *Une passion partagée*. Je n'aurais jamais cru qu'elle puisse être aussi méchante. Et je pense qu'elle a dû se disputer avec Nicholas à propos de ce livre, parce que ceux que j'ai eu après n'ont jamais été aussi passionnants.

Donc ce n'était pas Rosamond qui était responsable pour Gloria Gilmore. Il se sentit ridiculement soulagé. A sa question : « Qui est Nicholas ? » Jenny haussa les épaules.

— Cunningham, répondit-elle. Il travaille à Dalling Grange, de l'autre côté du village. C'est cet endroit où ils font des recherches expérimentales sur les avions, vous savez... mais vous ne savez peut-être pas, d'ailleurs, parce que tout cela est entouré du plus grand secret. Tante Lydia dit qu'un de ces jours nous allons tous sauter, mais je crois qu'elle confond avec la bombe atomique. En tout cas, j'ai demandé à Nicholas, mais il a éclaté de rire et il m'a répondu qu'il devait garder bouche cousue.

— C'est un de vos amis ?

Elle se redressa et rentra le menton.

— C'est ce que je croyais, mais je n'en suis plus aussi sûre... depuis qu'il a cédé si facilement à Rosamond. Il est amoureux d'elle, vous savez. Tout au moins, je suppose. C'est l'impression qu'il donne quand il la regarde et tout cela c'est très joli dans un livre. Gloria Gilmore et Mavis la Rue en font de belles descriptions, mais quand il s'agit de quelqu'un que l'on considérait comme son ami et que l'on s'aperçoit qu'il est réduit à se conduire comme un paillasson, c'est pitoyable.

Ainsi Nicholas avait l'attitude d'un paillasson devant Rosamond. Craig trouvait la conversation de miss Jenny Maxwell fort instructive. Il poursuivit sur ce sujet qui le fascinait :

— Tout le monde s'accorde à reconnaître que les gens amoureux se conduisent souvent de manière ridicule... excepté l'un pour l'autre.

— Rosamond n'est pas amoureuse, répliqua Jenny avec une pointe de dédain. D'abord, elle n'aurait pas le temps. C'est Nicholas qui est amoureux d'elle. Mais je suppose qu'elle ne s'en est même pas aperçue. Comme tante Lydia l'adore, il vient souvent ici. Il habite chez sa tante qui est une très vieille amie de tante Lydia. Elles l'adorent autant l'une que l'autre. Les Cunningham habitent juste à côté. Leur maison est en fait trop près pour des voisins, mais c'est un bâtiment qui appartenait jadis aux Crewe... il était réservé aux vieilles douairières de la famille et il y avait un passage à travers le jardin pour qu'elles puissent aller et venir et que la famille puisse aller leur rendre visite. A cette époque les gens ne paraissaient pas s'ennuyer en famille autant que maintenant, et tout le monde était satisfait de cet arrangement. Mais quand l'argent a commencé à manquer, le père de tante Lydia a vendu Dower House et tante Lydia a eu énormément de peine. Cela lui ferait de la peine de vendre une poignée de graviers de l'allée, alors vous pouvez imaginer ce qu'elle a dû ressentir en voyant des étrangers entrer et sortir de la maison juste à côté de chez elle. Alors c'est aussi bien pour elle qu'elle ait pu se lier d'amitié avec miss Cunningham. Mais cette dernière avait un frère et elle est tombée amoureuse de lui... comme Roméo et Juliette, vous savez. Et puis il s'est passé quelque chose. Mais je ne sais pas quoi, parce qu'on n'a jamais voulu me le dire. C'est pour cela que des fois c'est insupportable d'être jeune, et ils ont beau dire que c'est le meilleur moment de la vie, c'est parfois très... très... » Elle chercha le mot qui convenait et finit par dire : *frustrant !*

Craig éclata de rire.

— Courage... ça ne durera pas ! Il faut que jeunesse se passe !

Elle lui fit une grimace enfantine.

— C'est facile de dire cela quand on n'a pas à le supporter ! Où en étais-je ? Ah, oui, Henry Cunningham. Personne ne sait ce qui s'est passé... ou bien s'ils le savent, ils ne veulent pas en parler. En tout cas, il est parti pendant plus de vingt ans et tante Lydia ne s'en est jamais remise. C'est incroyablement difficile de s'imaginer qu'une vieille femme comme tante Lydia a pu être amoureuse. Et puis c'est déprimant aussi, parce que dans le salon il y a un tableau d'elle où elle est très jolie, alors qu'elle est vraiment affreuse maintenant.

C'est à ce moment assez embarrassant que Rosamond Maxwell ouvrit la porte. Elle restait calme en apparence, mais on sentait que ce calme avait été ébranlé. Elle était encore plus pâle qu'auparavant. Il fut conscient de l'effort qu'elle fit pour affermir sa voix lorsqu'elle s'adressa à lui.

— Ma tante aimerait beaucoup faire votre connaissance, Mr. Lester.

Jenny fit un mouvement brusque.

— Et pour quoi faire ? C'est moi qu'il est venu voir, non ?

— Je le ramènerai, Jenny. Vous pourrez continuer votre discussion après. Mais je pense que tante Lydia aimerait le voir tout de suite.

L'expression d'enfant gâté qui se peignit sur les traits de Jenny l'avertit qu'il ferait mieux de quitter la pièce aussi vite que possible. Ses protestations le suivirent pendant qu'il refermait la porte.

Il s'arrêta après avoir fait quelques pas dans le couloir.

— Elle semble croire que je suis médecin.

— Oh..., répondit Rosamond d'une voix surprise.

Puis elle ajouta :

— Alors vous ne lui avez pas parlé ?

— Oh, si, nous avons déjà beaucoup parlé.

Il se demanda ce qu'elle dirait si elle avait su à quel point cette conversation avait été franche.

— Mais pas de ce qu'elle écrit ?

— Nous avons surtout parlé de l'admiration qu'elle voue aux œuvres impérissables de miss Gloria Gilmore.

Rosamond leva les bras en signe d'impuissance.

— Que puis-je faire ! Elle aime tellement ce genre de lectures. D'ailleurs, elles sont totalement inoffensives. C'est Nicholas Cunningham qui les apporte. Sa tante en a des étagères entières, mais je lui ai demandé de ne plus apporter de romans de cette madame la Rue. *Serments Rompus* et *Une passion partagée !* Jenny était absolument furieuse quand je les lui ai enlevés, mais ils risquaient d'exercer une influence malsaine sur elle. Je ne crois pas que les autres puissent lui faire du tort.

Il fit une moue dubitative.

— Les enfants aiment ce qui est sirupeux.

Un sourire craintif joua fugitivement sur les lèvres de Rosamond.

— Ne dites pas ça à Jenny.

Puis elle se fit pressante.

« Mais il ne faut pas que nous restions ici à discuter. Tante Lydia ne supporte pas qu'on la fasse attendre. »

Elle le précéda jusqu'à la porte qu'elle avait ouverte, un peu plus tôt, fit un pas à l'intérieur de la pièce et s'écarta pour le laisser passer.

— C'est Mr. Lester, tante Lydia, dit-elle.

Il ne devait jamais oublier sa première impression de la pièce où miss Crewe le reçut. Deux choses le frappèrent au premier coup d'œil... elle était grise et elle était encombrée. Il devait par la suite découvrir que la couleur primitive des tentures, du papier peint rayé et du tapis au motif indistinct avait été un ton délicat de bleu. Mais sous l'éclairage et le poids des ans, tout paraissait d'un gris poussiéreux. Tout, jusqu'à miss Lydia Crewe.

Elle était assise dans un fauteuil droit, une main posée sur chaque accoudoir, dominant la scène de toute sa taille... grande, raide, l'épaisse chevelure gris fer sévèrement tirée en arrière au-dessus du front haut et étroit et du visage osseux. Il se demanda à quoi elle avait pu ressembler dans sa jeunesse. Le visage osseux avait encore des traits harmonieux. Avec un peu plus d'éclat et de couleur, il aurait encore eu une certaine beauté. La silhouette maigre et raide avait peut-être eu des formes... mais ce n'était plus qu'un souvenir. Elle leva la main droite et l'étendit vers lui. Cinq ou six pierres précieuses jetèrent leurs feux... diamant, émeraude, rubis, saphir. Les doigts qui portaient les bagues étaient glacés lorsqu'il les effleura.

— Comment allez-vous, Mr. Lester ? J'ai appris que vous étiez venu rendre visite à ma nièce. Prenez un siège, je vous prie.

Voilà qui devenait nettement inquiétant. Il n'était plus un petit garçon pour se laisser intimider par une vieille femme qui avait survécu à son époque et s'était retranchée dans une solitude volontaire. Il était absurde de ressentir autre chose que de la compassion. Pour elle... ou pour Rosamond Maxwell ? Il sentit une nouvelle vague de colère monter en lui pendant qu'il prenait la chaise qu'elle lui avait indiquée de la main.

— Je me trouvais à passer par ici. Mais permettez-moi d'abord de m'excuser d'avoir fait intrusion chez vous à une heure indue. Je dois avouer que je me suis perdu, et quand j'ai réalisé que j'étais si près...

Un lustre garni de pendeloques de cristal était suspendu au-dessus de sa tête. L'électricité, utilisée avec tant de parcimonie dans le reste de la demeure, en jaillissait à flots et éclairait toute la pièce regorgeant de meubles anciens et, sans aucun doute, de valeur, les rayonnages et les vitrines couvrant les murs, toutes les variétés possibles de tables décoratives et de guéridons, les porcelaines qui remplissaient les vitrines, les innombrables objets qui encombraient les tables et miss Lydia elle-même, vêtue d'une pèlerine de velours gris, la main où étincelaient les bagues toujours levée.

— Vous êtes venu voir ma nièce, lui dit-elle. J'ai appris que vous travailliez dans une maison d'édition. Je crois savoir que cela l'amuse de gribouiller, mais vous n'allez pas me demander de croire que vous prenez cela au sérieux.

Le ton qu'elle avait employé avait profondément hérissé Craig. Il avait traduit un tel mépris des ambitions enfantines de Jenny. Elles n'avaient peut-être pas de valeur en soi, mais elles représentaient tout pour la petite infirme.

— Elle n'aurait jamais dû vous importuner, dit Lydia Crewe.

Il parvint à esquisser un sourire.

— Vous savez, nous sommes là pour ça, répondit-il. Mais j'ignorais qu'elle était si jeune. Il n'est naturellement pas question de publier quoi que ce soit d'elle à l'heure actuelle, mais j'avais estimé souhaitable de faire sa connaissance et peut-être de lui donner quelques conseils. De toute évidence elle adore écrire, et comme elle n'est pas très valide, c'est probablement un grand plaisir pour elle. Mais il est encore beaucoup trop tôt pour savoir si elle a réellement du talent.

— Et c'est pour lui dire cela que vous êtes venu ici. C'est vraiment très obligeant de votre part. Pouvons-nous vous offrir un rafraîchissement ?

Elle jouait la grande dame pleine de condescendance. Il sentit la moutarde lui monter au nez.

— Non, je vous remercie, répondit-il en se levant.

— Vous devez déjà repartir ? Peut-être pouvons-nous vous indiquer le chemin. Dans quelle direction allez-vous ?

Il n'avait cessé de sentir la présence de Rosamond derrière lui dans la pièce grise. Elle avança en se frayant un chemin entre les tables. Il eut soudain envie de résister. On le congédiait, mais il ne se sentait pas d'humeur à se laisser congédier. Il répliqua d'un ton enjoué mais avec fermeté :

— Je vous remercie infiniment. Peut-être aurez-vous l'obligeance de m'indiquer la route jusqu'au village. Je présume qu'il y en a un et que je pourrai y trouver une auberge quelconque. Je n'ai guère plus loin à aller et j'ai tout mon temps. Je n'ai nulle envie de continuer à m'égarer dans vos chemins ce soir. Et ainsi, si je puis me permettre, je pourrai peut-être rendre une nouvelle visite à Jenny demain. Si elle veut vraiment écrire, il lui faut commencer par apprendre à lire.

Lydia Crewe leva ses paupières plissées et lui jeta un long regard froid. Ses yeux étaient profondément enfoncés dans les orbites et ombragés par l'arc des sourcils. Il ne put s'empêcher de penser qu'ils avaient dû être fort beaux. Puis, passant du coq à l'âne, elle lui demanda à brûle-pourpoint :

— Etes-vous parent des Lester de Mildholm ?

— Eh bien, oui...

Elle hocha la tête d'un air satisfait.

— Vous avez un air de famille. Tous les hommes étaient grands et forts dans leur famille. Nous avons de vagues liens de parenté. Mon arrière-grand-père a épousé Henrietta Lester en 1785. Elle est morte très jeune.

Elle avait dit cela d'un ton qui ravalait Henrietta au rang des ratés. Et il fut fort étonné lorsqu'il l'entendit poursuivre avec une affabilité inattendue :

— C'est vraiment très gentil à vous de vous donner tant de mal pour Jenny. Elle sera naturellement ravie de vous voir. Rosamond va vous reconduire et vous indiquer la direction de l'auberge. C'est, bien entendu, une toute petite auberge, mais Mrs. Stubbs est une excellente cuisinière. Elle a travaillé chez les Falchion à Winterbourne. Au revoir, Mr. Lester.

Il effleura de nouveau la main froide et fit ses adieux à la vieille dame. C'est avec un indicible soulagement qu'il se retrouva dans le couloir.

— Vais-je revoir Jenny maintenant ?

Rosamond secoua la tête.

— Je ne pense pas que ce soit souhaitable. Si elle est trop excitée, elle ne pourra pas dormir. Pouvez-vous réellement revenir demain matin ?

— Mais naturellement. Quelle heure vous convient ? Dix heures... dix heures et demie ?

Pendant qu'ils repartaient vers le hall, elle éclata soudain d'un petit rire.

— Vous êtes vraiment parent de ces Lester ?

— Mais oui, je vous assure.

— Et vous savez exactement à quel degré ? Parce que vous pouvez être sûr que tante Lydia va vous mettre sur la sellette. Elle connaît l'arbre généalogique de tout le monde beaucoup mieux que les intéressés.

— Je sais ma leçon sur le bout du doigt. Mon grand-père était un des frères de Sir Roger Lester. C'est maintenant mon cousin Christopher qui est le chef de famille.

Elle ouvrit la porte d'entrée et lui dit :

— Si vous tournez à gauche au bout de l'allée, vous trouverez le village à moins de cinq cents mètres. Il s'appelle Hazel Green et l'auberge est à l'enseigne de « La Feuille de Houx ». Vous verrez, Mrs. Stubbs est adorable.

— C'est vous qui époussetez toute cette satanée porcelaine ? demanda-t-il du ton de quelqu'un qui n'écoute pas ce qu'on est en train de lui dire.

Lorsqu'elle y repensa par la suite, il lui vint à l'esprit qu'elle aurait dû le remettre à sa place. Mais il n'était pas dans la nature de Rosamond de remettre les gens à leur place. Elle répondit comme pour se justifier :

— Les femmes de journée ne sont pas suffisamment soigneuses et tante Lydia ne veut pas leur faire confiance.

L'air qui pénétrait par la porte était glacial, mais ils ne le sentaient ni l'un ni l'autre.

— Vous savez ce que j'aurais envie de faire ? lui demanda-t-il d'un ton furieux. J'aimerais rassembler tous ces bibelots au milieu de la pièce et les réduire en miettes à coups de tisonnier !

Elle le regarda d'un air interloqué et tout ce qu'elle trouva à dire fut « Pourquoi ? ».

La réponse fusa immédiatement.

— Parce que vous en êtes esclave. Il n'y a pas le moindre grain de poussière sur cette damnée porcelaine, ni nulle part ailleurs. Et qui est chargé d'épousseter ? Vous, à chaque fois ! Et ne vous y trompez pas, je m'y connais en nettoyage. Ma sœur et moi-même avons souvent donné un coup de main à la maison. Puis mon père est mort, et la première chose que ma mère a faite a été de se débarrasser de presque toutes les babioles de ce genre. Elle savait que nous allions nous retrouver seuls pour tenir la maison et comme elle n'avait pas l'intention de nous rendre esclaves d'un tas de poteries encombrantes, elle a préféré faire place nette. On ne peut pas marcher dans cette maison tellement il y a de meubles et vous êtes en train de vous détruire la santé à essayer d'entretenir tout cela.

C'était une conversation tout à fait extraordinaire, mais ce qui l'était peut-être encore plus, c'était qu'elle se sentait absolument incapable de se mettre en colère. Elle n'aurait jamais dû accepter d'un étranger qu'il lui parlât ainsi. Mais elle n'avait pas la sensation d'être en présence d'un étranger. Il allait à l'encontre de toutes les règles et renversait les barrières sociales, mais ce n'était pas pour lui-même, c'était pour elle. Il était furieux parce qu'elle était fatiguée... parce qu'il y avait trop de porcelaines et trop de meubles et qu'elle ne pouvait venir à bout de son travail. Cela faisait tellement longtemps que personne ne s'était préoccupé de savoir si elle était fatiguée ou non qu'elle en fut toute remuée, mais pas de colère. Elle eut une sensation de chaleur et de faiblesse et ne put articuler un seul mot, lui offrant pour toute réponse un sourire tremblant.

— Mais pourquoi faites-vous cela ? demanda-t-il.

Elle releva la tête et répondit avec douceur.

— Vous savez, la plupart des femmes ont énormément à faire de nos jours pour s'occuper de leur intérieur. Et cela n'a jamais fait de mal à personne de se sentir fatigué après une journée de travail.

— Mais si, cela fait du mal d'avoir une tâche impossible à accomplir et d'y rester attelé jusqu'à en être brisé ! Il faudrait se débarrasser des trois quarts de toutes ces vieilleries ! Pourquoi ne le dites-vous pas et ne refusez-vous pas de travailler tant que ce ne sera pas fait ?

Le sourire avait disparu. Elle se redressa légèrement.

— Je vous en prie, je vous en prie... il ne faut pas. Ma tante a été tellement gentille d'accepter Jenny chez elle, et cela a tout changé pour la petite. En réalité, elle n'était pas obligée de le faire. Tout ce que je puis faire pour la payer de retour...

— Je sais, je sais... et je n'ai pas à me mêler de ça, et tous les autres poncifs. Admettons qu'ils aient déjà été dits et venons-en aux faits ! Vous est-il vraiment impossible d'avoir une discussion sensée avec miss Crewe ? Après tout, elle doit pouvoir se souvenir du nombre de femmes qui étaient employées pour faire ce qu'elle attend que vous fassiez avec vos deux mains.

— C'était une autre époque, c'était un autre univers. Elle n'a pas la moindre idée du temps que cela prend pour faire les choses. Il y avait une cuisinière et une aide, une femme qui venait du village trois fois par semaine pour faire les sols, un maître d'hôtel, deux femmes de chambre et une bonne chargée du service à table, et tout était minutieusement réglé.

— Elle vous raconte tout cela et elle ne comprend pas ?

— Non, elle ne comprend pas. Elle s'imagine simplement qu'elles étaient paresseuses et surpayées, et que comme il n'y a plus de réceptions maintenant, tout est devenu très facile.

Elle fut parcourue d'un léger frisson.

— Mais vous avez froid, fit-il impulsivement. Je ne vais pas vous retenir. Mais ce que je vous ai dit n'est rien à côté de ce que je vais vous dire.

Il engloutit la petite main dans sa grosse patte chaude, la retint un moment et la relâcha. Il franchit le porche, descendit l'escalier du perron, monta dans sa voiture et démarra.

Chapitre IV

La cuisine de Mrs. Stubbs était en tous points digne de la réputation que lui avait faite miss Crewe. Le salon de « La Feuille de Houx » était chaud, bien éclairé et douillet... des fauteuils profonds au cuir bien assoupli, une nappe rouge pour remplacer la blanche qui avait été utilisée pour son dîner et une rangée d'objets absolument fascinants sur la tablette de la cheminée. Craig les contemplait en se disant qu'il préférait de loin la simplicité, la chaleur et le confort de cette pièce aux sinistres splendeurs des temps passés de Crewe House. Vieux Sèvres et or moulu étaient très beaux en temps et lieu appropriés, mais pour le confort douillet du coin du feu il préférait cette vache jaune avec un couvercle sur le dos et qui était en réalité un pot à crème. On retirait le couvercle pour verser le lait et il ressortait par la bouche. Ou bien la chope sur laquelle la reine Victoria et le prince Albert étaient peints en lilas et gris, avec l'exposition de Londres à l'arrière-plan et la date 1851 en chiffres argentés. Il y avait aussi des bougeoirs en bois avec ce qui ressemblait à des petits tas de boulets de canon empilés aux quatre coins du socle, et un grand vase avec la reproduction d'un soldat de la guerre des Boers, vêtu de kaki, et les dates 1899-1901. Un peu plus bas, de chaque côté de l'âtre, il y avait deux énormes coquillages rosés qui lui rappelaient son enfance et ses longues stations devant la vitrine d'un bric-à-brac sordide qui se trouvait sur le chemin de l'école et dans laquelle trônaient deux coquillages exactement semblables qui excitaient sa convoitise.

Mrs. Stubbs entra et, après lui avoir demandé s'il avait tout ce qu'il lui fallait, s'installa pour faire un brin de causette. Les coquillages avaient été rapportés par un grand-oncle qui avait longtemps bourlingué. La vache jaune faisait partie de l'héritage de son arrière-grand-mère.

— Et je suis pas d'avis de tout balancer et de le remplacer par tout un tas de cochonneries modernes. Ça peut bien être neuf et ça peut bien être la mode, je veux pas en entendre parler. Quand les enfants me remplaceront, ils feront ce qu'ils ont envie de faire et je suppose que quand je serai dans la tombe ça ne me dérangera pas et que je ne regretterai même pas la vache de bonne-maman que je n'avais le droit de caresser que le dimanche. Oh, de toute façon, tout vient à point à qui sait attendre, comme dit le proverbe, et je ne vois pas à quoi ça servirait de se faire du mauvais sang. On devient aigri et impossible à vivre pour les autres. Il vaut mieux s'amuser tant qu'on le peut et se taire quand on ne peut plus !

Le lendemain matin il se rendit à Crewe House. C'est Rosamond qui lui ouvrit la porte et le conduisit auprès de Jenny qu'il trouva empourprée, les yeux brillants et très adulte.

— Comment allez-vous, Mr. Lester ? Vous avez dû me trouver vraiment stupide hier de vous avoir pris pour un docteur, parce que vous n'avez absolument pas l'air d'un docteur. Rosamond m'a expliqué que vous représentiez les éditions Petherton et elle m'a dit que je ne devais pas m'attendre à ce que vous publiiez quelque chose de moi. Mais je ne me suis jamais imaginé cela... jamais sérieusement. Mais j'espère que nous pourrons en parler un peu et que vous ne vous contenterez pas de me dire que cela ne vaut rien et que je dois attendre d'être plus vieille. Vous ne pouvez pas savoir à quel point c'est abominable d'être jeune et d'entendre les gens vous dire que vous ne pouvez rien faire de ce que vous avez envie de faire, à cause de votre âge.

— Ce n'est pas du tout mon intention, répondit-il, parce qu'il y a déjà pas mal de choses que vous savez faire, et j'aimerais beaucoup que nous en parlions.

Elle avait croisé les mains sur sa poitrine et les tenait étroitement serrées. Ses yeux luisaient de plaisir anticipé. Rosamond, qui s'était légèrement avancée pour poser la main sur son épaule, fut repoussée avec véhémence.

— Tout d'abord, dit-il, écrire est un métier. Et si vous voulez écrire, il vous faudra apprendre ce métier. Prenons l'exemple d'une conversation. Il y a les paroles, mais il y a aussi la physionomie et l'attitude des gens, et le ton qu'ils emploient pour s'exprimer. Et lorsqu'on se retrouve devant une feuille de papier pour décrire cette conversation, on ne dispose que des mots, et ils sont insuffisants. Il va donc falloir, d'une manière ou d'une autre, rendre par l'écriture toute cette couleur, cette vie et ces intonations.

— Et comment ?

— C'est ce qu'il vous faudra apprendre. Pour commencer, un dialogue écrit doit être d'une qualité supérieure à ce qu'est la conversation de tous les jours. Il doit être plus vivant, plus tranchant. Tout doit être plus coloré. La personnalité des interlocuteurs doit être mieux marquée. Les gens intelligents doivent être plus intelligents et les sots plus sots qu'ils ne le sont en réalité, faute de quoi les personnages et les répliques ne passeront pas la rampe et votre livre sera plat. Il vous faudra également choisir soigneusement vos lectures. Ne lisez pas trop d'œuvres du même auteur, car vous risqueriez de le calquer, et c'est une erreur qui ne pardonne pas. Il vous faudra lire les auteurs classiques, car ils donnent des bases solides dont vous ne pourrez vous dispenser. Et en les lisant, prêtez attention à la manière dont ils font entrer et sortir les personnages, dont ils les font se déplacer, à la manière dont ils créent ce que l'on appelle l'atmosphère... tout ce genre de choses. Chacun a son style propre, ainsi vous ne risquerez pas d'être trop influencée par l'un ou l'autre en particulier.

Jenny approuva vigoureusement de la tête.

— Et puis — vous n'allez probablement pas apprécier ce que je vais dire, mais c'est important — écrivez sur des sujets que vous connaissez.

Jenny manifesta une agitation fébrile.

— Mais si tout le monde faisait cela, la plupart des livres seraient mortellement ennuyeux. Je n'ai pas envie d'écrire sur les événements de tous les jours... cela m'ennuie tellement ! Que puis-je écrire d'intéressant sur ce qui se passe *ici ?*

C'était une question épineuse. Il se hâta de changer de sujet.

— Eh bien, vous habitez dans un village, et il y a des gens dans un village, de la même manière qu'il y a des gens dans une ville, dans une île du Pacifique ou dans un château en Espagne. Ce sont les gens et ce qui se passe dans leur vie qui rendent les choses intéressantes... ou ennuyeuses.

Pour la première fois depuis le début de leur entretien, il vit les mains de Jenny se détendre et son visage reprendre sa couleur normale. Elle dit d'une voix lente :

— Il est parfois impossible de savoir ce que pensent les gens. Personne ne sait ce qui s'est passé dans la tête de Maggie.

— Qui est Maggie ?
— Quelqu'un du village. Elle est sortie de chez elle un soir et elle n'est jamais revenue.
Rosamond lui jeta un regard embarrassé. Il poursuivit sans en tenir compte :
— Pourquoi a-t-elle fait cela ?
— Personne ne sait pourquoi.
— Racontez-moi cela à votre manière... comme si c'était une histoire que vous écriviez.
— Je ne sais pas par où commencer.
Il éclata de rire.
— C'est toujours une des difficultés.
Elle réfléchit quelques instants puis secoua la tête avec véhémence.
— Je ne peux pas faire cela comme ça. Je peux seulement vous raconter ce qui s'est passé.
— D'accord... allez-y.
Elle hocha lentement la tête.
— Vous ne devez pas considérer cela comme une histoire... seulement comme quelque chose qui s'est passé. Mais ce n'est pas passionnant, ni romanesque, ni rien de tout ça... c'est seulement un peu inquiétant. Maggie habitait dans un des cottages du village avec son père et sa mère. On le voit du bas de l'allée, mais ils n'y vivent plus maintenant. Son père et sa mère étaient très âgés et Maggie n'était plus toute jeune ni jolie ni rien. Et il y a environ un an, un soir à huit heures, alors que la nuit était complètement tombée, elle a terminé son repassage et elle a dit à sa mère : « Je sors pour respirer un peu. Je n'en ai pas pour longtemps. » Et personne ne l'a jamais revue.
— Vous voulez dire qu'elle a disparu comme ça ?
Jenny hocha la tête en signe d'acquiescement.
— Je vous ai dit que c'était assez inquiétant. Mais si je devais écrire cela dans une histoire, je crois que j'arrêterais là parce que la fin est un peu décevante.
— Et quelle est la fin ?
— Oh, elle a écrit... deux fois. Elle a envoyé une carte postale à sa mère et une à miss Cunningham. Elle était femme de journée chez les Cunningham, et sur leur carte postale elle avait juste écrit : « Partie provisoirement. » Mais celle de sa mère était plus longue... elle disait qu'elle était obligée de partir et qu'elle reviendrait dès que possible. C'est ce qu'elle leur a écrit, mais elle ne l'a jamais fait et ils n'ont plus jamais entendu parler d'elle.

La carte avait été postée à Londres. Finalement ils se sont adressés à la police, mais ils n'ont jamais pu la retrouver. Personne ne sait ce qui l'a poussée à agir ainsi car elle avait toujours été une fille modèle. Mais comme elle ne leur a jamais plus envoyé d'argent ni rien, les pauvres vieux ont vécu avec vraiment très peu de chose.

— Vous dites qu'ils n'habitent plus ici ?

— Oh, non. Ils sont morts. Maggie n'aurait jamais dû les abandonner.

Par-dessus la tête de Jenny, Rosamond lui jeta un regard lourd de sous-entendus. D'accord, il avait été d'une insigne maladresse et n'aurait jamais dû laisser Jenny s'appesantir sur des tragédies de village. Il fallait donc qu'elle se cantonne dans ses lectures de Gloria Gilmore et ce monde qui n'avait rien de réel. Mais puisqu'il s'agissait de contes de fées, il préférait pour sa part *La Belle et la Bête* ou *Cendrillon,* avec un zeste de folklore et une pointe de fantaisie. Il rendit son regard à Rosamond avec toute l'effronterie qu'il lui fut possible d'y mettre et reprit :

— Oui, c'est bien le genre de choses dont je voulais parler. Mais, vous savez, il n'est pas obligatoire que ce soit une tragédie. Il se passe toujours des choses étranges dans un village... comme partout ailleurs. Mais il y a aussi de belles histoires ou des événements intéressants.

Il s'arma de courage et ajouta :

— Le pessimisme est le sceau de la prime jeunesse.

Jenny s'empourpra. Il eut la sensation d'avoir été très dur, mais il lut de la reconnaissance dans les yeux de Rosamond.

Puis elle sortit, le laissant avec Jenny, et revint quelques minutes plus tard avec un plateau, des tasses de thé et une assiette de biscuits confectionnés par Mrs. Bolder et qui fondaient dans la bouche. Tout semblait se passer pour le mieux et Jenny jacassait comme une pie. Elle mangea bon nombre de biscuits et but une grande tasse de lait.

— Et si nous devions surveiller notre ligne, jamais nous ne pourrions manger tout cela. Alors, heureusement que ce n'est pas le cas, parce que les biscuits de Mrs. Bolder sont absolument succulents. Et j'espère qu'il s'écoulera encore bien des années avant que Rosamond et moi-même ne commencions à nous préoccuper de ce genre de choses. Elle s'agite beaucoup trop et moi je ne bouge pas suffisamment. Et, de toute façon, ce doit être absolument affreux de penser à tout ce qu'on mange et de se dire qu'il ne faudrait peut-être pas en prendre. Miss Cunningham est comme ça, vous savez. Elle ne mange pas de ceci, elle ne mange pas de cela, et puis elle meurt de faim. Et d'un seul coup elle ne peut plus supporter ce régime et elle reprend tout le poids qu'elle avait perdu, alors ça sert à quoi ? D'autant plus qu'elle est déjà assez âgée et que je ne comprends pas pourquoi elle se fait du souci. Nicholas la fait toujours enrager, et elle devient toute rose et elle lui dit : « Oh, mon cher enfant ! »

Après qu'il eut fait ses adieux à Jenny, Rosamond le raccompagna dans le couloir. Il se demanda s'il allait de nouveau être convoqué par miss Crewe, mais ils passèrent devant sa porte en silence. Ils débouchèrent dans un couloir plus large qui menait directement dans le hall et Rosamond lui demanda d'une voix mal assurée :

— Aimeriez-vous faire le tour de la maison ?

Il ne fit aucun effort pour adoucir la sécheresse de sa réponse.

— Non, cela ne me dit rien.

Les lèvres de la jeune fille esquissèrent un sourire tremblant.

— Les gens aiment bien visiter. Il y a de jolis tableaux.

— Non, merci.

— Il y a deux Lely et un Van Dyck, et un amour de Gainsborough... miss Louisa Crewe à l'âge de trois ans, en robe de mousseline blanche, avec une grande écharpe bleue et tenant un chiot dans ses bras.

— Mais alors, pourquoi diable ne les vend-elle pas pour vous permettre de vivre comme des êtres humains ?...

Son sourire s'évanouit comme la flamme d'une bougie que l'on souffle.

— Tante Lydia ne vendra jamais rien, répondit-elle, et vous... et vous n'avez pas le droit de dire des choses comme ça.

— Alors il vaut mieux ne pas me demander de me prosterner devant l'idole qui est en train de vous détruire toutes deux. Je présume que cette demeure était au départ une bonne maison, conçue pour la satisfaction des besoins d'un certain nombre de gens bien vivants. Le genre de vie qu'ils menaient n'a plus cours maintenant et il n'y a plus de place pour ce genre de demeure. Il faut soit leur trouver une nouvelle utilisation soit tout simplement les démolir. Vous savez aussi bien que moi que cette maison n'est rien d'autre qu'un mausolée et qu'elle est en train d'épuiser toute votre énergie. Et si vous avez l'intention de me demander en quoi cela me concerne, je vais vous le dire.

— Mais je ne vous demande rien.

— Je vais vous le dire tout de même. Tout d'abord, il est du devoir de chacun d'empêcher une tentative de suicide. » Un large sourire s'épanouit brusquement sur son visage. « Vous ne vous attendiez pas à cela, n'est-ce pas ? Je me trouve là sur un terrain où la controverse est impossible. Je vous vois sur le point de vous jeter du haut de Waterloo Bridge et je tends le bras pour vous retenir !

— Je crois que vous êtes complètement fou.

— Non... c'est une métaphore. Mais rassurez-vous, cela va devenir plus facile. En second lieu, depuis que je vous connais, vous ne m'avez jamais laissé indifférent. Vous me mettez en colère, tout m'excède. Quand je ne suis pas furieux contre miss Crewe qui vous tient en esclavage, je suis furieux contre vous qui acceptez cet esclavage. « Le Sacrifice d'une sœur », voilà comment on pourrait résumer la situation... vous êtes l'incarnation même d'un de ces personnages à la Gloria Gilmore dont Jenny raffole. Vous savez que je n'ai pas été furieux comme ça depuis des années et des années. Je n'aurais jamais cru cela de moi, mais c'est ainsi et je suppose que vous savez aussi bien que moi ce que cela signifie. Et maintenant, peut-être vaudrait-il mieux parler d'autre chose.

Elle l'avait observé d'une manière qui lui avait paru assez distante, un peu comme une demoiselle au Moyen Age aurait regardé deux preux chevaliers livrer pour ses beaux yeux un assaut furieux. Son attitude suggérait que ces jeux violents étaient bien dignes des hommes et qu'il n'y avait rien à y faire. Elle se contenta de répondre : « Oui », d'un ton neutre, puis elle ajouta : « J'aimerais vous parler de Jenny. »

Ils traversèrent le hall et elle le fit entrer dans la petite pièce pâle où ils avaient discuté la veille au soir. Ils s'assirent dans les mêmes sièges et parlèrent des lectures à conseiller à Jenny et de ce qu'il fallait l'encourager à écrire.

C'est Rosamond qui mentionna à nouveau Maggie Bell.

— Je ne sais pas ce qui a poussé Jenny à parler de cela. C'est une histoire affreuse.

— Je ne pense pas qu'elle la considère ainsi. Elle a eu le temps de s'y habituer.

— J'espérais qu'elle n'en avait eu que de vagues échos.

— Dans un village ? Vous plaisantez ! D'ailleurs, les enfants sont toujours au courant de tout.

— Personne n'a jamais su ce qui était arrivé à Maggie. C'est vraiment effrayant, vous savez. C'était une fille modèle et elle ne serait jamais partie comme cela en abandonnant son père et sa mère si elle n'y avait été obligée.

Elle reprenait exactement les paroles de Jenny. Puis il se dit que ce n'était pas tant l'opinion de Jenny que le sentiment général. Ces mots avaient été répétés si souvent que, dès que l'on abordait le sujet de Maggie Bell, ils étaient là, prêts à être utilisés.

— Je suppose que ce fut le processus habituel, reprit-il. Elle a rencontré un homme et elle ne s'est pas sentie capable de faire face aux commérages.

— Mais non, il n'y avait pas d'homme. Elle avait une quarantaine d'années et n'était jamais sortie avec personne.

— C'est évident, dit-il. Les jeunes filles qui disparaissent ou qui se font assassiner n'ont jamais d'amoureux... c'est ce que disent toujours leurs amis et leurs parents. Mais c'est une vieille histoire. Parlons plutôt de Jenny.

Chapitre V

L'inspecteur principal Lamb se renversa dans le fauteuil de son bureau et laissa son regard s'appesantir avec une telle insistance sur l'inspecteur Frank Abbott que le jeune officier de police d'avenir commença à se demander lequel des crimes qui lui faisaient encourir les reproches de son supérieur hiérarchique il avait bien pu commettre cette fois. Dans tous les cas, l'homélie appropriée allait inéluctablement suivre. Comme il les connaissait toutes par cœur, que le thème en soit le fait de se croire supérieur à ses chefs ou l'illusion entretenue à tort qu'on lui avait demandé son avis ou qu'on l'avait souhaité, en passant par toute une longue liste qui se terminait par l'utilisation de vocabulaire emprunté à une langue étrangère alors que l'anglais aurait très bien convenu à n'importe qui, il attendit le déchaînement verbal habituel avec résignation, un peu étonné même qu'il n'eût pas encore commencé.

Lamb le regardait d'un œil noir. Son visage lourd était rubicond. Sa tignasse brune, frisottant obstinément sur les tempes, était à peine clairsemée sur la calotte du crâne. Ses petits yeux bruns protubérants restaient fixés sur la silhouette mince et élégante de Frank Abbott. La coupe de ses vêtements, les couleurs harmonieuses de ses chaussettes, de sa cravate et de sa pochette, les chaussures irréprochablement cirées auraient pu, collectivement ou individuellement, fournir la matière d'un sermon. Ce n'est que lorsqu'un respectueux « Oui, monsieur ? » eût été proféré que l'inspecteur principal rompit ce silence de mauvais augure. C'est d'un ton grave qu'il grommela ces paroles surprenantes :

— Vous ne m'avez pas envoyé, à un moment ou à un autre, une carte postale d'un endroit appelé Melbury ?

Tout en se disant que les faits remontaient à beaucoup trop longtemps pour qu'il puisse s'agir d'un manquement à la discipline et que, si ses souvenirs étaient bons, la carte postale elle-même avait représenté une vue aérienne des nouveaux lotissements de Melbury, Frank répondit :

— Ce devait être l'an dernier, à peu près à cette époque. J'avais profité d'un week-end pour aller rendre visite à un cousin.

Les sourcils froncés, Lamb hocha lentement la tête.

— Je me demande pourquoi vous m'avez envoyé cette carte ?

— Vous aviez mentionné des gens... des amis d'une de vos filles qui allaient s'installer à Melbury ; j'avais pensé que les nouveaux lotissements pourraient les intéresser.

Lamb poussa un grognement. Mrs. Lamb et lui-même avaient eu l'année précédente des moments difficiles avec leur fille Violet. Il ne parvenait pas à comprendre pourquoi cette petite idiote n'arrivait pas à trouver un garçon sympathique, à l'épouser et à se caser une bonne fois pour toutes. Cette fois-là, cela avait été un de ces jeunes excentriques chevelus qui veulent supprimer en bloc l'armée, la marine, l'aviation militaire et la police pour faciliter la vie de tout le monde. Le type en question avait un vague emploi à Melbury et Violet en était arrivée à dire qu'elle avait l'intention de l'épouser. Mais, Dieu merci, tout cela était terminé, et elle sortait en ce moment avec le fils d'un monsieur qu'ils avaient rencontré au temple, et qui avait d'excellentes perspectives d'avenir dans l'entreprise de son père, un commerce d'épicerie en gros. Peu désireux d'entrer dans ces détails, il se racla la gorge et fit d'un ton autoritaire :

— C'est bien cela, c'est bien cela. Melbury — exactement — l'an dernier à cette époque.

— Oui, monsieur.

Lamb se pencha en avant et saisit un crayon. Il écrivit Melbury sur un morceau de papier et dit lentement et d'un ton pensif :

— Vous avez rendu visite à des cousins. Et si vous leur rendiez une nouvelle visite ?

Frank Abbott haussa un de ses sourcils pâles.

— Oh, je ne les connais pas si bien que cela, répondit-il. Ils m'avaient invité et j'y suis allé.

Une lueur amusée passa dans son regard.

— J'ai un certain nombre de cousins.

— C'est une bonne chose d'avoir l'esprit de famille, fit Lamb avec chaleur. Dommage qu'il ne soit pas plus développé par le temps qui court. Il y a des tas de gens qui ne savent même pas qui était leur propre arrière-grand-père.

Frank lissa du plat de la main sa chevelure blonde déjà irréprochable.

— Mon arrière-grand-père avait vingt-sept enfants, remarqua-t-il d'un ton négligent. Un ou deux de ses frères et de ses neveux ont également contribué à maintenir une moyenne élevée, et quand c'est nécessaire, je peux me trouver un cousin pratiquement partout. Cela s'avère parfois utile.

Lamb commença à déchirer le morceau de papier sur lequel il avait écrit le nom de la ville.

— Oui, c'est ce que j'étais en train de me dire, reprit-il. Et je me demandais quel effet cela ferait si vous vous trouviez à leur rendre une petite visite.

Il jeta les bouts de papier déchirés dans une grande corbeille.

Le jeune officier de police à l'humour irrévérencieux réalisa que son chef respecté était en train de faire montre de tact. Cela lui rappela la réponse du Dr Johnson à qui Boswell avait demandé son opinion à propos du prêche d'une femme. « Mon cher ami, c'est comme un chien qui essaie de marcher sur ses pattes de derrière. Ce n'est pas bien fait, mais on est étonné de voir qu'il y parvient. »

— C'est très gentil à vous, monsieur, mais il me paraît difficile... fit-il d'un ton respectueux.

— Ta, ta, ta ! reprit Lamb avec agacement avant de se résoudre à abattre son jeu. A vrai dire, je ne serais pas contre le fait d'avoir quelqu'un sur place sans pour autant qu'il s'agisse d'une démarche officielle. La montagne accouchera peut-être d'une souris et, de toute façon, cela ne nous concerne pas directement. Mais il vaut mieux commencer par le commencement.

Frank Abbott murmura de manière à peine audible que ce serait effectivement aussi bien. Il resta adossé au chambranle de la cheminée.

Lamb sortit quelques feuillets d'un tiroir, les aplatit sur le bureau devant lui et leva les yeux pour poser une question.

— Vos cousins... habitent-ils à Melbury même ?

— Je crains que non, monsieur. Vous auriez préféré ? Ils sont à environ deux kilomètres, du côté de Hazel Green.

Lamb hocha la tête d'un air songeur.

— Vous connaissez Hazel Green ?

— J'ai traversé le village. Vous savez, je n'y suis allé que pour un week-end.

— Bon. Eh bien, peu de temps après votre passage, une femme du nom de Maggie Bell a disparu du village. Elle est sortie un soir prendre l'air et elle n'est jamais revenue. Environ une semaine plus tard, sont arrivées deux cartes postales postées à Londres... attendez un instant... oui, à Paddington. La première était adressée à ses employeurs et disait : « Partie provisoirement. M. B. » et l'autre était pour ses parents : « Je reviendrai dès que possible. Florrie viendra vous aider. Ne vous inquiétez pas. Maggie. » Elle travaillait comme femme de journée chez une certaine miss Cunningham, qui vivait avec son frère, un homme assez âgé, à la santé chancelante et un jeune homme du nom de Nicholas Cunningham qui est son neveu. A moins d'un kilomètre de Hazel Green et un peu à l'écart de la grand-route, se trouve Dalling Grange qui a été réquisitionnée par le ministère de l'Air pendant la guerre et conservée depuis pour servir de base de recherches expérimentales. Nicholas Cunningham y travaille. Ces expériences sont entourées du plus grand secret et la Sûreté a les nerfs à vif dès qu'il se passe quelque chose dans un rayon de cent kilomètres. La disparition de Maggie Bell les a rendus fiévreux. Elle avait quarante ans et était loin d'être une beauté. Personne ne l'avait jamais vue avec un homme. Je sais que c'est ce que disent toujours les proches, mais dans ce cas, cela semble avoir été la vérité. Après ces deux cartes postales, personne n'a plus jamais entendu parler d'elle et on n'a jamais retrouvé sa trace.

— Et ces cartes postales... c'est vraiment elle qui les a envoyées.

— Je l'ignore. Les parents n'en ont pas contesté la provenance, pas plus que miss Cunningham. Maggie n'avait jamais quitté le domicile familial et le seul échantillon disponible de son écriture était la signature sur sa carte d'identité. Les experts en écriture ont refusé de s'engager d'une manière ou d'une autre. Il faut dire que son écriture est un infâme gribouillage et que le stylo utilisé pour la carte d'identité n'avait pratiquement plus d'encre.

— Et quel est notre rôle dans cette affaire ?

— A vrai dire, cela ne nous concerne qu'indirectement — le cachet de la poste est de Paddington — et si vous voulez mon opinion, ils font beaucoup de bruit pour rien. A mon avis, cette femme a dû être victime d'un accident. Elle avait des parents âgés, c'était une excellente fille et elle assurait la subsistance de sa famille. Jamais elle ne serait partie en laissant son père et sa mère se débrouiller seuls. La question est de savoir ce qui a pu l'attirer à Londres et à y passer une semaine. Si les cartes postales sont authentiques, cela nécessite quelques explications. Dans le cas contraire, tout le monde aimerait bien savoir qui les a écrites et pourquoi.

— N'est-il pas un peu tard pour cela, monsieur ? demanda Frank Abbott. Quelle est exactement l'utilité de m'envoyer à Melbury maintenant ?

Lamb fronça les sourcils.

— Eh bien, en réalité, il y a eu des fuites. On nous demande d'apporter notre collaboration. Il ne s'agit pas d'envoyer quelqu'un là-bas à titre officiel, mais il a été convenu que ce ne serait peut-être pas une mauvaise idée de vous accorder quelques jours de congé pour que vous puissiez rendre visite à titre privé à votre famille dans la région. On m'a suggéré que ce ne serait peut-être pas une mauvaise idée de passer au crible tous les potins qui circulent.

Il s'éclaircit la gorge et ajouta :

— Les bavardages mondains, en quelque sorte.

Frank Abbott se redressa. Son air respectueux et attentif fit place à un sourire goguenard pendant qu'il murmurait :

— En fait, c'est miss Silver qu'il vous faut.

L'inspecteur principal devint cramoisi, ses sourcils se joignirent, mais il n'y eut pas d'explosion. Au lieu de cela, il fit remarquer avec un léger grognement que ce ne serait peut-être pas une mauvaise chose.

— C'est le genre d'affaire où je ne prétendrais pas qu'elle ne puisse pas se montrer utile. Il faut reconnaître que les gens aiment parler, mais pas à la police. C'est là où miss Silver a un rôle à jouer. La seule chose qui empêche les gens de parler est la peur. Or personne n'a peur de miss Silver. Elle est très liante... elle donne aux gens l'impression de bien les aimer. Elle reste assise avec son tricot et elle se montre aimable. Mais attention, cet intérêt n'est pas feint. S'il était feint, cela ne marcherait pas comme cela marche. Elle aime les gens et elle s'intéresse à eux, et ils se mettent en quatre pour lui faire des confidences. Alors que si vous-même ou un de nos gars de là-bas arriviez avec votre calepin, vous les verriez se raidir et se refermer comme des huîtres. Il se passe des tas de choses dans un village dont on ne parle pas... pas aux étrangers. Des choses qui se savent, qui se murmurent sous le manteau, mais qui n'arrivent jamais jusqu'aux oreilles de la police. Et quand vous arrivez pour poser des questions, plus personne ne sait rien. J'ai passé mon enfance dans un village et je sais de quoi je parle. Les choses ont changé depuis mon enfance... il y a des autocars maintenant, des cinémas, et la radio, et les jeunes partent travailler à la ville. Mais cela n'a pas tellement changé en profondeur. Allez donc discuter avec miss Silver et voyez si elle n'a pas par hasard une vieille amie aux environs de Melbury à qui elle pourrait aller rendre visite. Mais attention, il faut que cela paraisse fortuit, sinon cela ne servira à rien. En fait, tout le monde aimerait que cette affaire soit réglée vite et bien. S'il se passe quelque chose là-bas, ils veulent savoir de quoi il s'agit. Et s'il ne se passe rien d'anormal, ils veulent en être sûrs avant qu'on ne commence à poser des questions à la Chambre.

Chapitre VI

Miss Silver avait sorti le service à café à fleurs qu'un client reconnaissant lui avait offert pour Noël. Les tasses avaient une bordure bleue et dorée et de petits bouquets de fleurs. Les soucoupes avaient la même bordure et étaient irrégulièrement semées de fleurs. Frank Abbott, ayant dûment exprimé son admiration, commença à savourer son café en attendant le moment propice pour s'acquitter de sa mission. Chez aucune de ses nombreuses connaissances il ne se sentait plus à l'aise que dans l'appartement de miss Silver, avec ses rideaux bleu turquoise, son tapis dans le même ton, orné de fleurs entrelacées, son bureau parfaitement ouvragé et ses chaises victoriennes en noyer sculpté et verni, recouvertes d'un tissu assorti aux rideaux. Les tableaux qui contemplaient la scène étaient de vieux amis — des reproductions de *L'Eveil de l'âme, Le Cerf aux abois, Le Monarque de Glen, Le Vernis noir.* Miss Silver elle-même, avec sa frange soigneusement contenue dans une résille, ses bottines à tige, son grand médaillon en or où étaient gravées les initiales de ses parents et qui enfermait des boucles de leurs cheveux, paraissait sortir tout droit d'un album de famille, avant que les guerres du vingtième siècle n'aient fait crouler le monde de Victoria et d'Edouard VII. Elle était, dans son aspect, dans ses manières, dans son respect des traditions, une survivance de ce monde disparu. Sa robe, bien qu'il lui manquât l'ample drapé de cette époque, contribuait à donner cette impression d'être en permanence démodée. Son petit gilet noir évoquait les années quatre-vingt-dix et la griffe du petit couturier conférait à tous les vêtements qu'elle portait un air de famille avec tous ces autres vêtements laborieusement confectionnés dans les villages ou dans les faubourgs des villes à l'époque où il n'était pas de bon ton pour une femme de la bonne société d'acheter du prêt-à-porter.

Frank Abbott trouvait dans cet environnement une sensation de sécurité qu'il lui était impossible d'expliquer. Il posa à regret sa tasse à café et réintégra le monde du crime.

— Vous ne connaîtriez pas quelqu'un à Melbury, par hasard ? Si ?

Avant de répondre, miss Silver prit le temps de reposer sa propre tasse sur le plateau à café. Elle avait parfois une manière bien à elle de considérer un sujet nouveau qui rappelait l'attention aiguë avec laquelle un oiseau observe un ver de terre suspect. Ce fut le cas cette fois-là. Frank reçut l'impression très nette que Melbury était un ver de terre et que c'est ainsi qu'elle considérait le sujet. Elle répéta le nom sur un ton légèrement interrogatif.

— Melbury ?

Il hocha la tête en signe d'acquiescement.

— Vous connaissez quelqu'un là-bas ?

— Pas exactement à Melbury. Mais pourquoi me demandez-vous cela ?

— Le chef aimerait bien que ce soit le cas.

— Mon cher Frank !

— Il a besoin de quelqu'un pour sonder l'opinion locale, pas tant à Melbury même que dans le village voisin de Hazel Green.

— Mon Dieu, s'exclama miss Silver.

Comme il s'agissait de son expression la plus forte pour manifester de l'étonnement ou de la préoccupation, il ne fut pas surpris outre mesure lorsqu'elle enchaîna en disant :

— C'est vraiment une coïncidence surprenante.

— Alors, vous connaissez quelqu'un ?

— J'ai une vieille amie d'école à Hazel Green.

— Ma chère miss Silver !

Elle prit un sac à ouvrage en chintz sur la planchette de la petite table où était posé le plateau à café et, l'ouvrant, en sortit une paire d'aiguilles à tricoter d'où pendait une étroite bande de laine d'une couleur ravissante. La petite Josephine, la plus jeune fille de sa nièce Ethel Burkett, approchait de son sixième anniversaire. Un ensemble tricoté dans ce ravissant rouge cerise serait certainement très seyant. La mode avait été d'habiller les enfants blonds exclusivement en bleu, mais dans ce domaine les tendances modernes lui paraissaient dignes d'éloges. Tout en tirant sur sa pelote cerise et en commençant à tricoter, elle développa sa remarque antérieure.

— J'avais complètement perdu Marian de vue. Il n'est pas toujours possible de rester en relation avec ses condisciples et pendant les premières années de ma carrière dans l'enseignement, j'étais débordée de travail. Mais l'année dernière, je l'ai rencontrée à nouveau par hasard chez une autre vieille amie d'école, Cecilia Voycey. Elle l'avait invitée à passer quelques jours chez elle et avait pensé que ce serait agréable d'organiser une petite réunion. Dalling n'est pas très loin de Melbury et j'ai vraiment été ravie de revoir Marian, bien qu'elle ait malheureusement changé. Elle avait épousé le dernier descendant d'une vieille famille campagnarde. Ils possédaient une somptueuse résidence, mais une suite de droits de succession avait grevé le patrimoine et pendant la guerre la propriété a été réquisitionnée par le gouvernement.

Frank Abbott haussa un sourcil et demanda :

— Ce ne serait pas Dalling Grange, par hasard ?

— Je crois, en effet, que c'est le nom. Les Merridew y vivaient depuis longtemps et tout cela est regrettable. Maintenant, Marian est veuve et sans enfants et je pense que c'est un soulagement pour elle d'avoir une petite maison facile à tenir et des responsabilités moindres.

— Pourriez-vous aller passer quelques jours chez elle ?

— Elle m'a invité à le faire.

— Alors, écoutez-moi.

Pendant qu'il développait toute l'histoire de Maggie Bell et de ses éventuelles ramifications dans les expériences actuellement menées à Dalling Grange, et qu'il lui faisait part de la préoccupation du ministère de l'Air au sujet de fuites éventuelles, miss Silver continua à tricoter. Lorsqu'il eut terminé, elle dit d'un ton grave :

— Il semble y avoir très peu d'indices.

Frank leva les mains en signe d'impuissance.

— Pratiquement rien. Ils semblent croire qu'il y a eu des fuites, mais je ne pense pas qu'ils en soient sûrs. Il n'est pas rare que deux personnes aient la même idée à peu près au même moment dans deux pays différents, et s'il y a, ou s'il y a eu des fuites, rien ne permet d'établir un rapport quelconque avec la disparition de Maggie Bell. En tout cas, je ne vois pas très bien ce que l'on attend de nous. Cette disparition remonte à un an. On ne nous a guère donné de détails sur les fuites, mais je présume que c'est beaucoup plus récent. Il est indiscutable, en tout cas, que l'on s'agite énormément et cela ne pourrait faire aucun mal si vous alliez rendre visite à votre amie Mrs. Merridew.

Elle tricota en silence pendant quelques instants, puis commença à poser des questions.

— Maggie travaillait pour cette miss Cunningham ?

— Quatre heures tous les matins... de huit à douze.

— Et le neveu, Nicholas Cunningham, est employé à la station expérimentale de Dalling Grange ?

— Exactement.

— Et l'autre occupant de la maison, Mr. Henry Cunningham... que fait-il ?

— Il est en train de rédiger un ouvrage sur les variétés locales de chenilles et de papillons.

— A-t-il déjà publié quelque chose ?

— Pas à ma connaissance. A mon avis, c'est probablement un de ces dilettantes qui a du temps à perdre et qui a un passe-temps suffisamment prenant pour fournir un prétexte à son oisiveté.

— Depuis combien de temps vit-il avec sa sœur ?

— Depuis trois ans. La Sûreté a soigneusement épluché tout son dossier, mais tout paraît satisfaisant. Il a pas mal roulé sa bosse, mais il n'y a rien contre lui. Il a passé la guerre dans un camp de prisonniers au Japon et sa famille l'avait cru mort. Puis un beau jour, il est revenu et depuis il est resté. Il a naturellement été le suspect numéro un, mais les recherches n'ont pas abouti. Selon toute vraisemblance ce n'est qu'un oisif assez âgé, qui n'est plus en très bonne santé et qui a été ravi de revenir au pays et de retrouver le nid douillet de sa famille. Bon, que dois-je dire au chef ? En ce qui me concerne, on m'envoie passez quelques jours chez un cousin. Il travaille comme architecte pour les nouveaux lotissements de Melbury. Allez-vous venir pour me tenir la main ?

Miss Silver termina son rang, puis elle leva les yeux et dit :

— Je vais écrire à Marian Merridew dès ce soir.

Chapitre VII

Après vingt-quatre heures passées à « La Feuille de Houx », Craig Lester résolut de ne pas aller plus loin. Le but avoué de son voyage dans la région était une visite de politesse qu'il devait rendre à un grand-oncle nonagénaire. Il estima pouvoir tout aussi bien rendre quotidiennement visite à l'oncle Rudd d'Hazel Green que d'un hôtel à Melbury. Depuis de longues années maintenant, il avait été pratiquement impossible de s'installer chez son oncle où tout était réglé avec une exactitude d'horloge et où une vieille bonne et une vieille infirmière avaient uni ce qui leur restait de forces pour faire régner un despotisme débonnaire. Elles prenaient soin d'oncle Rudd à la perfection et ses visites étaient de principe, et pourtant elles étaient régulières et le seraient jusqu'à la fin. Il ne lui avait pas toujours été facile de se libérer, mais en la circonstance ces visites lui fournissaient un excellent prétexte pour rester dans les environs.

Le troisième jour, il rencontra Henry Cunningham au bar de l'auberge, grand, voûté, barbu, les cheveux sales et grisonnants. Se souvenant de l'histoire que Jenny lui avait racontée d'une passion romantique à la Roméo et Juliette, il se dit qu'il eût été difficile de moins ressembler à Roméo. Mais malgré ses autres malheurs, les vicissitudes de l'âge mûr avaient encore été épargnées au jeune homme. Pour un œil impartial il était possible de concevoir qu'Henry ait eu un certain charme avant d'avoir les épaules tombantes, de se laisser pousser la barbe et d'économiser le prix des coupes de cheveux. Selon toute évidence, il massacrait lui-même sa tignasse chez lui, à l'aide de ciseaux à ongles. Son verre à la main, Craig se dirigea vers le vieil homme et fit quelques remarques sur le temps. Elles furent accueillies avec une amabilité pleine de mollesse et une conversation décousue s'engagea, au hasard de laquelle ils firent les présentations.

— Il m'arrive de temps à autre de venir dans la région pour rendre visite à un vieil oncle et cette fois, j'ai décidé de rester ici plutôt que d'aller à Melbury.

D'un air indifférent, Henry Cunningham répéta :

— Un oncle...

— Un docteur qui s'est retiré, fit Craig Lester. Il avait une nombreuse clientèle dans la région... le docteur Rudd Lester. Il est nonagénaire maintenant, mais encore vigoureux.

— Ah, oui... le docteur Lester..., fit Henry Cunningham. Peut-être allait-il ajouter quelque chose. D'après la tendance qu'il semblait avoir à laisser tomber tous les sujets de discussion, il était facile d'en déduire qu'il n'avait rien d'autre à dire, mais à ce moment précis, un homme qui venait d'entrer se dirigea vers lui et le salua.

— Eh bien... toujours en pleine forme, je vois ! Une pinte de pale ale, Mr. Stubbs, s'il vous plaît. Comment vont les chers insectes, Mr. Cunningham ?

La voix chaleureuse et la face rubiconde formaient un contraste frappant avec le manque d'énergie d'Henry Cunningham. Il ne perdit pas de temps avant de se présenter à Craig.

— Vous êtes nouveau par ici, n'est-ce pas ?... Ah, vous restez deux ou trois jours ? Eh bien vous avez de la chance. Vous n'auriez pu tomber mieux que sur Mrs. Stubbs... je vous le garantis. Je m'appelle Selby — Fred Selby, pour vous servir. J'ai découvert cet adorable petit village en cherchant un endroit où je pourrais prendre ma retraite, et je ne l'ai jamais regretté. C'est le village le plus agréable que l'on puisse trouver, et les gens sont merveilleux. J'étais dans les affaires à Londres, et tout le monde m'a dit que je trouverais la campagne triste à mourir et que jamais je ne m'y ferais.

Il éclata d'un rire jovial, but une gorgée de bière et poursuivit :

— Oh, je ne prétends pas que je ne retournerai jamais en ville, parce que cela m'arrive de temps en temps. Mais pour ce qui est de retourner y vivre... non, merci ! Je ne le ferais pas pour tout l'or du monde ! Tenez, j'étais un vrai paquet de nerfs... terminé ! Je souffrais d'insomnie... je vous donne ma parole que c'est la vérité. Et maintenant, la moitié du temps, je ne me retourne même pas avant d'entendre le réveil sonner.

— Couché et levé comme les poules ?

— C'est tout à fait ça ! D'ailleurs j'ai quelques douzaines de poules — c'est un passe-temps comme un autre, vous voyez — et cela change tout si elle ont leur pâtée le matin de bonne heure. Et vous pouvez me croire, il y a trois ans, je n'aurais jamais imaginé me lever à six heures et demie pour préparer le petit déjeuner de toute une basse-cour ! J'ai beau demander à ma femme de me donner un coup de main, elle prétend qu'elle a suffisamment à faire sans cela, et je suppose que c'est vrai, même avec la jeune fille qui vient le matin pour l'aider, ce qu'elle n'avait pas en ville.

Et il continua à discourir.

Henry Cunningham en profita pour s'esquiver.

Le lendemain matin, dans la chambre chaude et bien éclairée de son oncle, Craig mentionna son nom.

— J'ai rencontré hier soir un type du nom de Cunningham. Henry Cunningham... de Hazel Green. Cela t'évoque quelque chose ?

Le vieux docteur Lester ressemblait à un singe. La calotte noire qu'il portait contribuait à accentuer cette ressemblance, ainsi que sa robe de chambre de flanelle rouge. Le singe d'un joueur d'orgue, jetant des regards vifs tout autour de lui pour voir ce qui se passait, mais au lieu d'exprimer la tristesse, les yeux bruns étaient encore capables d'avoir une lueur malicieuse. Pour le moment, ils restaient un peu vagues.

— Cunningham ?, répéta-t-il. Puis il ajouta : « Une sœur prénommée Lucy ? »

— Je crois bien.

Les petits yeux bruns s'animèrent.

— Oui... oui... oh, mon Dieu, oui ! Henry Cunningham... Seigneur, quelle histoire ça a fait !

— Que s'est-il passé ?

— Hazel Green, tu as dit ? As-tu rencontré un des Crewe ?

— J'ai rencontré miss Lydia Crewe.

— Alors, c'est comme si tu les avais tous rencontrés. Sais-tu comment je l'appelais ? En moi-même, tu comprends... un docteur ne peut pas se permettre de faire de l'humour aux dépens de ses clients. *Orgueil et Préjugés*[1] et cela lui allait comme un gant !

Il refréna un petit gloussement et poursuivit :

— Lydia Crewe... Crewe House... des ennuis d'argent. Et son père a vendu Dower House aux Cunningham. Elle s'est mise dans un tel état que j'ai dû lui prescrire de garder la chambre

1. Titre d'un roman de Jane Austen *Pride and Prejudice*, 1813.

pendant un mois, avec une infirmière pour empêcher Lydia d'entrer. Que veux-tu, il avait besoin de cet argent. Et après avoir fait tout ce tapage, elle s'est liée d'amitié avec les Cunningham et elle est tombée amoureuse d'Henry. C'était de la bêtise... et c'est une bonne chose que cela n'ait rien donné, parce qu'elle n'aurait fait qu'une bouchée de lui. Une personnalité dominatrice, une volonté implacable et dix ans de plus que lui... elle n'en aurait fait qu'une bouchée. Alors il est aussi bien que ça se soit passé ainsi, mais on a beaucoup jasé à l'époque.

Il étouffa un nouveau gloussement et frotta ses mains l'une contre l'autre, croisant et décroisant les doigts.

Lorsque Craig demanda : « Que racontait-on ? », il répondit d'une voix éteinte :

— Mon Dieu... je ne sais plus... tout cela est trop loin... de quoi parlions-nous ?

— De Lydia Crewe et Henry Cunningham.

Le visage du docteur Lester s'épanouit.

— Cela a fait jaser... beaucoup jaser. Mais il n'y a eu aucune preuve. Mrs. Maberly était très étourdie — elle ne pouvait pas entrer dans une boutique sans oublier son sac ou son parapluie — elle a probablement posé la bague quelque part en allant se laver les mains et elle l'a complètement oubliée. Je ne crois pas qu'elle l'ait eue sur elle le jour où elle a prétendu l'avoir perdue, et on n'a rien pu prouver, naturellement. Mais cela a fait beaucoup jaser... beaucoup jaser. Et quand Henry a disparu, tout le monde a imaginé le pire. Tu m'as dit qu'il était de retour ?

— Oui, mon oncle, il est revenu.

— Eh oui, c'est bien loin, tout cela... vraiment bien loin, fit le Dr Lester en hochant lentement la tête.

Chapitre VIII

Ce même après-midi, en sortant de « La Feuille de Houx », Craig Lester remarqua une haute silhouette qui approchait d'un pas tranquille, venant de la direction de Crewe House. Personne ne lui avait jamais dit que miss Crewe était une infirme clouée dans son fauteuil, mais pourtant c'est l'impression qu'il avait eue. La visite qu'il lui avait rendue dans ses appartements n'avait pas été renouvelée, bien qu'il ait réussi, sous des prétextes divers, à voir Rosamond et Jenny tous les jours. Mais l'image de la vieille femme assise avec sa pèlerine de velours gris et du grand lustre d'où des flots de lumière éclairaient tout l'amoncellement de reliques du passé lui était restée en mémoire, et il l'avait crue installée à demeure dans cette pièce et incapable d'en sortir. Jenny lui avait parlé de la sonnette de tante Lydia qui retentissait sans arrêt et de Rosamond qui devait y répondre sans délai car elle ne supportait pas qu'on la fasse attendre. Lors de ses visites, il avait lui-même entendu de temps à autre la sonnette et avait vu Rosamond sursauter et sortir précipitamment, et pourtant c'était bien miss Crewe en chair et en os qui venait dans sa direction et marchait sans même s'aider d'une canne. Debout, elle était encore plus grande qu'il ne l'avait imaginé… et plus imposante. Elle marchait comme si son épine dorsale avait été constituée d'une unique barre de fer, sans articulation. Sous un feutre légèrement cabossé, elle lui jeta un regard d'abord dénué de toute expression, puis hautain lorsqu'elle l'eut reconnu. Elle portait un ensemble de tweed gris foncé dont la jupe descendait presque jusqu'aux chevilles et un manteau de fourrure noir râpé. Il eût été impossible de la prendre pour autre chose que ce qu'elle était… une autocratique aristocrate jusqu'au bout de ses gants de chevreau. Elle salua Craig d'un imperceptible signe de tête et passa son chemin en continuant à se diriger vers la maison blanche en retrait de la route, de l'autre côté de « La Feuille de Houx » et distante d'une vingtaine de mètres. Il y avait, sur le devant, un petit jardin fleuri de crocus, et deux ifs taillés en arcade au-dessus de la barrière formaient de chaque côté une haie basse.

Après trois jours passés à Hazel Green, Craig savait que Mrs. Merridew, l'ancienne propriétaire de Dalling Grange, demeurait là-bas. « C'est une femme absolument charmante », lui avait dit Mrs. Stubbs, « et elle est tellement mieux au White Cottage qu'elle ne l'était à Dalling Grange, où il lui fallait toute une domesticité, et qui est froide et pleine de courants d'air que c'en est pas croyable. J'y ai eu ma première place, comme fille de cuisine... des grands couloirs dallés et des pièces immenses qui n'avaient pas été utilisées depuis des années, à vous briser le cœur. Alors que là, elle est bien, avec Florrie qui vient tous les jours lui donner un coup de main. »

Pour rester dans l'esprit des commérages de village, Craig demanda : « Et qui est Florrie ? » et reçut immédiatement une masse de renseignements concernant Florrie Hunt elle-même, ses parents, tous deux décédés, et tous les autres membres de sa famille dont plusieurs, semblait-il, habitaient encore dans les environs.

— Mr. Hunt était jardinier à Dalling Grange. Mais aucune ambition, c'est ça qui n'allait pas chez lui. Tout ce qu'il voulait, c'était de continuer à faire pousser des légumes, comme il l'avait fait toute sa vie, et Florrie est bien la fille de son père. C'est vraiment une très bonne cuisinière, et elle pourrait faire beaucoup mieux que de travailler à la journée chez Mrs. Merridew comme elle le fait. Seulement voilà, il faut de tout pour faire un monde et les Hunt sont tous les mêmes. Et la pauvre Maggie Bell, tenez... sa mère était une Hunt, et elle-même tenait bien de la famille. Et un beau jour elle disparaît et on n'entend plus jamais parler d'elle, mais ça, on ne me le fera jamais croire, la connaissant comme je la connaissais. Si vous voulez mon avis, il a dû lui arriver un accident ou quelque chose, et elle n'avait rien sur elle pour dire qui elle était.

Elle s'étendit abondamment sur le sujet de Maggie Bell et de la police qui s'en était mêlée mais qui n'avait rien découvert. Puis elle revint à Mrs. Merridew et à sa joie d'accueillir pour quelques jours une vieille amie d'école.

Avec tout cela à présent à l'esprit, Craig Lester regarda miss Crewe s'éloigner. Il ne voyait plus que son dos à la rigidité déplaisante lorsque Henry Cunningham déboucha de l'étroit sentier qui séparait le White Cottage du mur du presbytère. Il était évident que miss Crewe et lui allaient se croiser. Craig se sentit quelque peu curieux de voir quel genre de relations ils avaient adopté. Jusqu'à présent personne n'avait abordé le sujet en sa présence. Non pas que les gens l'aient volontairement évité, mais Mrs. Stubbs, qui était sa principale pourvoyeuse de nouvelles, avait, jusqu'alors, été beaucoup trop occupée à lui parler de Dalling Grange et de ce qu'il fallait espérer qu'une explosion ne les volatilise tous un beau jour, et de la maison hantée à Hazel Lea où, d'après la renommée locale, une horloge sonnait douze coups à minuit et demie la nuit de la Saint-Michel et où l'on pouvait entendre le bruit de quelque chose tombant dans le puits comblé cinquante ans auparavant. Mrs. Stubbs avait un répertoire ébouriffant d'histoires de fantômes et comme chacune lui en évoquait une nouvelle, elle n'avait pas encore eu le temps d'en venir aux Cunningham et aux Crewe. Peut-être la discrétion, comme la charité bien ordonnée, commençait-elle par soi-même. Quelles qu'aient été les raisons de ce silence, il ressentait une curiosité suffisamment vive pour rester à l'endroit où il se trouvait et observer la rencontre de ces deux personnages.

Il vit ce que tout un chacun dans le village avait pu voir pendant les trois dernières années... ce que tout le monde avait pu voir en n'importe quelle autre circonstance semblable. Il vit Henry Cunningham porter nerveusement la main à son chapeau et miss Crewe le regarder droit dans les yeux et affecter de ne pas le voir. De l'endroit où il se trouvait, Craig ne put voir ce regard glacial, mais il put l'imaginer à loisir. Henry Cunningham ralentit légèrement le pas et laissa retomber sa main. Miss Lydia Crewe s'engagea sous l'arcade des ifs et remonta l'allée dallée qui menait au White Cottage.

Chapitre IX

Mrs. Merridew s'écarta de la fenêtre en poussant un petit cri effaré.

— Oh, mon Dieu ! fit-elle. Elle l'a encore fait ! Je ne comprends pas comment elle peut faire cela... c'est d'une impolitesse !

Puis, comme elle rencontrait le regard interrogateur de miss Silver et que la voix profonde de miss Crewe se faisait entendre à la porte d'entrée, elle ajouta précipitamment :

— Je te raconterai plus tard, ma chère, et prit la posture de quelqu'un qui vient juste de se lever pour accueillir un visiteur.

La porte fut ouverte par Florrie qui resta dissimulée derrière. Lydia Crewe entra dans la pièce. Elle s'était débarrassée de son manteau et paraissait immensément grande et maigre dans son ensemble de tweed sombre. Elle portait un double rang de perles autour du cou et une broche de diamants sur le revers de sa veste. Elle ne leur sourit pas à proprement parler, mais son visage se détendit de manière visible pendant qu'elle saluait son hôtesse et faisait un petit signe de tête pendant les présentations que Mrs. Merridew avait entrepris de faire d'emblée.

— Ma vieille amie d'école, miss Silver. Nous nous sommes retrouvées il y a peu de temps, après... un certain nombre d'années qu'il est inutile de préciser. C'est un plaisir, c'est un grand plaisir de retrouver une vieille amie, n'est-ce pas ?

Il y eut un bref silence avant que miss Crewe ne réponde : « Pas toujours. » Mrs. Merridew réalisa que sa malheureuse propension à dire ce qu'il ne fallait pas venait une fois de plus de s'affirmer. Elle se prit à espérer que miss Crewe n'irait pas s'imaginer qu'elle avait voulu faire allusion à Henry Cunningham, et changea précipitamment de sujet pour s'apercevoir très vite qu'elle aurait peut-être mieux fait d'en choisir un autre.

— Non, non... tout cela dépend, bien sûr. En particulier lorsqu'il s'agit des proches. Voyez la pauvre Muriel...

Elle se tourna vers Miss Silver pour lui fournir quelques explications.

— Lady Muriel Street — une vieille amie et une voisine. C'est Mr. Street qui est propriétaire de cette grande bâtisse qu'on appelle Hoys, juste à la sortie du village. C'est une femme avec qui je sympathise beaucoup. Je l'ai rencontrée hier et elle m'a dit qu'elle recevait de la famille de son mari et qu'ils paraissaient trouver la campagne affreusement triste. Ils avaient coutume de partir à l'étranger en hiver, mais maintenant qu'ils ne peuvent plus se le permettre, ils trouvent le printemps anglais très pénible... le vent froid et toute cette pluie. Et puis il faut dire qu'ils n'aiment pas le jardinage, qui est une source constante d'intérêt à la campagne, et qu'ils n'apprécient pas les promenades. Et au prix où est l'essence ! Muriel craint qu'ils n'aient trouvé leur séjour très monotone et, comme elle le dit, elle aurait vraiment préféré ne pas avoir une pleine maisonnée en ce moment.

Miss Silver fit observer qu'il devenait de plus en plus difficile de recevoir, à quoi miss Crewe répliqua sèchement : « Impossible ». Puis son regard froid se tourna vers Mrs. Merridew.

— Comme il y a une vingtaine de chambres à Hoys, j'ai de la peine à croire que la maison ait été pleine.

Mrs. Merridew était blonde et forte. Dans sa jeunesse, elle avait eu toute la fraîcheur d'un bouton de rose. De cette époque il lui restait ses yeux bleus et son aspect sympathique, mais la chevelure blonde de jadis était devenue poivre et sel et négligée. Elle retombait en mèches désordonnées sur le col d'un pull-over mauve passé et rejetait continuellement les épingles à cheveux avec lesquelles elle tentait vainement de la discipliner. Par-dessus son pull-over, elle portait un vieux cardigan noir devenu beaucoup trop petit pour elle. Elle était violemment empourprée car l'idée angoissante lui était venue que sa chère Maud, dont elle appréciait tellement la compagnie, aurait pu s'aviser que les remarques qu'elle venait de lancer à la hâte dans le seul but de changer de sujet, auraient pu s'appliquer à sa visite. Elle saisit la théière et commença à verser le thé d'une main qui manquait de fermeté.

— Oui, oui... fit-elle. Toutes ces chambres et pratiquement

pas de domestiques... c'est tellement difficile. Je ne saurais dire à quel point je suis ravie d'avoir cette chère petite maison et ma bonne Florrie pour la tenir avec un tel dévouement et me donner toutes facilités pour recevoir mes amis.

Elle adressa un large sourire empreint de douceur à miss Silver qui le lui rendit de telle manière que cela dissipa toutes ses craintes. Le rouge se retira de ses joues et elle put, tout en versant le lait, offrant du sucre et présentant les tasses Rockingham vertes, s'étendre sur la joie qu'elle éprouvait d'avoir cédé Dalling Grange pour jouir du confort plus modeste du White Cottage. Ce n'est que lorsque miss Crewe accepta d'un air offusqué un des petits pains au lait de Florrie qu'elle réalisa que sa diversion n'était pas des plus heureuses puisqu'il était de notoriété publique que quoi qu'il advint au pays, à elle-même ou à ses nièces, miss Crewe avait toujours été et serait toujours résolue à conserver Crewe House. Le rouge lui monta de nouveau aux pommettes et, une fois de plus, elle dit ce qu'elle aurait mieux fait de garder pour elle-même :

— Pauvre Muriel... j'ai vraiment été désolée pour elle... c'est une telle déception. Mais je suppose qu'elle t'a déjà tout raconté.

Lydia Crewe tendit sa tasse.

— Il est hors de doute qu'elle l'aurait fait si nous nous étions vues. Elle n'a jamais rien pu garder pour elle et je ne crois pas qu'elle changera maintenant. Mais tu as complètement noyé de lait mon thé — je ne l'aime qu'avec un nuage de lait... oui, le thé jusqu'au bord — ma main est encore très ferme. Alors, qu'est-ce qui ennuie Muriel maintenant ?

— Sa broche, répondit Mrs. Merridew. Celle avec les gros diamants qui lui a été léguée par sa marraine qui est morte il y a un ou deux ans. Elle était très belle, tu sais, mais un peu lourde. Tu te souviens, elle nous l'a montrée. Ce n'était pas le genre de choses que l'on pouvait porter très souvent, mais elle l'a toujours considérée un peu comme un bas de laine. Comme ce n'était pas un bijou de famille et que ça lui tombait du ciel comme ça, elle m'a dit qu'elle n'hésiterait pas à la vendre si un jour elle avait besoin d'argent. Bref, l'autre jour, elle l'a emportée en ville pour la faire estimer et, le croiras-tu, les pierres ne sont pas diamants... c'est du toc.

— Mon Dieu ! s'exclama miss Silver.

Mais comme personne ne lui prêtait attention, elle continua à savourer son thé et à suivre la conversation des deux autres femmes.

Il apparut que miss Crewe n'avait nulle intention de plaindre la pauvre Muriel.

— On ne devrait pas vendre ses bijoux de famille. Je considère cela comme un abus de confiance.

— Mais ce n'était pas...

Lydia Crewe l'interrompit avec impatience.

— Bien sûr que si ! La marraine de Muriel était Harriett Hornby, qui n'était guère que sa cousine au sixième degré. Elle n'avait pas à essayer de vendre sa broche. Et si elle ne l'avait pas fait, personne n'aurait jamais su que c'était du toc. Elle eut un petit rire sardonique. Si la vérité était connue, je ne serais pas étonnée si bien des bijoux de famille se révélaient être du toc. Les gens ne peuvent plus se permettre de les assurer ni de payer les droits de succession. Et dès lors que personne n'est au courant, rien ne les empêche d'empocher la valeur des bijoux et de ménager les apparences avec de fausses pierres. Seulement, en règle générale, ils ont suffisamment de jugeote pour ne pas l'ébruiter. Muriel Street n'est même pas capable de cela... ce n'est pas pour rien qu'on l'appelait la jacasse quand elle était jeune. Et ça ne sert à rien, Marian, de rester comme cela à te demander si tu as bien fait de me raconter cette histoire parce que la moitié du comté est déjà au courant.

Elle prit un autre petit pain au lait et poursuivit avec un sourire mauvais :

— Felicia Melbury a fait montre d'un peu plus de bon sens. Je présume que personne n'a jamais soupçonné que son collier avec les gros rubis n'était qu'une copie, et pourtant, c'était bien le cas. Et je dois reconnaître que cela m'amuse de me souvenir avec quel culot elle l'exhibait en prétendant que sa grand-mère l'avait porté pour le couronnement de la reine Victoria. Et personne n'en aurait jamais rien su si Freddy Melbury n'avait commencé à le crier sur les toits et à confier à tout le monde qu'il se demandait ce qu'elle avait bien pu faire de l'argent.

Mrs. Merridew, qui souhaitait de tout cœur détourner la conversation de manière à y faire participer miss Silver, était absolument incapable d'endiguer le torrent de critiques que miss Crewe déversait sur la conduite de la plupart de leurs amies communes. Elle semblait connaître absolument tout le monde et n'avoir guère de bien à en dire. Mrs. Merridew n'avait vraiment nul besoin de se faire du souci, car sa vieille amie d'école était capable d'écouter avec la plus grande attention et il n'était pas dans son caractère de se sentir froissée d'être tenue à l'écart d'une conversation. Le thé avait la force qu'elle aimait et les petits pains au lait de Florrie étaient presque aussi délicieux que ceux de sa dévouée Emma. Il y avait également des biscuits légèrement meringués qu'elle goûtait pour la première fois et qui étaient absolument succulents. Il n'était pas facile de se procurer de bonnes recettes. Les heureux possesseurs avaient tendance à les conserver jalousement, mais en l'occurrence, la chère Marian se montra très coopérative. Elle se contenta d'émettre le modeste souhait qu'Emma daigne ajouter cette recette à son répertoire culinaire.

Lorsque le thé fut terminé et que Florrie eut enlevé le plateau, miss Silver prit son sac à ouvrage en chintz et en sortit une paire d'aiguilles à tricoter grises qui retenaient quelques centimères de tricot d'une ravissante couleur cerise. Et quand miss Crewe, considérant cette occupation d'un regard dédaigneux, lui demanda ce qu'elle était en train de tricoter, miss Silver entreprit de lui brosser un tableau détaillé de la famille de sa nièce Ethel Burkett.

— Elle a trois garçons en âge d'aller à l'école et ils grandissent si vite qu'il est presque impossible de les habiller. Je passe, par la force des choses, une bonne partie de mon temps à leur tricoter des chaussettes et c'est un plaisant changement de pouvoir faire quelque chose de mignon pour la fille unique, la petite Joséphine... et je suppose que je vais bientôt devoir cesser de l'appeler ainsi car elle aura six ans à son prochain anniversaire. Je viens juste de lui terminer un petit ensemble et j'avais pensé que cette couleur vive serait parfaite pour lui faire un bonnet et une écharpe. Le vent est tellement traître au printemps. Puis-je vous demander si vous-même vous tricotez ?

Miss Crewe répondit un « Non » très sec, sans même se donner la peine de se montrer polie. Mrs. Merridew, s'empourprant, s'interposa en disant la première chose qui lui passait par la tête.

— Et ce bel homme qui est à « La Feuille de Houx », ce Mr. Lester... tu le connais depuis longtemps, Lydia ?

Les sourcils de miss Crewe formaient un arc naturel. Trente ans auparavant, alliés à deux beaux yeux gris, ils avaient dû faire un certain effet. Mais maintenant les paupières étaient plissées et les yeux profondément enfoncés. Ils jetèrent un éclat froid pendant qu'elle répondait :

— Ma chère Marian !

— Ah, bon, je croyais...

— Laisse-t-il entendre que c'est le cas ? répliqua miss Crewe de sa voix la plus dédaigneuse.

— Oh, non... bien sûr que non ! A vrai dire, je n'ai pas vraiment discuté avec lui, mais il a été d'une politesse exquise hier, quand j'ai fait tomber un de mes paquets en descendant du car de Melbury... de si bonnes manières et une voix si agréable. Et après avoir appris par Mrs. Stubbs que c'était un neveu du vieux Dr Lester et quand je l'ai vu avec Rosamond...

Elle avait commis un nouvel impair, mais cette fois, il ne pouvait plus lui échapper que la gaffe était de taille. Il était vraiment impossible à Lydia Crewe de se raidir plus qu'elle ne l'était... elle était déjà raide comme la justice. Elle réussit toutefois à donner l'impression d'une rigidité accrue.

— Qu'entends-tu par « Je l'ai vu avec Rosamond » ? L'expression me paraît quelque peu déplacée. Je crois qu'elle a effectivement eu deux ou trois discussions d'affaires avec lui au sujet de Jenny. Cette petite sotte s'amuse à écrivasser. Un tas d'idioties, sans doute, mais cela lui permet de se distraire. Mr. Lester travaille dans une maison d'édition et il paraît que Jenny lui a envoyé des échantillons de sa prose. Il semble que ce soit devenu la mode de publier des œuvres d'enfants ou de gens sans éducation. Un nouveau symptôme de la décadence actuelle !

Le visage de Mrs. Merridew s'épanouit.

— C'est vrai qu'on va publier quelque chose de Jenny ? Comme ce doit être excitant pour elle !

Miss Crewe avait enlevé ses gants avant de prendre le thé. Son geste d'impatience fit étinceler les pierres précieuses des bagues qui lui couvraient les doigts. Miss Silver se dit que ce ne pouvait être très bon pour les montures d'être pressées l'une contre l'autre de la sorte. Et les pierres étaient superbes — diamants, émeraudes, saphirs, rubis. Et elles étaient en bien meilleur état que ce n'était en général le cas des bagues portées par de vieilles femmes. Le geste de Lydia Crewe ne fut pas seul à traduire son agacement. L'impatience perçait dans sa voix lorsqu'elle répliqua :

— Certainement pas ! Même si on me le proposait, jamais je n'y consentirais ! Mr. Lester semble avoir suffisamment de bon sens pour reconnaître qu'elle est trop jeune. Mais il n'écarte pas cette possibilité pour l'avenir et il l'a conseillée sur les lectures qu'elle devrait avoir. Naturellement, cette petite devrait aller à l'école. Il est désastreux que son éducation ait été interrompue, et Rosamond la gâte d'une manière ridicule, mais dès qu'elle sera suffisamment rétablie pour être expédiée à l'école, je ne laisserai pas passer l'occasion.

Mrs. Merridew eut l'air frappée de consternation.

— Rosamond n'aimera pas du tout ça ! s'écria-t-elle avec plus de spontanéité que de tact.

Miss Crewe commença à enfiler ses gants — en chevreau noir râpé par l'âge. Les feux des pierres précieuses s'éteignirent et elle lissa soigneusement la peau sur ses doigts.

— Rosamond fera ce qu'on lui dit, fit-elle d'un ton sans réplique.

Mrs. Merridew éluda le sujet. Il était parfois excessivement difficile de ne pas se quereller avec Lydia, mais cela n'aurait servi à rien, d'autant plus que dans un village une brouille était toujours fâcheuse. Elle tira sur la vieille jupe grise et noire qui la moulait un peu trop et avait une regrettable tendance à remonter.

— Le Dr Lester a toujours été si gentil, et très intelligent avec ça, fit-elle. J'ai été très contente d'apprendre qu'il était toujours en bonne santé.

Lydia Crewe eut un petit ricanement déplaisant.

— Je croyais que tu m'avais dit que tu n'avais pas discuté avec son neveu.

Elle s'était exprimée d'un ton qui rejetait Craig à une distance infranchissable de son monde à elle.

— Eh bien, à vrai dire, c'est Mrs. Stubbs...

Miss Crewe haussa un sourcil méprisant.

— Des commérages de village ? Ma chère Marian !

Mrs. Merridew s'empourpra.

— J'étais tellement contente d'avoir de ses nouvelles. Mr. Lester prend le plus grand soin de son oncle. Ce n'est pas n'importe quel jeune homme qui se donnerait tant de peine. Il a raconté à Mrs. Stubbs que le Dr Lester a encore une vivacité d'esprit étonnante. Il demande des nouvelles de tout le monde à Hazel Green et il est fort intéressé.

Miss Crewe repoussa brutalement sa chaise et se leva.

— Je l'ai toujours considéré comme un vieil homme sarcastique et désagréable, dit-elle avant de faire ses adieux.

Lorsqu'elle eut franchi l'arcade des ifs, Mrs. Merridew entreprit de raconter à miss Silver toute l'histoire de ses fiançailles avec Henry Cunningham et de leur brouille qui durait toujours.

— Personne ne sait ce qui s'est passé exactement, mais il est parti très précipitamment et la pauvre Lydia a accusé le coup. Il est hors de doute qu'elle était très éprise de lui, mais je me suis toujours demandé ce que cela aurait donné... s'il n'y avait eu cette dispute, si, bien entendu, une dispute a bien été la cause de son départ. Parce qu'il était vraiment très jeune. Elle devait avoir facilement dix ans de plus que lui et elle n'avait pas un caractère très souple, si tu vois ce que je veux dire.

Miss Silver répondit qu'elle voyait parfaitement.

Mrs. Merridew poussa un petit soupir.

— Enfin, c'est la vie! Tu sais, elle était très belle à cette époque... mais elle n'a jamais vraiment attiré les hommes. Elle avait un peu trop tendance à imposer sa loi et elle n'en faisait toujours qu'à sa tête et, bien sûr, ils n'aiment pas beaucoup cela. Mais Lucy Cunningham et elle étaient les meilleures amies du monde et elle était toujours avec Henry. Je ne voudrais rien dire de méchant, mais il m'a toujours semblé qu'il n'avait guère de chance. Il venait d'arriver de Cambridge et était complètement désœuvré... et puis il y a eu ce scandale...

Miss Silver l'écoutait avec une vive attention.

— Je ne crois pas que tu m'en aies encore parlé, Marian.

Mrs. Merridew marqua une légère hésitation.

— Non, non... je ne crois pas. C'était une histoire vraiment idiote. Les Maberly ont quitté la région, et il vaut mieux l'oublier... seulement c'est difficile d'oublier totalement ce genre de choses.

Miss Silver avait déjà ajouté quelques centimètres au bonnet de la petite Joséphine. Elle leva les yeux de son tricot et inclina légèrement la tête sur le côté.

— Tu m'intéresses énormément, fit-elle.

Après les rebuffades de Lydia Crewe, ces paroles mirent un peu de baume au cœur de Mrs. Merridew qui se détendit et s'abandonna à ce qu'un poète avait nommé de manière quelque peu surprenante « la griserie de l'emploi prolongé de la langue ».

— Comme il s'agit de toi, ce n'est pas grave, puisque tu ne connais aucune des personnes en cause. Les Maberly étaient immensément riches. Il était promoteur ou quelque chose comme ça et ils jetaient l'argent par les fenêtres. C'était un peu ostentatoire, mais je pense que cela partait d'un bon sentiment. Pour elle, j'en suis sûre, mais tu sais ce que c'est. Tous ses vêtements étaient beaucoup trop neufs et beaucoup trop chers et elle portait beaucoup trop de bijoux. Et puis un jour, elle a perdu un diamant de très grande valeur et le bruit a commencé à courir que c'était Henry Cunningham qui l'avait volé. Je ne me souviens plus de tous les détails et on ne sait jamais exactement comment ce genre de rumeur commence à se répandre, mais ce bruit commençait à courir. Personnellement, je me refusais à le croire parce que... cela ne se fait pas quand il s'agit de gens que l'on connaît, et Mrs. Maberly était le genre de femme qu'on ne pouvait même pas inviter à prendre le thé sans qu'elle oublie son sac ou son foulard et elle avait parfaitement pu enlever sa bague et l'oublier n'importe où. Je me souviens d'un soir où ils avaient dîné avec nous à Dalling Grange et où elle nous avait montré un superbe bracelet que son mari lui avait offert pour Noël. Eh bien, après leur départ, le maître d'hôtel l'a retrouvé sous le coussin de son fauteuil. Il avait glissé entre la housse et le coussin, et il aurait vraiment pu y rester plusieurs jours, car nous manquions déjà de personnel... et comme Lucas me l'avait fait remarquer, cela nous aurait mis dans une situation embarrassante. Alors tu vois que n'importe quoi aurait pu advenir de la bague de Mrs. Maberly.

— On ne l'a jamais retrouvée ?

— Sincèrement, je n'en sais rien. Les Maberly sont partis. Il avait des intérêts financiers aux Etats-Unis et ils y sont partis pour quelque temps... je crois qu'ils n'aimaient pas rester longtemps au même endroit. Elle peut fort bien avoir retrouvé la bague et ne pas s'être donné la peine de nous le faire savoir — c'était une de ces femmes joviales et insouciantes. Entre-temps Henry Cunningham était parti aussi et nous avons cru qu'il ne reviendrait jamais. Personne n'a su si c'était à cause des rumeurs qui couraient sur son compte ou parce qu'il a été pris de panique à l'idée d'épouser Lydia. Sa sœur Lucy n'avait pas assez de ses yeux pour pleurer et la pauvre Lydia est restée muette comme la tombe. Personne n'a osé lui demander ce qui s'était passé et il était parfaitement inutile de le demander à Lucy, car elle n'en savait visiblement rien. Enfin, tout cela est de l'histoire ancienne.

Miss Silver tira sur sa pelote rouge cerise.

— Mais Mr. Cunningham est finalement revenu ?

Mrs. Merridew hocha la tête.

— Il y a environ trois ans. Quelle surprise ce fut... et puis, naturellement, il avait énormément changé. Mais Lucy était tellement heureuse. Elle racontait à tout le monde quelle vie passionnante il avait vécue, mais je pense qu'en fait il a surtout traîné à l'aventure et je ne crois pas qu'elle sache grand-chose de sa vie.

— Et miss Crewe ?

— Oh, ma chère, c'est là que le bât blesse. Aux yeux de

Lydia, c'est comme s'il n'était pas revenu. Il est évident que dans un village ils sont voués à se rencontrer, mais elle refuse de le saluer — elle le regarde droit dans les yeux et poursuit son chemin comme s'il n'existait pas. Tiens, pas plus tard que cet après-midi...

Elle continua à discourir sur Lydia Crewe.

Chapitre X

Après avoir vu miss Crewe entrer au White Cottage, Craig Lester remonta la route d'un pas vif et s'engagea entre les piliers de Crewe House. On l'attendait, car la porte s'ouvrit dès qu'il arriva en haut du perron. Rosamond s'écarta pour le laisser entrer et referma la porte derrière lui. Elle avait les joues un peu rouges et les yeux brillants. Ils se dispensèrent de tout salut et Rosamond demanda tout de suite, la respiration un peu précipitée :

— Avez-vous croisé tante Lydia ? Elle vient juste de partir.

— Je ne m'attendais pas à la voir marcher.

— Vraiment ?

— Vraiment. La fois où je l'ai vue, elle m'avait donné l'impression d'avoir été vissée sur son siège depuis au moins cinquante ans.

Elle lui jeta un regard qui se voulait réprobateur et n'en était que plus charmant.

— Oh, si, elle marche quand l'envie lui en prend. Mais aujourd'hui elle n'est allée que chez Mrs. Merridew... juste en face de « La Feuille de Houx ».

— Je sais, je l'ai vue entrer. Le pauvre Cunningham débouchait du chemin à ce moment-là et elle l'a croisé sans le saluer.

— Je sais, fit Rosamond d'un ton désolé. Je ne comprends pas comment elle peut faire cela. Tout le monde le déplore. Elle le regarde comme s'il était transparent et passe son chemin comme si de rien n'était.

— C'était impressionnant. Mais depuis combien de temps est-il de retour... trois ans ? Il doit s'y être habitué maintenant. A propos, agit-elle de même avec miss Cunningham ?

— Oh, non. Elles sont restées amies, seulement tante Lydia refuse d'aller chez elle pour ne pas risquer de rencontrer Henry. C'est Lucy qui vient lui rendre visite, ainsi que Nicholas.

— C'est ce que Jenny m'avait dit. Elle m'a également appris que Nicholas était amoureux de vous.

Elle s'empourpra légèrement.

— Jenny parle trop.

— Et ce ne sont que des bêtises... je sais, je sais. Etes-vous amoureuse de lui ?

— Craig !

Il éclata de rire.

— C'est outrageant, n'est-ce pas ? J'espère que vous ne m'en tiendrez pas rigueur. Dans cette maison, tout est soit mort soit assoupi, et j'ai bien l'intention d'apporter un peu d'animation et de vie. Ne parlons plus de Nicholas. Quand pourrais-je vous voir seul à seul ?

Les commissures de ses lèvres se mirent à trembler.

— Eh bien, vous me voyez seul à seul maintenant, non ?

Il eut un petit rire de dérision.

— Mais bien sûr que non ! Vos ancêtres à notre gauche, vos ancêtres à notre droite ! Vous avez vraiment les portraits de famille les plus sinistres qu'il m'ait jamais été donné de voir !

— Ils ont besoin d'être nettoyés.

— Qui sait si ce ne serait pas encore pire si on les voyait mieux ? A propos, y en a-t-il un de miss Crewe ? J'aimerais bien le voir.

— Vraiment ? Il est dans le salon. Nous pouvons y aller si vous voulez.

Pendant qu'ils s'y rendaient, Rosamond se posait des questions. Peut-être voulait-il vraiment voir le portrait. Il avait été peint par Amory et était considéré comme une très belle toile. Peut-être cherchait-il un prétexte pour faire traîner en longueur le temps qu'il avait à passer avec elle. Le rouge lui monta aux joues pendant qu'elle ouvrait une porte et l'introduisait dans une pièce de belles dimensions où les fenêtres donnaient sur une terrasse et où tous les meubles étaient recouverts de housses de protection. Dès le premier coup d'œil, la pièce évoqua à Craig l'aspect d'une morgue. L'air y était froid et lourd et tous les meubles ressemblaient à des morts enroulés dans leur linceul. Sur la tablette de la cheminée il y avait une pendulette dorée et quelques porcelaines. Au-dessus, trônait le portrait de Lydia Crewe vêtue d'une robe de satin blanc. Elle tenait un éventail noir et son regard tombait sur les meubles recouverts de housses. Son visage aux traits dominateurs était très pâle. Il avait le genre de beauté un peu rigide des fleurs stylisées... une de ces lourdes fleurs de serre telles que camélias ou magnolias taillés dans la pierre. Il y avait derrière elle un rideau de velours noir et elle avait une grosse broche de diamants épinglée sur la poitrine. Les ombres dans les plis de la robe blanche étaient d'un étonnant gris verdâtre. Craig regardait le tableau, les sourcils froncés.

— Quel âge avait-elle à cette époque ? demanda-t-il.

— Je ne sais pas... environ trente ans. Guère plus en tout cas, parce qu'après son père est tombé malade et l'argent a commencé à manquer.

— Vous voulez dire que c'est à ce moment-là qu'elle s'en est rendu compte. Cela a dû lui donner un choc.

Il se dit qu'elle ne s'était sans doute pas résignée sans mal à cet état de choses. Puis il poursuivit brusquement :

— Je présume que le nettoyage de cette pièce entre également dans vos attributions.

— Il y a ici pas mal de choses que l'on n'utilise pas.

Il posa la main sur l'épaule de Rosamond.

— Vous avez vraiment l'intention de rester ici en attendant que le froid vous dessèche, comme elle ?

Elle leva vers lui des yeux où se lisait la détresse, mais ne put soutenir son regard.

— Mais il y a Jenny. Je n'ai aucune qualification particulière. Il faut que je pense à Jenny.

— Pensez donc plutôt à moi pour changer, reprit-il. Vous pouvez commencer à le faire dès maintenant. J'ai trente-deux ans et suis parfaitement sain de corps et d'esprit. Je ne roule pas sur l'or, mais j'ai une bonne place et mon dernier livre a très bien marché.

— Craig..., fit-elle d'une voix tremblante.

— Vous feriez mieux d'écouter jusqu'au bout ce que j'ai à vous dire. Je m'emporte facilement et je peux être très violent parfois, mais je ne crois pas que j'en arriverais à vous battre. Vous pourriez certainement espérer mieux, mais vous pourriez aussi tomber beaucoup plus mal. Je ne vous maltraiterais pas et je serais gentil avec Jenny. J'ai une maison qu'un vieux cousin m'a léguée l'an dernier. Elle n'est pas mal du tout. Je crois qu'elle vous plairait. C'est ma vieille nourrice qui la tient. Une femme très facile à vivre. Je ne vous demande pas de me répondre tout de suite... je ne suis pas idiot au point de vous demander de prendre une décision, alors que vous ne me connaissez même pas depuis une semaine.

Rosamond eut la sensation extraordinaire qu'ils venaient d'entrer dans un de ces rêves où l'on peut dire la première chose qui vous passe par la tête et où cela n'a aucune importance.

— Vous aussi vous me connaissez à peine depuis une semaine.

Ses mains étaient chaudes et fortes. Il éclata de rire et répondit :

— C'est là où vous faites erreur, ma belle. Je vous connais depuis beaucoup plus longtemps que cela. J'ignore si Jenny l'avait fait volontairement ou non, mais elle avait joint une photo de vous au manuscrit qu'elle nous a envoyé. C'était un instantané. Vous aviez une robe blanche et vous portiez un plateau. Et même sur la photo on pouvait voir qu'il était trop lourd pour vous.

— C'est ce que Nicholas a dit aussi... c'est lui qui a pris la photo. Cela ne rimait à rien.

— Et vous trouvez cela normal que Nicholas vous ait laissée porter des plateaux comme ça ?

Sa voix était trop dure pour appartenir à un rêve. Quelque chose en elle commença à trembler.

— Craig, lâchez-moi !

— Tout de suite, dès que vous m'aurez promis de réfléchir à ce que je vous ai dit.

— A quoi dois-je réfléchir ? Cela paraît complètement irréel.

— Mais non, c'est tout à fait sérieux. Je ne vous demande pas de m'épouser parce qu'il est encore trop tôt. Je vous dis simplement que c'est ce que je ferai dès que vous me connaîtrez mieux. Je ne tiens pas à vous bousculer. Mais réfléchissez-y. Je ne vois pas comment il me serait possible d'être plus difficile à vivre que votre tante Lydia et vous avez peut-être beaucoup à y gagner. Je saurai prendre soin de vous, ma chère. J'ai l'impression que vous avez besoin de quelqu'un qui soit capable de le faire. Et maintenant, je vais vous mettre très en colère.

Avant qu'elle ait eu la moindre idée de ce qu'il avait l'intention de faire, il l'avait prise par le menton et lui avait posé un baiser sur les lèvres. C'était terminé avant même qu'elle ait réalisé ce qui se passait. Mais elle ne se sentait pas du tout en colère. Il n'y avait pas de quoi se sentir en colère. Il l'avait embrassée parce qu'il était amoureux d'elle. De cela, elle était absolument certaine, et elle se sentit gagnée par un sentiment de sécurité.

Il la lâcha immédiatement et s'éloigna vers la porte.

Chapitre XI

Ils suivirent le couloir et se dirigèrent vers la chambre de Jenny. Craig était conscient d'un relâchement de la tension. Il se dit que même s'il n'avait vu Lydia Crewe entrer au White Cottage, il aurait su qu'elle n'était pas cette fois-là derrière la porte de gauche dans le couloir. Rosamond savait que la pièce était vide et cela changeait, bien entendu, beaucoup de choses. Il réalisa alors à quel point elle vivait continuellement sous tension, dans l'attente anxieuse de la sonnette impérieuse. Lorsque miss Crewe était absente, elle était différente... beaucoup moins à la merci d'un code implacable, beaucoup moins distante de lui. Et autant qu'il puisse en juger, elle n'était pas en colère. Il l'avait embrassée et elle n'était pas en colère.

Elle marchait à ses côtés dans un silence qui leur paraissait à tous deux parfaitement naturel. Il y avait entre eux tant de choses qui n'avaient pas été dites, car le moment n'était pas encore venu de les dire, mais tous deux savaient que le moment viendrait de le faire. Alors qu'ils approchaient de la porte de Jenny, un bruit de voix leur parvint. Elle était passée devant lui et lui dit sans se retourner :

— Oh, excusez-moi, j'avais oublié de vous dire que Nicholas est ici. Je voulais que vous fassiez connaissance.

Il se sentit mi-furieux, mi-amusé. Ainsi, elle voulait qu'ils fassent connaissance. Bien sûr, c'était dimanche et il ne travaillait pas. Le thé promettait d'être passionnant !

Rosamond entra la première et il la suivit pour découvrir Jenny en train de rire avec un jeune homme qui avait l'air d'une vedette de cinéma. La comparaison s'imposa à son esprit et il se demanda pourquoi. Certes, Nicholas Cunningham était bel homme, mais il y a des tas de gens qui sont beaux sans être des vedettes de cinéma pour autant. Ses cheveux blonds étaient légèrement ondulés, mais il fallait lui rendre cette justice qu'il paraissait avoir essayé de les brosser pour se débarrasser de cette ondulation. Ce n'était pas sa faute si ses yeux étaient presque aussi bleus que ceux de Jenny. Pour le reste, il avait une silhouette mince et dynamique, le sourire facile, une voix agréable et l'air d'être tout à fait comme chez lui. D'après lequel de ces chefs d'accusation devait-il être condamné ? Craig l'ignorait, mais la condamnation avait été prononcée.

C'est Jenny qui se chargea de faire les présentations.

— Craig... Nicholas. Maintenant que vous vous connaissez, nous allons pouvoir prendre le thé. Tous les gâteaux sont ici. Et tu ne descends pas chercher le plateau, Rosamond, parce que miss Holiday n'est pas encore partie et elle m'a dit qu'elle l'apporterait dès que nous sonnerions.

— Mais, jamais elle ne fait cela, d'habitude, fit Rosamond.

Jenny, oubliant de jouer à la grande personne, se mit à pouffer.

— C'est une énorme faveur qu'elle nous accorde. Mais jamais elle ne ferait cela si elle ne mourrait d'envie de savoir à quoi ressemble Craig. Elle l'a toujours raté de peu et elle en était arrivée à se résoudre à s'abaisser à répondre à la sonnette de la porte d'entrée, mais Rosamond est toujours plus rapide qu'elle.

— Jenny !

— Eh bien, c'est vrai, non ? Et quand je lui ai suggéré de nous apporter le thé, elle s'est fait prier, alors qu'en réalité elle était aux anges.

— Qui est cette miss Holiday, demanda Craig, et pourquoi tient-elle à me voir ?

Il apparut que sur les deux filles de journée, seule Ivy répondait à cette description. L'autre était miss Holiday, une personne d'âge indéterminé et fort prétentieuse. Elle était aussi malheureusement beaucoup moins capable qu'Ivy avec toute la fougue de sa jeunesse et qui n'avait pas encore dix-sept ans. Malgré ses manières brutales et la hâte brouillonne avec laquelle elle plongeait la porcelaine dans l'eau bouillante pour la ressortir immédiatement, Ivy, d'après Mrs. Bolder, ne cassait pas la moitié de ce que cassait miss Holiday.

— Et je ne comprends pas comment elle s'y prend, miss Rosamond. Ce n'est pas de la précipitation, car je n'ai jamais vu quelqu'un travailler aussi lentement. Elle donne l'impression d'être incapable de garder quelque chose dans la main. Alors, si vous croyez qu'il vaut mieux vous charger vous-même de la porcelaine pour les plateaux de miss Crewe, il en resterait certainement plus, si vous voyez ce que je veux dire.

Jenny avait imité toute la scène avec entrain. Puis, jetant par terre un regard méprisant, elle s'écria en contrefaisant la voix sèche de sa tante :

— Comment, encore une des assiettes de Minton !

Elle en était arrivée à Miss Holiday expliquant d'une voix molle que, naturellement, faire la vaisselle n'était pas une chose dont elle avait l'habitude, quand il y eut un choc contre la porte. Nicholas jaillit de son siège pour aller ouvrir. Miss Holiday était là, portant un petit plateau sur lequel se trouvaient cinq tasses dépareillées, un pot à lait brun en terre cuite et une grande théière à fleurs au bec ébréché. C'était une femme fluette, avec un long cou, et qui semblait avoir quelques difficultés à porter le plateau qui penchait dangereusement. Nicholas l'en déchargea et vint le poser devant Rosamond.

Miss Holiday prit le temps de jeter un long regard en coin à Craig Lester. Il lui parut très bel homme. Elle préférait les hommes solidement bâtis et à côté de lui Nicholas Cunningham avait l'air d'une demi-portion. Ce qui n'empêchait pas les jeunes filles de penser le plus grand bien de Mr. Nicholas. Il y avait de quoi avoir honte de la manière dont elles lui couraient après. Et c'était bien gentil de venir ici faire des ronds de jambe à miss Rosamond, mais elle l'avait vu de ses propres yeux pas plus tard que mercredi soir à l'Odeon de Melbury, en compagnie de la petite vendeuse du débit de tabac de Cross Street. Elle s'était peinturluré le visage et elle devait avoir la majeure partie de son salaire sur le dos... à moins qu'il ne se soit agi de la majeure partie de son salaire *à lui.* Et la tête posée sur son épaule la moitié du temps... en tout cas elle y était posée quand elle était entrée et elle y était encore quand elle était sortie, et on pouvait supposer qu'elle y était restée dans l'intervalle. Elle n'osa pas renifler ouvertement de mépris car elle tirait vanité de ses manières, mais elle le fit intérieurement et mentalement pendant que Nicholas lui enlevait le plateau pour aller le poser.

Elle fixa de nouveau son regard sur Mr. Lester. Comme c'était un homme, il ne pouvait en tout état de cause recueillir son approbation, mais pour le moment elle le préférait à Nicholas Cunningham. Il allait, bien entendu, sans dire qu'il devait y avoir quelque part une faille cachée. Le sentiment qu'elle avait de sa supériorité reposait en bonne partie sur l'observation des défauts des autres.

Elle était si profondément plongée dans ses pensées qu'il ne lui venait pas à l'esprit de se retirer. Elle restait debout, immobile, sur le seuil de la porte, vêtue de son tablier passé et avachi qui laissait entrevoir une robe de tissu vert et un collier de grosses perles bleues autour de son cou décharné, la bouche légèrement ouverte, ses yeux ronds et pâles fixés sur Craig. Elle l'imaginait dans un western, galopant à bride abattue sur un de ces chevaux qu'ils ont dans les films et saisissant la jeune fille sans descendre de sa monture, juste avant que les Indiens ne s'emparent d'elle, quand la voix de Rosamond fit irruption dans son rêve.

— Je vous remercie beaucoup, miss Holiday.

Elle partit à regret et oublia de refermer la porte.

Quand Nicholas eut réparé cet oubli, il dit d'un ton exaspéré :

— Cette femme est complètement cinglée. Un de ces jours, elle va tous vous faire brûler dans vos lits.

Jenny éclata d'un rire mutin.

— Mais elle n'est pas là quand nous sommes au lit... enfin, moi, peut-être. Pour tante Lydia, je ne sais pas, mais pour Rosamond, certainement pas, la pauvre. Les filles...

Elle éclata d'un rire cristallin...

— Quelle idée d'appeler miss Holiday ainsi ! En tout cas, elles partent à huit heures tapantes et Ivy ne vient pas du tout le dimanche, alors que miss Holiday aime bien venir parce qu'elle en profite pour déjeuner et prendre le thé ici.

Elle se lança dans une imitation de miss Holiday, contrefaisant à s'y méprendre la voix traînante :

— Mais il reste bien entendu que ce n'est pas une *obligation,* miss Maxwell.

Craig lui tendit une tasse de thé. « Jenny chérie ! » s'exclama Rosamond. Mais Nicholas éclata de rire et posa sur ses genoux une pleine assiette des petits pains aux raisins de Mrs. Bolder.

— Mange, mon enfant, et laisse à tes aînées une chance de parler, dit-il. Il eut la satisfaction de voir le rouge de la colère monter jusqu'à la racine des cheveux de Jenny.

Miss Holiday ne retourna pas immédiatement à l'office. Mrs. Bolder allait l'attendre pour faire le thé et, comme elle se sentait d'excellente humeur, elle eut l'idée d'aller ranimer le feu de miss Crewe avant de redescendre. Elle n'aurait jamais voulu reconnaître qu'une bonne part de curiosité se mêlait à ce bon mouvement, mais il faut dire qu'elle ne s'était encore jamais trouvée seule dans cette pièce. Y était-elle, à vrai dire, seulement déjà entrée ? C'était miss Maxwell qui passait l'aspirateur sur les tapis et qui époussetait les innombrables bibelots. Et s'il y avait quelque chose qui réjouissait profondément miss Holiday, c'était bien de ne pas avoir à manipuler toute cette porcelaine, avec miss Crewe la regardant comme un chat regarde une souris. Il ne lui arrivait pas souvent de plaindre autrui — chacun a ses ennuis et elle en avait eu sa part — mais parfois elle ne pouvait s'empêcher de plaindre Rosamond Maxwell du fond du cœur.

Elle entra dans la pièce, laissant la porte entrouverte derrière elle. Il faisait encore jour, mais l'ombre commençait à s'installer dans les angles. Elle alluma la lumière du lustre et faillit crier devant la clarté soudaine. La lumière la fit cligner des yeux et jeter un coup d'œil par-dessus son épaule. Et si quelqu'un entrait ! Eh bien, si elle devait s'occuper du feu, il lui fallait de la lumière, non ? Elle se dirigea vers l'âtre et s'agenouilla devant. A vrai dire, le feu n'avait besoin de rien, mais elle n'avait pas à entrer dans ces considérations. A droite de l'âtre, une paire de petits chenets étaient accrochés à un trépied. Cela ne faisait qu'un objet de plus à nettoyer. Plus personne n'avait cela maintenant... excepté miss Crewe. Et s'il y avait quelque chose dont l'entretien donnait du travail, c'était bien le cuivre. Et dans quel état cela mettait les mains !

Au trépied était également suspendue une brosse décorative. On voyait bien qu'elle n'était pas destinée à être utilisée.

Miss Holiday eut un mouvement de tête impatient. Destinée ou non à cela, elle allait l'utiliser, et personne ne pourrait l'en empêcher. Elle brossa à petits coups légers quelques escarbilles et, d'une chiquenaude, enleva une poussière imaginaire. Cela lui donna un sentiment de supériorité. La nervosité qu'elle avait ressentie en se trouvant seule dans le domaine réservé de miss Crewe s'était totalement envolée lorsqu'elle remit la brosse à sa place et se leva. Maintenant qu'elle était dans la place, rien ne la bousculait. Elle fit lentement le tour de la pièce, regardant toutes les porcelaines et se félicitant une fois de plus de ne pas avoir à les nettoyer. Elle trouva la majorité d'entre elles très laides, mais elle vit une assiette avec des oiseaux qui lui plaisait bien. Elle avait un faible pour les oiseaux. Il y en avait, dans une vitrine, toute une série par laquelle elle se serait peut-être laissée tenter s'ils n'étaient pas montés trop haut dans une vente aux enchères. Elle serait allée jusqu'à une livre si elle avait pu les avoir à ce prix. Il y en avait six, qui allaient par paires comme il se doit pour tous les objets décoratifs — deux verts, deux jaunes et deux au plumage brun et rose. Elle acheva son tour de la pièce et alla tapoter les coussins du fauteuil de miss Crewe.

Elle eut la plus belle peur de sa vie lorsqu'elle entendit un bruit de pas. Sa main remonta jusqu'à la poche de son tablier et sa bouche s'agrandit en un cri inarticulé. Puis elle réalisa que ce n'était que Mrs. Bolder qui était monté voir pour quelle raison elle n'était pas encore redescendue prendre son thé. Elle n'avait certes pas voulu inquiéter Mrs. Bolder, mais qui aurait pu imaginer qu'elle ait pu se déplacer jusqu'ici. Elle venait voir miss Crewe une fois par jour pour prendre ses ordres et cela n'allait jamais plus loin. Dire que Mrs. Bolder était inquiète était sensiblement en-dessous de la vérité. C'était une petite femme haute en couleur et aux cheveux gris abondants, et tout le monde à Hazel Green connaissait son caractère et le craignait. Elle restait debout sur le seuil et regardait miss Holiday comme si elle lui préparait un mauvais tour.

— Et que faites-vous donc ici ? demanda-t-elle. Ah, je vois, vous êtes venue vous occuper du feu ! Et miss Crewe qui est à peine sortie depuis une demi-heure ! Tout le monde sait que le charbon brûle bien trop vite, mais enfin, à ce point-là ! Vous n'avez rien à faire dans cette pièce et vous le savez très bien, sinon vous n'auriez pas sursauté comme cela quand je suis entrée. Et je vous demanderais, miss Holiday, d'avoir l'obligeance de faire votre travail ici comme je fais le mien qui était de préparer le thé, alors que la bouilloire bouillait depuis un quart d'heure et que je me demandais si vous aviez eu une attaque ou si vous étiez tombée en syncope quelque part.

Miss Holiday réussit à élever une faible protestation.

— Nous n'avons jamais eu d'attaques ni de syncopes dans la famille, fit-elle.

Elle avait glissé les mains dans les poches de sa blouse, mais elle les sentait trembler. Elle passa devant Mrs. Bolder qui s'écarta pour la regarder sortir de la pièce et entendit le claquement du pêne lorsque la porte se referma.

Elle avait attendu avec impatience l'heure du thé, parce que le dimanche il y avait toujours un excellent gâteau, mais tout son plaisir allait être gâché s'il devait être accompagné de soupe à la grimace. Avec résignation elle suivit le couloir, traversa le hall et poussa la porte matelassée, poursuivie par la voix de Mrs. Bolder.

Chapitre XII

Ce fut environ une demi-heure plus tard que miss Lucy Cunningham vint se joindre au petit groupe qui prenait le thé dans la chambre de Jenny. Elle entra par la petite porte latérale, sans déranger personne, comme elle le faisait depuis trente ans. Comme elle ne sortait jamais de chez elle sans être équipée pour la pluie, elle portait un imperméable d'homme par-dessus son manteau d'hiver et un solide parapluie.

— Me voici enfin, fit-elle. Mieux vaut tard que jamais, mais j'aime bien être sûre qu'Henry a pris son thé. Et puis je me suis dit qu'il fallait que je fasse un saut chez Mrs. Stubbs pour lui parler de la poule couveuse qu'elle m'a promise. Mes hybrides refusent de couver. Mais je ne veux pas de la Sussex qu'elle m'a prêtée l'an dernier... je n'en ai pas du tout été satisfaite et j'ai perdu la moitié des poussins. J'ai pensé qu'il valait mieux m'assurer que ce ne serait pas elle que j'aurais cette année, alors je suis passée à « La Feuille de Houx » et je suis venue par la route. Comment allez-vous, Mr. Lester ? Vous êtes pensionnaire à « La Feuille de Houx », n'est-ce pas ? Je crois que mon frère vous y a rencontré. J'espère que Mrs. Stubbs prend bien soin de vous... mais ce n'est pas la peine de le demander, on peut lui faire confiance.

Elle laissa retomber sa main et s'adressa à la cantonade :

— Surtout, ne me laissez pas repartir sans mon parapluie. Je ferais peut-être mieux de le garder à côté de moi. Par contre, Nicholas, si tu pouvais prendre mon imperméable. Oui, prend donc le manteau aussi. Il fait une chaleur épouvantable ici. Il serait préférable d'avoir les fenêtres ouvertes pour Jenny. Il n'y a rien de plus tonique que l'air frais. Et toi, Rosamond, comment vas-tu ? Tu as l'air toute pâlotte. Tu devrais manger du yaourt trois fois par jour... c'est ce qu'il y a de mieux. Et rien de plus facile à faire... tu prends du lait et tu le fais cailler. Oui, tu peux prendre mon écharpe... je n'en aurai pas besoin ici.

Dépouillée de ses couches successives de vêtements, elle paraissait beaucoup moins massive, quoi qu'encore confortablement rebondie. Yaourt ou pas yaourt, elle fit honneur au thé et, tout en continuant à pérorer, se servit copieusement de galettes beurrées, de cake et des biscuits à thé confectionnés par Mrs. Bolder et qui étaient l'objet d'une rivalité farouche entre Florrie Hunt et cette dernière. Cela faisait trente ans que Lucy Cunningham essayait en vain de lui en extorquer la recette et même si elle essayait pendant trente autres années, elle continuerait à perdre son temps. Mrs. Bolder était femme capable de résister à toutes les pressions et la recette de ses biscuits ne serait transmise qu'à la chair de sa chair et seulement au moment de rendre le dernier soupir. Mais pour l'instant l'esprit de miss Cunningham était ailleurs. Elle continuait à vanter les bienfaits du lait caillé à Rosamond et Jenny et y ajoutait les vertus de la mélasse. Nicholas éclata de rire.

— Mais comment se fait-il que tu ne mettes pas en pratique ces belles théories ? Jamais tu ne manges de cela toi-même et, Dieu merci, tu ne te hasardes pas à infliger cette épreuve à ta famille.

Une expression peinée apparut dans les yeux bleus et ronds de Lucy Cunningham.

— Mais, mon cher, je n'en ai pas besoin. Je reconnais que cela ne me ferait pas de mal de perdre un peu de poids, mais quand on se sent bien, on se sent bien, et, en fin de compte, quelques kilos de plus ou de moins changeraient-ils grand-chose ?

Jenny se mit à pouffer.

— Mais Rosamond et moi n'avons pas besoin de perdre quelques kilos. On nous a toujours dit qu'il nous faudrait plutôt en prendre quelques-uns.

— Mais c'est ce qui se produirait, mon enfant, j'en suis sûre. Tu ne maigrirais pas et tu pourrais manger de la crème, du beurre et des œufs et même du « suet pudding[1] » si tu en avais envie.

— Je n'en aurais certainement pas envie après cette mélasse et ce lait caillé, répliqua Jenny. Je n'aurais envie de rien pendant

1. A base de farine et de graisse de bœuf et bouilli dans un linge.

des heures et des heures. Je suppose que c'est pour cela qu'on maigrit.

Rosamond se déplaça de manière à s'installer entre Jenny et Lucy Cunningham. C'est ce qu'elle craignait toujours dans ce genre de réunion. Jenny devenait surexcitée et commençait à se donner des airs. Sans vraiment s'en rendre compte, elle jeta à Craig Lester un regard implorant et pendant qu'elle commençait à parler à Lucy de ses poules, elle l'entendit demander à Nicholas s'il avait vu une pièce qui recueillait un énorme succès à Londres. Il se lança dans un amusant résumé de l'intrigue qui était bien évidemment destiné à Jenny et qui la fit très vite rire aux larmes.

Les poules ne fournirent pas un sujet de conversation très prolongé. Miss Cunningham jeta un coup d'œil à sa montre.

— J'aurais bien aimé voir Lydia. Je ne pense pas qu'elle tarde.

— Oh, certainement pas.

— Ce n'est pas comme si elle était partie loin d'ici. Henry l'a vue entrer au White Cottage.

— Moi aussi, intervint Craig Lester, puis il réalisa qu'il aurait peut-être mieux fait de tenir sa langue.

— Oh, mon Dieu ! fit Lucy d'un ton qui ne laissait subsister aucun doute sur le fait qu'elle était parfaitement au courant de la rencontre avec Henry. Elle prit un air de dignité offensée et commença à vanter les biscuits de Mrs. Bolder et à sonder Rosamond sur les chances qui existaient de la convaincre de communiquer sa recette.

— Jamais je n'oserais lui demander... jamais.

— Vous tremblez tous devant elle, fit Nicholas en riant. Et elle le sait. La pire de toutes est encore Rosamond.

Rosamond rit aussi, mais sans gaieté.

— Vous savez, elle adore se plaindre d'être une pauvre veuve que tout le monde peut fouler aux pieds en toute impunité. Une fois qu'elle est lancée, il n'y a plus moyen de l'arrêter et tous les membres disparus de sa famille se succèdent. Il y en a pour une bonne demi-heure et quand elle a terminé, on a l'impression que tout ce qui est arrivé est de notre faute.

Nicholas lui envoya un baiser du bout des doigts.

— Ma chère, vous êtes beaucoup trop influençable, et on vous traite comme vous le méritez !

Lucy Cunningham secoua la tête.

— Allons vous n'allez pas vous disputer ! De plus, c'est une excellente cuisinière.

— Tante Lucy est une pacifiste à tous crins ! Elle céderait sur n'importe quoi plutôt que d'avoir une dispute... n'est-ce pas, Lu ?

— Nicholas, combien de fois devrais-je te répéter...

— Que tu ne veux pas de ce surnom aussi indigne qu'idiot ? Eh bien, je ne sais pas, ma petite tante chérie... cela dépend. Nous pourrions en discuter et arriver à un compromis... disons une fois par jour en moyenne et deux fois le dimanche et les jours de fête.

Elle ne put retenir un sourire. Jenny intervint d'une voix songeuse :

— Les gens ne vous donnent pas des diminutifs ridicules s'ils ne vous aiment pas, et si vous réussissiez à les en empêcher, peut-être ne vous aimeraient-ils plus autant. Alors je suppose qu'il vaut mieux faire contre mauvaise fortune bon cœur. Je préférerais de loin qu'on m'appelle Jennifer, mais personne ne veut le faire.

— Et tant qu'à faire, pourquoi pas Guinevere, dit Nicholas. C'est le même nom, mais cela sonne beaucoup mieux.

Jenny fut visiblement séduite par cette proposition.

— Mais oui, c'est vrai !

— Il faudrait, bien sûr, que tes cheveux soient nattés en deux longues tresses et que tu portes une guimpe.

Les yeux de Jenny flamboyèrent de colère.

— Tu te moques encore de moi !

— Jamais je ne me permettrais !

Des larmes de colère embuaient ses yeux. Elle s'écria d'une voix aiguë :

— Si, tu te moques de moi... tu te moques toujours de moi ! Le doux « Jenny » de Rosamond et le « Nicholas, cesse de la taquiner ! » de Lucy passèrent inaperçus car la porte venait de s'ouvrir brusquement. Craig Lester tourna la tête dans sa direction et vit Lydia Crewe debout sur le seuil, très grande et vêtue de noir. Elle attendit que le silence tombe sur la pièce, puis elle dit de sa voix la plus déplaisante :

— Vous faisiez tous énormément de bruit. En particulier Jenny. Peut-être étiez-vous en train de faire un jeu. Bonjour, Lucy. Comment allez-vous, Mr. Lester ? Nicholas ?

Elle haussa les sourcils.

— Eh bien, je vois que vous êtes nombreux ! J'espère que je ne vous dérange pas.

Les deux hommes s'étaient levés. Nicholas ne s'était pas

départi de son charmant sourire. Mais c'est Rosamond qui prit la parole.

— Veux-tu un peu de thé, tante Lydia ?

Miss Crewe regarda d'un air soupçonneux le vieux plateau en papier mâché, la théière au bec ébréché, les tasses et les soucoupes dépareillées.

— Ta vaisselle me semble tout à fait indigne de l'occasion, Rosamond. Dois-je en conclure que nous ne disposons plus de cinq tasses du même service ? Et je crois me souvenir qu'il existe une théière en argent. Elle avait au moins le mérite d'être incassable, et ne serait-ce qu'à cause de cela, je ne saurais trop la conseiller. Il est bien évident que nous n'en sommes plus à sauver les apparences, mais d'un point de vue purement utilitaire, ce bec ébréché doit faire gaspiller pas mal de thé.

Jenny avait les pommettes rouges. Elle dit d'une voix aiguë et enfantine :

— Cela n'a rien à voir avec Rosamond. C'est miss Holiday qui a monté le plateau.

Miss Crewe s'adressa à Craig Lester d'un ton condescendant.

— C'est une de nos filles de cuisine et, comme vous pouvez le constater, elle n'est guère efficace. Elle n'avait, bien entendu, aucune raison de quitter la cuisine. Rosamond veillera à ce que cela ne se reproduise plus.

Elle vit miss Cunningham se lever, non sans effort.

— Tu ne pars pas déjà, Lucy ?

Lucy Cunningham rougit. Elle ne supportait pas les disputes, mais lorsque Lydia devenait sarcastique, c'était encore pire.

— Eh bien, je crois qu'il vaudrait mieux, répondit-elle. En fait, je n'étais pas vraiment venue prendre le thé... j'étais juste passée pour te dire quelques mots. D'ailleurs si tu as le temps... Mais je ferais mieux de récupérer toutes mes affaires d'abord. Alors, voyons, qu'avais-je exactement ? Une écharpe... non, deux. On ne peut jamais savoir comment sera le vent tant qu'on n'est pas sorti.

Lydia Crewe répliqua d'un ton méprisant :

— Tu te dorlotes trop, Lucy. Plus tu porteras de vêtements, plus tu sentiras le froid. Cela fait des années que je te répète la même chose.

Miss Cunningham enroula soigneusement les deux écharpes autour de son cou, enfila son lourd manteau de tweed et engagea ses deux bras dans les manches de l'ample imperméable.

— J'aime bien être au chaud, fit-elle comme pour s'excuser.

Puis elle ajouta :

— Merci, Mr. Lester. Bon, ai-je bien tout ? Mais non, mon parapluie... il ne faut pas que j'oublie mon parapluie !

Pendant que Graig le lui tendait d'un côté, Nicholas alla chercher son sac à main plein à craquer et le lui offrit de l'autre.

— Et voilà... tu as tout ton attirail ! Enfin, j'espère. Il ne te manque plus la moindre bricole ? Bon, eh bien, à tout à l'heure.

— Si tu es enfin prête, Lucy... fit Lydia Crewe.

CHAPITRE XIII

La journée du dimanche s'écoula lentement. Les cloches de l'église sonnèrent les vêpres. Miss Silver et Mrs. Merridew s'y rendirent. Il y avait très peu de fidèles. La femme du pasteur qui tenait l'orgue interpréta un morceau à la mémoire des victimes de la Grande Guerre. Le pasteur chanta psaumes et cantiques d'une belle voix de baryton, accompagnée par le soprano hésitant de l'infirmière visiteuse. Les vieilles prières s'élevaient majestueusement dans l'air froid. L'église était déjà ancienne lors de la guerre des Deux-Roses [1]. Il y avait deux tombes de croisés et l'un des gisants avait les jambes croisées au niveau des genoux pour indiquer qu'il avait participé à deux expéditions pour la délivrance des Lieux saints. Il y avait des ex-voto et un amas de statues. Miss Silver se dit que les morts étaient mieux représentés que les vivants. Quand ils eurent prié pour que les ténèbres cèdent la place à la lumière de Dieu et qu'elle les protège des périls auxquels les exposait l'ignorance, le pasteur monta en chaire et leur adressa un prêche de cinq minutes sur le devoir de chacun d'aimer son prochain comme soi-même. Il avait une voix forte et résonnante et il affirma que notre séjour sur cette terre serait beaucoup plus agréable si nous nous donnions tous la peine d'être un peu plus charitables. Après quoi ils chantèrent un dernier cantique et sortirent dans la nuit froide.

Comme Florrie Hunt avait son dimanche après-midi et son dimanche soir de libre, les deux femmes préparèrent elles-mêmes leur dîner et firent la vaisselle. Quelques heures s'égrenèrent en

1. Guerre civile en Angleterre entre la maison d'York et la maison de Lancastre (1455-1485).

toute quiétude, marquées seulement par une paisible causerie au coin du feu, un bon livre, un simple bouton à tourner pour avoir de la musique et un échange de souhaits de bonne nuit avant de regagner chacune leur chambre.

Mais à quelques mètres du White Cottage, un lit resta inoccupé toute cette nuit.

C'est Florrie qui leur apprit la nouvelle le lundi matin à huit heures. Elle posa son plateau sur la table de nuit de Mrs. Merridew et annonça d'un ton funèbre :

— Miss Holiday n'est pas rentrée chez elle hier soir et son lit n'a pas été défait.

Mrs. Merridew cligna des yeux.

— Florrie, qu'est-ce que tu racontes ?

Florrie ouvrit les rideaux et Mrs. Merridew cligna de nouveau des yeux, mais cette fois à cause de la lumière. Le jour était froid et gris, pas du tout le genre de chose que l'on aimait à découvrir en apprenant une mauvaise nouvelle. La lumière froide montrait Florrie vêtue d'une blouse à fleurs, très propre, mais aux couleurs passées. Même si les couleurs n'avaient plus leur éclat de naguère, elles ne mettaient pas du tout en valeur le visage fermé encadré de cheveux bruns et raides tirés en arrière. C'était un visage osseux, aux lèvres minces et pâles et à l'expression butée. Il y avait quatre rideaux et Florrie prit le temps de les ouvrir tous les quatre avant de répéter ce qu'elle venait de dire.

— Elle n'est pas rentrée chez elle et elle n'a pas dormi dans son lit. Mrs. Maple est complètement retournée. Elle dit que c'est la première fois que cela lui arrive depuis qu'elle la connaît... que d'habitude elle est toujours là à neuf heures... sauf les soirs où elle va au cinéma à Melbury et où elle revient par le dernier car. Mais dans ce cas-là, elle la prévient toujours et Mrs. Maple lui laisse la clé pour ne pas avoir à l'attendre.

Sur ces entrefaites, un coup léger fut frappé à la porte entrouverte. Il fut immédiatement suivi par l'entrée de Miss Silver vêtue d'un peignoir bleu qui avait remplacé son vieux peignoir cramoisi dont elle ne s'était séparée que lorsqu'il avait commencé à donner des signes d'usure manifeste. La bordure de dentelle qui l'avait agrémenté avait été transférée sur le nouveau peignoir. Des pantoufles en feutre noir ornées de pompons bleus, cadeau de sa nièce Dorothy, complétaient sa tenue matinale. Ses cheveux soigneusement torsadés étaient contenus dans un filet en soie. Son visage exprimait l'inquiétude.

— Ma chère Marian... que se passe-t-il ? Je me dirigeais vers la salle de bains et je n'ai pu éviter d'entendre...

La réserve coutumière de Florrie avait été ébranlée. Elle recommença pour la troisième fois son histoire en y ajoutant quelques détails.

— Mrs. Maple croyait qu'elle était rentrée, fit-elle en s'adressant cette fois à miss Silver. Elle est tellement sourde que, de toute façon, elle n'entend pas. Comme il était neuf heures et demie passées, elle a tout simplement cru que miss Holiday était revenue et était montée sans rien lui dire, ce qui lui arrive de temps à autre, comme c'est toute une histoire pour se faire comprendre de Mrs. Maple et qu'elle n'a rien de particulier à lui dire sinon lui souhaiter bonne nuit. Enfin, c'est comme ça que ça se passe depuis dix ans qu'elle est sa logeuse. Mais ce matin, quand Mrs. Maple s'est levée et qu'elle a vu que miss Holiday ne donnait pas signe de vie, elle est montée frapper à sa porte, mais comme ça n'a rien donné, elle a tourné la poignée et elle est entrée dans la chambre pour découvrir que le lit n'avait pas été défait et qu'il n'y avait pas trace de miss Holiday.

— Mon Dieu ! s'exclama Mrs. Merridew.

Puis elle ajouta :

— Mais Florrie... elle ne peut pas s'être volatilisée comme ça !

Le choc avait vraiment fait sortir Florrie de sa réserve coutumière, car elle se permit de rétorquer ce qu'elle n'aurait jamais osé dire en d'autres circonstances.

— C'est bien ce que tout le monde disait à propos de Maggie, non ? Et où est-elle maintenant ? Elle est sortie de chez elle un soir à huit heures il y a un an et elle n'est jamais revenue.

Mrs. Merridew se sentit obligée de fournir quelques explications à miss Silver.

— C'était la cousine de Florrie, Maggie Bell, et cela s'est passé exactement comme elle le dit. Elle habitait avec ses parents dans le pavillon qui a une arcade rose au-dessus de la barrière et elle travaillait à la journée pour Lucy Cunningham. Et un soir elle est sortie et on ne l'a jamais revue. Elle venait de faire du repassage et elle a dit qu'elle voulait respirer un peu.

Florrie haussa les épaules.

— Et ce n'était pas seulement une manière de parler ! Ses parents étaient tellement jaloux qu'elle aille quelque part qu'elle était obligée de trouver n'importe quel prétexte pour sortir. Alors elle courait jusqu'à la maison pour se changer un peu les idées et elle évitait de se disputer avec eux.

Mrs. Merridew tendit la main derrière elle pour prendre le châle qu'elle mettait sur ses épaules lorsqu'elle restait au lit.

— Mais je ne savais pas qu'elle allait te voir, Florrie.

Un éclair de colère passa dans les yeux de Florrie.

— Moi non plus je ne le savais pas ! Elle venait quand elle en avait envie, et elle était la bienvenue !

— Tu as raconté cela à la police ?

— Ils ne m'ont rien demandé. Ils étaient persuadés qu'elle s'était enfuie à Londres. J'aurais pu leur dire que ce n'était pas vrai, mais leur opinion était déjà faite. Il faut reconnaître que ses parents étaient pénibles — je ne dis pas le contraire — mais ce n'était pas le genre de Maggie de partir comme ça en les abandonnant. C'est mon avis, et rien ne pourra m'en faire démordre. Et pour ce qui est de cette carte postale envoyée de Londres, eh bien, je vais vous dire franchement, c'est pas Maggie qui l'a écrite.

Miss Silver avait écouté tout cela avec le plus vif intérêt. Elle n'avait nul besoin de parler, car, sans qu'on les lui souffle, Marian Merridew posait toutes les questions qu'il fallait, et il était de loin préférable qu'elle-même ne parût pas trop s'intéresser à cette histoire.

La dernière phrase de Florrie provoqua une exclamation de surprise de la part de Mrs. Merridew.

— Oh, Florrie, jamais tu n'avais dit cela !

Florrie haussa l'épaule gauche.

— Moins on en dit, mieux ça vaut, fit-elle.

Puis, d'une voix accusatrice, elle poursuivit :

— Et ça servira à quoi si je dis quelque chose ? D'abord, on ne m'a rien demandé, et ensuite, je ne voulais rien avoir à faire avec la police. Et d'ailleurs, je n'en sais rien, alors ne parlons plus de ça !

— Mais, Florrie, tu dois bien avoir des raisons.

— Oh, oui, j'en ai, et plus qu'il n'en faut, mais je n'ai pas à parler de ça !

Le visage pâle et lourd de Mrs. Merridew exprimait une profonde perplexité. La pression de la main de miss Silver sur son bras ne suffit pas à la décider à poser une nouvelle question.

Florrie avait amorcé un mouvement de retraite vers la porte quand une petite toux l'arrêta. Elle fut immédiatement suivie de son nom.

— Je ne veux pas abuser de votre temps et je comprends parfaitement que ce sujet vous soit pénible, mais si, comme vous le dites, il y a eu une seconde disparition, peut-être que les ennuis ne sont pas terminés. D'autres personnes peuvent être en danger.

Florrie la regarda et répondit d'une voix butée :

— J'en ai dit suffisamment. J'en ai même peut-être trop dit.

Miss Silver reprit d'une voix douce :

— Vous avez dit que ce n'est pas votre cousine Maggie qui a écrit la carte postale envoyée de Londres. Vous l'avez vue, naturellement ?

— Oui, je l'ai vue.

— Elle disait, n'est-ce pas, qu'elle reviendrait dès que possible et que vous iriez aider ses parents ?

Le visage de Florrie s'assombrit.

— Qui vous a dit ça ?

Il y avait dans le regard de miss Silver quelque chose qui lui commandait de parler. Elle y résista. Il y avait dans sa voix quelque chose qui lui rappelait l'école, quand elle ne savait pas très bien ses leçons et que le maître l'aidait à trouver les bonnes réponses. Elle y résista aussi, mais avec moins de vigueur. Mais devant le sourire d'encouragement qui suivit, elle perdit toute volonté de résister. Elle sentit, au contraire, le besoin de libérer son esprit de ce fardeau qui l'avait écrasé pendant si longtemps. Il lui devint plus facile de parler que de garder pour elle toutes ces pensées. Et quand miss Silver demanda :

— Qu'est-ce qui vous fait croire que la carte postale n'a pas été écrite par Maggie ?, elle répondit d'une voix adoucie :

— C'est à cause de la manière dont les noms étaient épelés. Maggie n'a pas fait de très longues études, mais on est allées à l'école ensemble, et sur ses cahiers elle écrivait toujours Maggy… avec un Y. Et c'était pareil avec mon nom. Elle n'avait pas souvent l'occasion de l'écrire, mais quand elle le faisait, elle mettait un Y, comme pour le sien. Et les noms sur la carte étaient tous les deux écrits avec IE à la fin, et pas Y, et c'est pour cela que je sais que ce n'est pas Maggie qui les a écrits.

Mrs. Merridew avait l'air stupéfaite. Cette fois la pression de la main sur son bras lui recommandait de garder le silence.

Miss Silver reprit d'une voix douce :

— Les parents de Maggie vous ont montré cette carte postale. Leur avez-vous fait remarquer que les noms n'étaient pas épelés comme Maggie l'aurait fait ?

— Non, répondit Florrie.

Elle se tordait les mains.

— Pourquoi ne l'avez-vous pas fait ?

Florrie prit une longue inspiration.

— Ils étaient bien assez accablés sans cela. Et, en fait, je savais qu'ils ne s'en remettraient pas. Maggie était tout pour eux, et elle ne les quittait jamais, sauf pour aller chez miss Cunningham. Alors j'ai pensé… alors j'ai pensé… » Elle ne put retenir un sanglot. « C'était bien assez dur pour eux, non ?… et la carte était un petit espoir… et je n'ai pas eu le courage de leur enlever… »

— Mon Dieu ! s'exclama Mrs. Merridew, mais tu aurais dû en parler à la police… vraiment, tu aurais dû.

Florrie releva la tête d'un geste brusque.

— Et au bout de combien de temps seraient-ils venus ennuyer mon oncle et ma tante ? J'ai gardé ça pour moi, et je ne me serais jamais pardonné de ne pas l'avoir fait ! Et je ne sais pas pourquoi j'en parle, mais comme ils sont tous les deux partis maintenant, je suppose que ça n'a plus d'importance. Tout ce que je sais, c'est que Maggie ne serait jamais partie comme ça, et miss Holiday non plus. Elles n'avaient pas de petits amis ni l'une ni l'autre, parole d'évangile. Maggie avait deux ans de plus que moi et miss Holiday avait cinquante ans bien sonnés. Et ce n'était pas le genre à jouer les grandes coquettes, pas le genre à chercher à tout prix à mettre la main sur un homme. Maggie ne voulait pas s'embarrasser d'un homme, avec toutes les saletés qu'ils font à la maison et tout. Et son père qui n'était qu'une vieille brute… enfin, de la manière dont elle voyait les choses, il n'était pas question de quitter ses parents qui l'avaient élevée et avec qui elle avait toujours vécu, et se mettre la corde au cou avec un mari, c'était trop lui demander. Et pour ce qui est de miss Holiday, elle avait une peur bleue des hommes. C'est bien simple, elle refusait de travailler dans une maison où il y avait un homme. Elle ne voulait même pas aller jusqu'au bout de la rue pour voir Mrs. Selby, avec qui elle s'entendait bien, pourtant, et qui l'invitait toujours chez elle… elle ne voulait pas en entendre parler, sauf quand elle savait que Mr. Selby ne risquait pas d'être chez lui. Oh, bien sûr, on ne peut pas dire que ce soit vraiment un monsieur, mais ce n'est quand même pas le genre d'homme qui fait peur aux gens, à part miss Holiday.

Mrs. Merridew se tourna vers miss Silver.

— Les Selby habitent tout à fait en bas du chemin du presbytère. Lui, c'est un homme d'affaires en retraite. Ils ont énormément de poules et, tous les soirs, il va faire une partie de fléchettes à « La Feuille de Houx ». C'est un homme très affable et très sociable, mais je crois que sa femme se sent un peu seule le soir quand il est sorti. Mais je ne savais pas que miss Holiday allait si souvent là-bas.

Florrie était redevenue elle-même. Elle répliqua avec brusquerie :

— Si souvent, je ne pourrais pas vous dire. Tout ce que je sais, c'est qu'elle y passait de temps en temps quand il était à « La Feuille de Houx », mais elle ne voulait pas entendre parler d'y aller avant qu'il ne parte de chez lui ou de rester une fois qu'il était de retour. Alors, vous pensez bien que si elle agissait comme ça avec Mr. Selby, il n'était pas question qu'elle se lie avec un étranger, pas plus qu'il n'était question qu'un étranger cherche à se lier avec elle, car s'il y avait quelqu'un dont la moralité était au-dessus de tout soupçon, c'était bien elle, la pauvre fille.

Mrs. Merridew enroula son châle autour de son cou et commença à verser le thé. Les naissances, les décès et les disparitions étaient des choses qui arrivaient, mais laisser un bon thé infuser trop longtemps n'avait jamais rendu service à personne. Elle remplit deux tasses et fit d'une voix résolument enjouée :

— Eh bien, Florrie, il ne nous reste plus qu'à garder bon espoir.

CHAPITRE XIV

Miss Holiday n'avait pas de famille... tout au moins personne n'en avait entendu parler. Elle avait été femme de chambre de la vieille Lady Rowena Thorne qui, de l'avis général, l'avait laissée prendre de déplorables habitudes de désordre. Il fallait dire, à sa décharge, que Lady Rowena elle-même était une vieille femme effroyablement désordonnée, toujours ficelée comme l'as de pique, qui habitait dans un pavillon rempli de bric-à-brac et de chats. Elle avait eu très peu d'argent et sur ce peu, une rente annuelle de cinquante livres était servie à Miss Holiday qui depuis lors avait logé chez Mrs. Maple et avait travaillé à la journée, mais sans jamais rester longtemps à la même place. Sa maladresse indisposait ses employeurs qui ne la gardaient que lorsqu'il n'y avait personne d'autre. Mrs. Merridew fit part à son hôte de tous ces éléments qui étaient de notoriété publique.

Ayant été informée des activités professionnelles de miss Silver par l'amie commune chez qui elles s'étaient retrouvées après tant d'années, elle acquiesça de bon cœur à la prière de miss Silver de s'abstenir d'en parler. Comme depuis son mariage elle était devenue dans la région une personne de conséquence, elle était plus que désireuse de tenir sa promesse. Le métier de détective ne lui paraissait pas une carrière bien recommandable pour une femme qui se respectait et elle n'avait nul désir d'attirer l'attention là-dessus. Mais en même temps, à la suite de la disparition de la pauvre miss Holiday, elle se mit à discuter de l'affaire avec un intérêt non dissimulé, se rendant à l'avis de miss Silver comme à celui d'un expert, et tout à fait disposée à lui communiquer tous les détails qui pourraient se révéler utiles.

L'air sinistre, Florrie vaquait à ses tâches quotidiennes. Elle ne desserra plus les dents, sinon pour faire remarquer d'un ton lugubre que celles qui n'avaient pas reparu maintenant ne le feraient certainement pas plus tard et que ça ne servait à rien de prétendre le contraire. Mrs. Maple partageait, semblait-il, cet état d'esprit.

Le poste de police de Melbury, à qui la disparition avait été signalée, lui avait dépêché un agent pour recueillir les premiers renseignements, mais le bruit courait qu'il avait été totalement incapable d'amener Mrs. Maple à comprendre ses questions. Tout le village sachant qu'elle ne tenait guère à avoir de rapports avec la police et comme il n'est pire sourd que celui qui ne veut pas entendre, nul ne s'en étonna. Tout le monde, à vrai dire, considéra comme déloyal le procédé du sergent Denning qui avait soumis à Mrs. Maple une liste de questions écrites, et la contre-attaque de Mrs. Maple prétendant avoir égaré ses lunettes et assurant que sans elles, elle était incapable de lire un seul mot, fut chaudement applaudie.

Mais entre-temps, il se passait énomément de choses dans la coulisse. Les consultations allaient bon train à des niveaux de plus en plus élevés pour finalement atteindre ce qu'il est convenu d'appeler le plus haut niveau. Jamais miss Holiday n'aurait pu supposer qu'elle deviendrait l'objet de tant d'interrogations et de tant d'intérêt. Hazel Green entra en liaison avec Melbury et Melbury se mit en rapport avec le commissaire divisionnaire pour le Melshire qui avertit immédiatement Scotland Yard et la Sûreté. Cette affaire pouvait être absolument anodine... ou bien elle pouvait être de la plus haute importance. Mais il ne fallait lui donner aucune publicité, surtout pas de gros titres dans les journaux. Il fallait observer la plus grande discrétion. On pouvait laisser toutes les rumeurs se répandre à Hazel Green et les gens en tirer leurs propres conclusions pessimistes, mais la position officielle devait être, et ce jusqu'à plus ample informé, qu'il s'agissait d'une affaire d'intérêt purement local et que cette miss Holiday avait probablement décidé sur un coup de tête d'aller rendre visite à une amie.

Cette théorie ne fut pas très favorablement accueillie dans le village. Mrs. Stubbs se faisait l'interprète du sentiment général lorsqu'elle demanda en haussant les épaules :

— Et qu'a-t-elle comme amis, la pauvre femme ? Ni moi ni personne n'en avons jamais entendu parler ! Elle allait au cinéma à Melbury et elle revenait, c'est tout ce qu'elle avait en fait de sorties... et jamais elle n'y serait allée un dimanche. Et si elle avait pris le car pour aller quelque part, quelqu'un l'aurait vue, non? Et pour ce qui est d'avoir été prise en voiture par quelqu'un, tous ceux qui la connaissent ne raconteraient pas de telles âneries... elle aurait été morte de peur!...

Lorsqu'il prit la direction de Crewe House, Craig Lester commençait à être un peu las de cette histoire. Quatre heures sonnaient au clocher de l'église lorsqu'il s'engagea sur la route, ce qui lui laissait largement le temps de revenir tranquillement à pied avec Rosamond qui, comme lui, avait été invitée à prendre le thé au White Cottage.

Comme aucune des fenêtres ne donnait sur l'allée qui, à la vérité, était envahie d'herbes folles, son intention était de rester sous le couvert des arbres jusqu'à ce que Rosamond apparût. En l'attendant, il réalisa à quel point toute la propriété avait besoin d'être entretenue. Arbres et buissons s'enchevêtraient dans une âpre lutte pour le soleil et l'air libre. Les broussailles formaient un inextricable fouillis. Les feuilles pourrissaient en tas à l'endroit où elles étaient tombées. Elles recevaient des gouttelettes tombant des frondaisons bien qu'il n'ait pas plu depuis l'heure du déjeuner. Un ciel gris annonciateur de pluie. Un air humide et lourd.

Il aperçut enfin Rosamond qui pressait le pas car elle avait entendu la clochette de Lydia Crewe juste au moment où elle sortait. Elle portait un vieux manteau de tweed et un foulard bleu sur la masse brune de ses cheveux. Il mettait en valeur le bleu de ses yeux. Elle courait presque, mais quand elle le vit, elle ralentit le pas.

— Oh... c'est vous! Je sors.

— Prendre le thé chez Mrs. Merridew? Moi aussi. J'avais pensé que nous pourrions nous y rendre ensemble. Si vous n'y voyez pas d'objection, bien sûr.

Elle lui adressa un large sourire.

— C'est très gentil à vous. Mais il faut nous dépêcher, parce que je crains d'être en retard. Tante Lydia avait besoin de moi.

— Pour quoi faire?

— Oh, comme ça... quelque chose qu'elle voulait. Ça n'a pas pris beaucoup de temps. Mais j'en avais passé pas mal à discuter avec Jenny.

Il répliqua d'une voix calme.

— Elles s'y entendent bien toutes les deux pour que vous ne puissiez avoir beaucoup de temps de libre, n'est-ce pas? Si ce n'est pas l'une qui vous retient, c'est l'autre. Vous savez que vous allez rendre Jenny tout aussi égoïste et exigeante que miss Crewe si vous n'y prenez garde.

— Craig !

— Eh bien quoi ? C'est vrai, non ?

— Mais elle a été tellement malade, protesta-t-elle. Tout le monde croyait qu'elle allait mourir.

— Et alors, ils ne le croient plus. Réveillez-vous, Rosamond, et faites preuve d'un peu de bon sens ! Vous savez aussi bien que moi que Jenny ne mène pas une vie normale, et qu'elle le pourrait...

Il s'interrompit et reprit :

— Maintenant.

Elle se tourna vers lui en s'empourprant.

— Que voulez-vous dire ?

— Vous le savez très bien. Elle passe trop de temps avec des adultes et avec ses livres. Elle devrait étudier et jouer avec des enfants de son âge.

Elle ouvrit les lèvres pour parler, mais aucun son n'en sortit. Il glissa son bras sous le sien.

— Allez-y... dites-le. Il n'est pas facile de penser à Jenny comme à un enfant... c'est ce que vous alliez dire, n'est-ce pas ? Mais vous vous êtes arrêtée parce que vous vous seriez trahie. Mais en réalité, mon enfant, vous essayez de vous forger des prétextes. Ni vous ni Jenny n'avez rien à faire à Crewe House et vous le savez fort bien.

Elle avait l'air surprise, mais la colère commençait à monter.

— Vous voulez envoyer Jenny à l'école et vous voulez que je m'en aille d'ici !

— Absolument. Et je suis persuadé que Jenny serait beaucoup mieux à l'école.

— Mais elle n'est pas encore assez forte.

L'allée faisait une dernière courbe et après ils seraient en vue de la route. Instinctivement, elle s'arrêta.

— Craig, il ne faut pas... vraiment, il ne faut pas ! Ne savez-vous pas que c'est ce que demande tante Lydia... se débarrasser de Jenny pour que je puisse en faire encore plus, encore plus pour elle et pour la maison ?

Il répondit d'un ton froid.

— C'est peut-être tout ce qu'elle demande, mais cela ne se passera pas ainsi. Donnez-lui un mois pour trouver quelqu'un d'autre, puis vous m'épousez et vous emmenez Jenny. Après quoi nous déciderons quel genre d'école lui conviendrait le mieux.

— Mais elle n'en est pas capable.

Elle n'avait pas dit qu'elle ne voulait pas l'épouser. Peut-être n'avait-elle simplement pas prêté grande attention à cette hypothèse. Il décida de remettre à plus tard la réponse à cette question.

— Vous est-il venu à l'esprit que Jenny est capable de marcher beaucoup mieux qu'elle ne le prétend devant vous ?

Elle s'écarta de lui.

— Mais, bien sûr que non !

— Eh bien, moi si. Et pour ne rien vous cacher, elle boitille quand vous êtes là et elle ne le fait plus dès que vous êtes sortie de la pièce.

Ses yeux bleus étincelaient de colère.

— Elle est fière et sensible. Elle n'aime pas montrer son infirmité à un étranger.

— Balivernes ! Elle joue la comédie devant vous, mais elle ne s'en donne pas la peine pour moi.

— Pourquoi ferait-elle ça ?

— Pour faire de la surenchère sur Lydia Crewe.

— Craig !

— Quand le spécialiste l'a-t-il vue pour la dernière fois ?

— Il y a deux mois.

— A-t-il dit qu'elle pouvait marcher ?

— Eh bien...

— Je vois... c'est ce qu'il a dit. A-t-il dit qu'il viendrait la revoir ?

— Il a dit...

Les mots lui manquèrent.

— Il a dit non !

Elle s'écarta un peu de lui.

— Ce n'est pas uniquement le boitillement. Si elle en fait trop... elle souffre.

— Ce n'est pas trop douloureux, j'espère !

Toute la couleur s'était retirée de son visage. Elle dit d'une voix altérée :

— Je pense qu'il vaut mieux arrêter de parler de cela. Mrs Merridew n'appréciera pas que nous soyons en retard.

— Certainement pas. Mais vous ne me demandez pas pourquoi je vous ai dit tout cela ?

Quelque chose dans le ton de sa voix la fit hésiter. L'étonnement se peignit de nouveau sur ses traits. Elle demanda comme en écho :

— Oui, pourquoi...

— Je crains qu'il ne nous faille faire attendre un peu Mrs. Merridew pendant que je vous explique, dit Craig. Je ne pouvais pas m'endormir hier soir... c'est presque inévitable lorsqu'on commence à cogiter après minuit. Finalement, je me suis habillé, je suis sorti par une des fenêtres de derrière et j'ai commencé à me balader. Il était à peu près une heure un quart. J'ai marché dans cette direction et quelqu'un était en train de franchir l'échalier qui est juste de l'autre côté de la route, en face de l'endroit où débouche l'allée de Crewe House. Il y avait une voiture qui arrivait et la personne en question s'est immobilisée et a attendu qu'elle passe. Au moment où elle a pris ce semblant de virage, les phares ont éclairé la haie et la personne qui restait immobile. Eh bien cette personne était Jenny.

— Jenny ? Oh, non !

— Oh, si, c'était bien Jenny. Il est impossible de confondre ses cheveux avec ceux de quelqu'un d'autre. De plus, j'ai vu son visage.

Ils virent tous deux la même image... Jenny prise dans le faisceau lumineux des phares, ses cheveux flamboyants formant une auréole brillante.

— Craig... hoqueta Rosamond, elle avait l'air... il y avait quelque chose de différent chez elle ce matin. Je n'ai pas compris ce que c'était... comme si... comme si... oh, je ne sais pas. Elle a dû avoir une crise de somnanbulisme.

Il secoua lentement la tête.

— Oh, non, certainement pas ! Tout, mais pas ça ! Dès que la voiture s'est éloignée, elle a éclaté de rire et elle a traversé la route en sautillant. Puis elle a remonté l'allée en courant. Je l'ai suivie d'assez loin et je l'ai vue rentrer par la petite porte latérale. Quand je l'ai entendue tourner la clé dans la serrure, je suis reparti à « La Feuille de Houx ». Voilà, j'ai pensé qu'il valait mieux que vous le sachiez.

— Mais pourquoi... pourquoi ?

— Je suppose qu'elle sort en cachette parce qu'elle avait envie de marcher et de gambader et qu'elle ne veut pas qu'on la voie parce qu'elle n'a pas envie d'être expédiée à l'école. Je pense que tout cela est très simple. Et vous n'avez pas besoin de prendre l'air de quelqu'un qui voit le toit s'écrouler sur lui. C'est un problème qui peut-être facilement réglé. Et maintenant, nous ferions peut-être mieux de presser le pas et de faire bonne contenance devant Mrs. Merridew.

CHAPITRE XV

Le salon de Mrs. Merridew souffrait du mal dont souffrent toutes les pièces qui ont été meublées avec les richesses d'une pièce beaucoup plus vaste. Il contenait nombre de beaux meubles, mais la place était insuffisante pour les mettre en valeur. Il y avait trop de tableaux aux murs, un miroir ancien de belle taille fixé sur le manteau de la cheminée et une profusion de porcelaines. Les fauteuils et le divan profond, bien que beaucoup trop grands, étaient extrêmement confortables, et le chintz qui les recouvrait, bien que fort passé, s'accordait à merveille avec le tapis de Perse élimé et les rideaux qui jadis avaient orné le petit salon de Dalling Grange.

Miss Silver estimait que l'impression d'ensemble était fort agréable et elle appréciait particulièrement le fait que les fenêtres étaient parfaitement hermétiques. Les vieilles maisons étaient souvent la proie des courants d'air, mais en l'occurrence, il n'y avait pas à se plaindre. Un feu de bois flambait gaiement dans l'âtre et il faisait si bon dans la pièce qu'elle avait pu mettre la robe qu'elle avait achetée à Clifton à la fin de l'été précédent. Le prix l'avait fait quelque peu hésiter, mais sa nièce Ethel Burkett avait trouvé des arguments propres à la convaincre :

— Tu sais qu'elle a beaucoup de style, ma petite tante. Je suis sûre que tu ne le regretteras pas.

Elle la portait avec une satisfaction modeste et souhaitait que sa chère Marian soignât un peu plus sa mise. Trop de cheveux et si mal coiffés. Et elle était vraiment trop forte pour porter ce pull-over mauve moulant. D'ailleurs, cette couleur ne lui allait pas ; mais déjà à l'école, c'était sa couleur préférée.

Mrs. Merridew qui, une fois qu'elle avait acheté un vêtement, ne s'en préoccupait plus jamais et continuait à le porter jusqu'à ce que Florrie ou une amie bien intentionnée intervienne, était en train d'énumérer à miss Silver les amis qu'elle avait invités à prendre le thé.

— Je suis sûre que tu t'entendras bien avec Lucy Cunningham. La vie ne lui a pas toujours souri, mais elle est d'un naturel très gai. Elle est totalement dévouée à son neveu et au pauvre Henry et elle consacre beaucoup de temps à ses poules. Comme je te l'ai déjà dit, Lydia Crewe et elle sont de grandes amies, mais je ne l'ai volontairement pas invitée aujourd'hui, parce que Lydia n'épargne personne et quand elle est là, la pauvre Lucy n'a pas la moindre chance de s'exprimer. J'ai également invité Henry. Je le fais toujours, mais il ne vient jamais. Quel dommage de rester cloîtré ainsi... tu ne trouves pas ?

Miss Silver lui fit remarquer que bien souvent les hommes ne raffolaient pas de ce genre de réunion.

— Je sais... mais c'est bien dommage. Les occasions de recevoir les gens sont devenues si rares. J'ai vraiment hésité à inviter Mr. Lester, mais cela semblait lui faire très plaisir de venir. Et comme je lui ai dit, nous connaissions très très bien son oncle. Mais il faut aussi dire que je lui ai laissé entendre que j'avais invité Rosamond Maxwell. Ils sont sans aucun doute en excellents termes, et Lydia Crewe pourra dire ce qu'elle veut, quand deux jeunes gens sont en excellents termes, ils aiment bien être invités ensemble. C'est inimaginable la manière dont Lydia séquestre cette jeune fille. J'ai cru pendant un moment que, peut-être, Nicholas et elle... mais, bien sûr, il faut de l'argent et Jenny a besoin de tellement de soins...

Elle s'interrompit en entendant un bruit de pas sur les dalles de l'allée et un murmure de voix qui annonçait l'approche de deux des invités. Elle eut à peine le temps de dire : « Ce doivent être Rosamond et Mr. Lester. Lucy est toujours en retard », que Florrie leur ouvrit la porte.

Rosamond avait laissé son manteau dans le hall et enlevé le foulard qui était noué sur ses cheveux. Son tricot bleu était de la couleur de ses yeux. Miss Silver la trouva absolument ravissante. Elle remarqua également que la jeune fille semblait préoccupée. Il sautait aux yeux que Mr. Lester était amoureux d'elle. Il ne faisait d'ailleurs aucun effort pour le dissimuler. Mais miss Silver estima que ce ne pouvait être le trouble suave d'une liaison amoureuse qui avait fait naître l'anxiété sur les traits de Rosamond Maxwell.

Lucy Cunningham entra sans s'être annoncée en sonnant, habitude à laquelle Florrie aurait dû s'être accoutumée, mais qui ne manquait jamais de l'agacer. Elle la suivit d'un air outragé et déposa avec violence le plateau devant Mrs. Merridew.

Miss Cunningham, ayant accroché son lourd manteau dans le hall, était en train de se débarrasser d'un gros cardigan et de ses trois écharpes.

— Je ne comprendrai jamais comment tu peux vivre dans une telle étuve, Marian. Cela ira mieux quand je me serai dépouillée de quelques-uns de ces vêtements. Il fait au moins 25 °C ! Voilà... je me retrouve en pull-over ! Je l'ai tricoté moi-même, et Nicholas n'arrête pas de m'en dire du mal, mais j'aime bien la couleur... elle évoque la mousse. Quant à Henry, jamais il ne remarque ce que j'ai sur moi. Ah, ma chère Marian, je suis désolée d'être en retard, mais juste au moment où je mettais mon chapeau, j'ai vu l'affreux matou de Mrs. Parson qui faisait ses griffes sur mon saule pleureur... celui que Nicholas m'a offert pour Noël. Alors j'ai été obligée de sortir pour le chasser !... Mais bien sûr que je connais miss Silver. Tu ne te souviens pas, tu nous as présentées à l'arrêt du car. Comment allez-vous, miss Silver ? Marian et vous étiez à l'école ensemble, n'est-ce pas ? C'est si bon de retrouver de vieux amis.

Il était bien évident que lorsqu'elle n'essuyait pas les rebuffades de miss Crewe, on pouvait faire confiance à Lucy Cunningham pour ne pas laisser languir la conversation. La poule couveuse qu'elle avait empruntée à Mrs. Stubbs n'avait fait aucune difficulté pour prendre possession de sa couvée... « Un croisement bien à moi, Rhode Island Red et White Leghorn. Il n'y a rien de tel ! » Elle disserta pendant dix bonnes minutes sur les mérites de ce croisement tout en dévorant trois petits pains au lait et une tranche de cake avant que l'affaire de la disparition de miss Holiday ne vienne sur le tapis.

Rosamond s'entretenait avec Mrs. Merridew et Craig Lester se joignait à leur discussion, quand miss Lucy interrompit ses considérations sur la déception qu'elle avait éprouvée l'année précédente à propos de ses œufs à couver. « Sur la douzaine, trois seulement sont éclos, et je lui ai dit bien en face qu'ils n'étaient pas frais », pour s'exclamer soudain d'une voix inquiète :

— Mais, au fait, miss Holiday n'est pas encore revenue ?

Mrs. Merridew secoua la tête, et Rosamond répondit :

— Toujours pas. C'est vraiment incroyable. Personne ne sait ce qu'elle a pu devenir.

— Lydia doit être très ennuyée, fit miss Cunningham.

Il devint évident que c'était de ce point de vue qu'elle considérait la disparition de miss Holiday, sa position étant, en substance, qu'elle finirait par revenir, mais que dans l'intervalle son absence était fort gênante pour Lydia Crewe, et que lorsqu'on devait partir précipitamment, la moindre des choses était d'en informer son employeur.

— Mais c'est la dernière chose à laquelle ils pensent. J'espère qu'elle ne s'est pas disputée avec Mrs. Bolder. Une cuisinière de tout premier ordre, mais, mon Dieu, quel caractère ! Cela pourrait-il être une explication ?

— Je ne sais pas, répondit Rosamond avec réticence. Il s'est peut-être passé quelque chose. Mrs. Bolder n'a pas eu l'air surprise outre mesure en ne la voyant pas arriver ce matin... elle s'est contentée de hausser les épaules et de dire quelque chose du genre : « Oh, elle s'en remettra. » Alors je me suis dit que peut-être... mais c'était avant d'apprendre qu'elle n'avait pas dormi dans sa chambre.

Miss Cunningham hocha vigoureusement la tête.

— Oui, elles se sont sans doute chamaillées, mais je ne pense pas que ce soit allé très loin. Et cela fait un bon moment qu'elle va chez vous... elle devrait s'être habituée à Mrs. Bolder depuis le temps. Ça ne doit pas être la première fois qu'elles ont une prise de bec. Mais je n'arrive pas à imaginer ce qui a pu l'amener à partir. Quand on a de la famille, tout peut arriver, mais elle n'a plus un seul parent en ce bas monde... elle nous l'a souvent répété. Et elle avait l'air d'aller très bien quand je l'ai rencontrée.

— Et quand l'avez-vous rencontrée ? demandèrent Rosamond et Mrs. Merridew d'une seule voix.

Le visage de Lucy Cunningham s'épanouit.

— En me rendant à Crewe House, ma chère. Vous vous souvenez que je n'ai pu prendre le thé avec vous et que je suis arrivée plus tard que prévu après être passée voir Mrs. Stubbs pour sa poule couveuse. Il devait être facilement cinq heures et demie, peut-être un peu plus... mais je ne pense pas que cela ait une grande importance. Elle arrivait juste en bas de l'allée au moment où je tournais pour monter, et elle avait l'air d'aller parfaitement bien.

Miss Silver lui jeta un regard empreint d'un vif intérêt.

— Lui avez-vous parlé ? demanda-t-elle.

Miss Cunningham tenait une tasse remplie à la main. Elle était sur le point de la porter à ses lèvres lorsque miss Silver posa sa question. Elle fit un geste brusque et la tasse lui échappa de la main, quelques gouttes de thé allèrent éclabousser le tricot vert mousse. Lucy Cunningham poussa une exclamation, sortit immédiatement un grand mouchoir propre mais complètement froissé et entreprit d'éponger les taches en les tamponnant. On se précipita sur le pichet d'eau chaude et Rosamond courut chercher un torchon dans la cuisine.

On vida la soucoupe qui débordait, on changea la tasse et tout le monde s'accorda à estimer que le tricot vert ne devrait pas rester taché.

— C'est un incident tout à fait regrettable, fit miss Silver, mais je ne pense pas qu'il y ait de graves conséquences. A propos, de quoi étions-nous en train de parler ? Ah, oui, cette pauvre miss Holiday. Vous l'avez rencontrée alors qu'elle revenait de son travail et vous disiez qu'elle vous avait paru tout à fait dans son état normal. Vous lui avez parlé, donc ?

— Oh, nous avons seulement échangé quelques mots, répondit Lucy Cunningham.

Chapitre XVI

Le thé prit fin relativement tôt. Rosamond était inquiète au sujet de Jenny et Lucy Cunningham au sujet du chat de Mrs. Parson.

— J'ai bien demandé à Henry de surveiller le jardin, mais vous connaissez les hommes, ils se plongent dans leur travail et pas moyen de les en faire sortir. Et les chats sont tellement obstinés. S'il a décidé de faire ses griffes sur cet arbre-là, il va recommencer.

— Je ne vois pas comment tu pourras l'en empêcher, ma chère.

— Avec le tuyau d'arrosage, répliqua miss Cunningham d'un ton résolu. Si je rentre maintenant, il fera tout juste assez jour.

Lorsque les invités se furent retirés, Mrs. Merridew se laissa aller à manifester une légère indignation.

— Je ne comprends pas comment Lucy peut espérer que le chat des Parson va rester tranquillement assis à attendre qu'elle rentre et qu'elle branche le tuyau d'arrosage. Cela me paraît ridicule et j'ai bien failli lui dire. Mon Dieu... qui est-ce que ça peut bien être ?

Elle avait regardé par la fenêtre pour voir miss Lucy s'éloigner. Et là, elle voyait un grand et élégant jeune homme qui après avoir monté l'allée venait de disparaître derrière les jasmins du porche. Miss Silver eut un pressentiment. Elle ne fut donc pas vraiment surprise quand Florrie, passant la tête par l'encadrement de la porte, une vieille habitude que Mrs. Merridew avait en vain essayé de lui faire perdre, annonça que Mr. Abbott était venu rendre visite à miss Silver — « Et je l'ai mis dans la salle à manger. » Frank Abbott ignorait qu'il s'agissait d'un traitement de faveur rarissime. Quand Florrie connaissait les gens, elle les faisait entrer. Quand elle ne les connaissait pas, elle les faisait attendre dans le hall, voire sur le seuil de la porte d'entrée. Tous les efforts de Mrs. Merridew avaient été vains. Sur ce plan, comme sur bien d'autres, Florrie n'en faisait qu'à sa tête.

Miss Silver saisit son sac à ouvrage et se hâta de devancer la question qu'elle vit poindre sur les lèvres de Mrs. Merridew.

— C'est un vieil ami qui, je pense, est venu me rendre une visite professionnelle. Cela ne te dérange pas que je le reçoive dans la salle à manger, Marian ?

Mrs. Merridew fut déçue. Elle aurait aimé faire connaissance avec le vieil ami de son ancienne condisciple. Elle n'hésita pas à le dire au moment où miss Silver se retirait, mais elle ne put avoir la certitude que sa remarque avait été entendue. La porte se referma et elle resta à se demander de quoi le vieil ami pouvait bien l'entretenir.

Arrivée dans la salle à manger, miss Silver prit un siège. Quand Frank Abbott se fut à son tour installé, elle lui dit :

— Je ne peux rester longtemps, cela risquerait de vexer mon amie. Si vous disposez d'un peu de temps avant de partir, j'aimerais vous présenter. Je regrette un peu d'avoir refusé de vous recevoir dans le salon comme elle me le proposait, mais à la lumière des récents développements, j'ai pensé que vous préféreriez peut-être me voir en tête à tête.

Il hocha la tête d'un air satisfait.

— Vous avez bien fait. Je présume que vous êtes parfaitement au fait de la toute récente disparition. Eh bien, elle fait souffler un vent de panique dans les milieux officiels. Vous comprenez, cela peut être une grosse affaire comme cela peut être totalement dénué d'importance. Ils ne veulent pas négliger la première éventualité, mais ils ne veulent pas non plus se rendre ridicules en prenant des mesures d'urgence pour s'apercevoir que cette femme est simplement partie faire une balade quelque part.

— Personne à Hazel Green ne croit à cette possibilité.

Il éclata de rire.

— Bien sûr que non ! On peut faire confiance à un village tout entier pour se résigner au pire. Personne ne voudra le reconnaître, mais la déception sera grande si on apprend qu'elle était partie passer un week-end chez des amis ou dans sa famille.

La gravité se peignit sur les traits de miss Silver.

— Cela fait bon nombre d'années qu'elle vit ici, et personne n'a jamais entendu parler d'amis ou de famille. Mais vous disiez ?

— Oui. Donc, situation délicate pour les hauts fonctionnaires. Et quand les hauts fonctionnaires se trouvent en situation délicate, la piétaille ne sait pas sur quel pied danser. Et c'est valable pour vous comme pour moi. En conclusion, je poursuis ma visite et vous poursuivez la vôtre. Pour vous, il n'y a, en fait, rien de changé. Vous restez tout yeux, tout oreilles et vous nous transmettez tout ce que vous apprenez d'intéressant. En ce qui me concerne, les choses sont un peu plus compliquées. On a demandé à Scotland Yard de me faire rester où je suis, mais on m'a fait clairement comprendre que je devais passer inaperçu. Car, pour le cas où la montagne accoucherait d'une souris, personne ne voudra reconnaître qu'ils n'avaient pas lésiné sur les moyens.

Miss Silver avait ouvert son sac à ouvrage. Elle en sortit le bonnet rouge cerise de la petite Joséphine, qui était maintenant bien commencé. Le rouge vif formait un agréable contraste avec le bleu foncé de sa robe.

— Je comprends parfaitement, fit-elle. Toute cette affaire demande à être entourée de la plus grande discrétion.

— Comme vous dites ! Et de votre côté, qu'avez-vous à m'apprendre ?

Les aiguilles grises cliquetaient.

— Pas grand-chose, je le crains, et probablement rien que vous ne sachiez déjà. J'occupe, bien entendu, une position idéale ici, puisque Mrs. Merridew connaît tout le monde dans la région et que sa bonne est une cousine de cette Maggie Bell qui a disparu d'Hazel Green l'année dernière. Il s'agit, en réalité, de la Florrie dont le nom était mentionné sur la carte postale adressée à Mr. et Mrs. Bell après la disparition de Maggie et que l'on a supposé avoir été écrite par elle.

— Supposé ?

Miss Silver toussota.

— Florrie prétend que Maggie écrivait toujours leurs deux noms avec un Y, alors que sur la carte il était écrit avec IE.

— Mais je croyais que nous ne disposions pas d'échantillons de l'écriture de Maggie.

— Maggie et Florrie allaient à l'école ensemble. Elle est absolument affirmative, la carte postale n'est pas de la main de Maggie.

— Alors, pourquoi n'en a-t-elle jamais parlé ? Elle n'a jamais rien dit... si ?

— Oh, non. Ce n'est pas le genre de femme à raconter quoi

que ce soit à la police. Elle dit aussi que la carte était un réconfort pour les parents de Maggie et qu'elle ne pouvait pas les en priver. Ils sont morts maintenant, mais elle ne s'est décidée à raconter tout cela que sous l'effet du choc de la disparition de miss Holiday.

— Ce fut un choc pour elle ?

— Un choc énorme.

— Bon, d'accord. Vous avez autre chose ?

Elle tricotait rapidement, l'air sérieux et concentré. Elle laissa s'écouler quelques instants avant de répondre.

— Il y a ici deux familles qui ont des liens étroits entre elles et qui ont également un rapport avec les deux disparues. Les Cunningham habitent à Dower House, juste à la sortie du village, et à Crewe House, la propriété voisine, il y a miss Lydia Crewe. Ces deux femmes sont de vieilles amies de Mrs. Merridew et j'ai eu l'occasion de prendre le thé avec elles. Maggie Bell travaillait chez les Cunnigham. La famille est composée de miss Lucy, qui a une cinquantaine d'années, son frère Henry, et son neveu Nicholas qui travaille comme dessinateur industriel à la station de recherches expérimentales de Dalling Grange. Miss Crewe est, ou était, l'employeur de miss Holiday. Son amitié avec miss Cunningham, qu'elle semble dominer, est solide et ancienne. Elle a été fiancée il y a une bonne vingtaine d'années avec Henry, le frère de miss Cunningham. Le bruit ayant commencé à courir qu'on le soupçonnait d'être impliqué dans la disparition d'un diamant de grande valeur, Henry Cunningham quitta le pays. Je n'ai pas été à même de découvrir si ce bruit était fondé ou non. La femme à qui appartenait le diamant a quitté la région depuis très longtemps. C'était une certaine Mrs. Maberly, la femme d'un riche homme d'affaires. Elle était d'une étourderie notoire, mais Henry Cunningham semble avoir pris les commérages très à cœur. En réalité, mon cher Frank, son départ lui a permis à la fois de fuir ces rumeurs et de rompre ses fiançailles avec Lydia Crewe. Il est revenu il y a environ trois ans et il mène une vie retirée, occupant son temps à l'observation des insectes et à l'histoire naturelle. Vous savez déjà presque tout cela, mais peut-être n'êtes-vous pas au courant de la brouille persistante entre Lydia Crewe et lui-même. Hier encore ils se sont croisés juste devant cette maison alors qu'elle venait prendre le thé avec Mrs. Merridew et, conformément à ce qui, paraît-il, est son attitude immuable, elle l'a purement et simplement ignoré.

Malgré cela, elle reste très intime avec Lucy Cunningham, et Nicholas est régulièrement reçu à Crewe House où demeurent, outre Lydia Crewe, ses nièces Rosamond et Jenny Maxwell, une fillette de douze ans incomplètement rétablie d'un grave accident de voiture dont elle a été victime il y a deux ans, et la cuisinière, Mrs. Bolder, une vieille domestique fidèle dont les mouvements d'humeur sont redoutés. Il y a deux femmes de journée, miss Holiday et une jeune fille du nom d'Ivy Blane, mais cette dernière n'y va pas le dimanche.

— Alors que miss Holiday y va ?

— Oui. Comme je vous l'ai dit, elle n'a ni parent ni ami, et je suppose que le déjeuner du dimanche a un certain attrait. Elle dispose d'une seule pièce chez Mrs. Maple et elle ne s'y entend guère en cuisine.

— J'ai entendu parler de Mrs. Maple, fit Frank en riant. Si j'ai bien compris, elle a taillé des croupières à Denning. J'aimerais que vous m'accompagniez chez elle un peu plus tard. Pour l'instant nous savons seulement que, d'après la cuisinière de Crewe House, miss Holiday est partie vers cinq heures et demie, mais nous ignorons si elle est rentrée chez elle ou non, puisque Mrs. Maple refuse de nous renseigner. Mrs. Bolder serait donc la dernière personne à l'avoir vue. En d'autres termes, rien ne nous permet d'être sûrs qu'elle a quitté Crewe House.

Miss Silver l'arrêta d'un geste de la main.

— Oh si, fit-elle, miss Cunningham l'a rencontrée.

— Comment savez-vous cela ?

— Parce qu'elle en a parlé lorsqu'elle est venue prendre le thé cet après-midi. Mrs. Merridew se demandait s'il n'y avait pas eu une dispute entre miss Holiday et la cuisinière et c'est alors que miss Cunningham a dit : « Elle avait l'air d'aller très bien quand je l'ai rencontrée. » Elle était apparemment en train de se diriger vers Crewe House quand elle a rencontré miss Holiday qui venait d'en partir. Elles se sont croisées en bas de l'allée. J'ai alors demandé à miss Cunningham si elle lui avait parlé et elle a renversé sa tasse de thé. Je ne pense pas qu'il faille en tirer de conclusion hâtive, car je crois que cela peut avoir été purement accidentel. Miss Cunningham est une femme assez forte et qui n'est pas très soigneuse. Ses gestes sont souvent assez brusques. C'est une femme très aimable.

— Mais elle a renversé son thé.

— Oui, elle a renversé son thé. Et quand je suis revenue sur le sujet de miss Holiday et lui ai de nouveau demandé si elle lui avait parlé, elle s'est montrée très vague et a répondu d'un air un peu absent : « Oh, nous avons seulement échangé quelques mots. »

CHAPITRE XVII

Mrs. Maple, assise, regardait la visiteuse. Elle connaissait naturellement miss Silver de vue... une vieille amie d'école de Mrs. Merridew qui passait quelques jours au White Cottage. Florrie Hunt en disait beaucoup de bien, et rares étaient ceux qui avaient cette chance. Mais le monsieur qui l'accompagnait... eh bien, elle était perplexe à son sujet. Il était tout à fait comme il faut, il n'y avait pas à tortiller, et il n'avait pas une de ces saletés d'uniformes. Mais s'il n'avait rien à voir avec la police, que faisait-il ici à vouloir se renseigner sur miss Holiday? Et d'ailleurs, à ce propos, que faisait ici l'amie de Mrs. Merridew? Ils voulaient qu'on réponde à leurs questions. Ils avaient des voix bien claires... ils prenaient soin de bien ouvrir la bouche et de parler distinctement pour qu'on entende bien ce qu'ils disaient. Mais elle n'avait pas encore complètement décidé si elle allait reconnaître ou non qu'elle les avait bien entendus. Peut-être allait-elle le faire ou peut-être pas... elle hésitait encore. Elle commençait à en avoir assez d'être tenue à l'écart de tout ce qui se passait, mais elle ne voulait pas non plus s'abaisser à parler à des policiers ou à des gens de cette espèce.

C'était une vieille femme proprette, à la figure ronde, aux yeux bleus et au menton volontaire. Ses cheveux blancs étaient rassemblés en petites nattes sur l'arrière de la tête, et elle portait une robe noire et un cardigan mauve tricoté à la main. Il n'y avait pas un grain de poussière dans toute la maison. Elle regarda miss Silver avec douceur et dit :

— Je suis dure d'oreille.

Miss Silver observa que c'était une bien triste infirmité, et Mrs. Maple décida qu'elle pouvait l'entendre clairement. Elle se sentait même disposée à rendre service. Elle croisa les mains sur ses genoux et dit d'une voix aimable :

— Je ne sais pas au juste comment cela se fait. Il y a des gens qui viennent et je ne comprends pas un traître mot de ce qu'ils disent... rien qu'un marmottement confus. Et vous savez que c'est terriblement gênant, parce qu'on ne peut pas répondre à ce qu'on ne comprend pas. Mais si j'arrive à vous entendre, soyez sûrs que je suis tout à fait d'accord pour répondre aux questions de monsieur... ou aux vôtres, madame.

Frank se pencha vers elle.

— C'est très gentil à vous, Mrs. Maple. Nous aimerions simplement savoir si miss Holiday est passée ici hier soir.

Mrs. Maple secoua la tête.

— A sept heures je me suis réveillée comme tous les matins et je suis descendue me faire une tasse de thé. C'est une dame avec qui j'ai habité qui m'a donné cette habitude, et miss Holiday, elle aime bien aussi. Alors je descends et, en général, elle n'est pas longue à venir. Dès qu'elle m'entend, elle enfile sa robe de chambre et elle vient me rejoindre. Après, elle remonte s'habiller et elle va prendre le petit déjeuner à Crewe House. Mrs. Bolder sait s'y prendre avec les poules et à cette époque de l'année, il y a un œuf presque tous les jours. Mrs. Bolder a beau avoir un fichu caractère, et ça on ne peut pas le nier, il faut convenir qu'elle ne lésine pas sur la nourriture. Ils font de très bons repas à Crewe House, et miss Holiday n'a jamais dit le contraire.

— Mais ce matin elle n'est pas descendue prendre sa tasse de thé ? demanda miss Silver.

Mrs. Maple secoua la tête.

— Elle n'a pas donné signe de vie. Alors je l'ai appelée dans l'escalier, et après avoir appelé trois fois, je suis montée, et j'ai trouvé la chambre vide et le lit pas défait.

— Vous ne pensez pas qu'elle ait pu se lever et sortir plus tôt que d'habitude ? demanda Frank Abbott. Si cela s'était passé ainsi, elle aurait fait son lit avant de partir, n'est-ce pas ? Etes-vous absolument sûre qu'elle n'était pas sortie ?

Mrs. Maple le regarda d'un air triomphant.

— Avec les deux portes fermées à clé et les fenêtres fermées ! s'exclama-t-elle.

— Je vois. Donc, nous en arrivons à ceci... vous avez vu miss Holiday pour la dernière fois lorsqu'elle est partie à Crewe House hier matin.

Mrs. Maple haussa les épaules.

— Il sera bien temps de dire à quoi nous arrivons quand vous m'aurez écoutée jusqu'au bout.

Frank la gratifia de son plus charmant sourire.

— Alors, quand l'avez-vous vue pour la dernière fois ?

La situation réjouissait fort Mrs. Maple. Personne d'autre ne pouvait leur apprendre ce qu'ils voulaient savoir, et elle avait bien l'intention de prendre tout son temps. Si l'on simplifiait trop la tâche aux gens, ils n'en avaient pas plus d'estime pour vous. Elle se retrancha derrière sa surdité et répondit :

— Cela fait plus de dix ans qu'elle loge ici, et elle ne m'a jamais payée en retard.

— Bien sûr. Mais quand l'avez-vous vue pour la dernière fois, Mrs Maple ?

Elle prit alors le parti de l'entendre et secoua la tête d'un air mélancolique.

— Ah, d'accord. Mais il fallait commencer par me demander ça. Vous savez, ce n'est pas mon genre de dissimuler quelque chose... loin de là. Maintenant, voyons... elle est arrivée à six heures moins le quart à l'horloge du clocher, mais je ne lui ai pas parlé à ce moment-là... pas ce qu'on appelle parler.

— C'est ce que nous voulions savoir — si elle était revenue ici après avoir quitté Crewe House.

— Oh, oui, pour sûr qu'elle est revenue.

— Vous en êtes bien certaine ?

Mrs. Maple se redressa d'un air outragé.

— Je suis peut-être un peu dure d'oreille, mais j'ai encore de bons yeux, monsieur.

Miss Silver estima plus sage de s'interposer.

— Et vous avez vu miss Holiday entrer ici à six heures moins le quart ? demanda-t-elle.

— De mes propres yeux, répondit Mrs. Maple. Et elle est montée dans sa chambre.

— Y avait-il quelque chose d'anormal dans cette attitude ?

Mrs. Maple répondit qu'il n'y avait certainement là rien d'anormal, ajoutant que miss Holiday n'était pas le genre à papoter, ce qui lui convenait très bien, et qu'elle ne l'aurait pas gardée dix ans si cela avait été le cas.

— Et à quelle heure est-elle ressortie ? demanda Frank.

— Eh bien, voyons...

Elle réfléchit, bien droite sur son siège, la tête légèrement penchée sur le côté :

— Il devait être juste après sept heures, parce que je venais d'entendre sonner l'horloge du clocher.

— Ainsi vous réussissez à entendre l'horloge sonner ?

— Vu qu'elle est juste au-dessus de ma tête, ça n'a rien d'étonnant ! Il faudrait que je sois sourde comme un pot pour ne pas pouvoir l'entendre ! Au début où elle est arrivée ici, miss Holiday se plaignait du bruit, mais je lui ai dit qu'elle s'habituerait, et elle s'est habituée.

Frank lui adressa un nouveau sourire charmeur. S'il essayait de la bousculer, il n'en tirerait rien.

— Donc elle est ressortie à sept heures. Vous a-t-elle dit où elle allait ?

Il est possible que Mrs. Maple ait senti l'impatience qu'il avait tant de peine à contenir. Elle sortit de sa poche un grand mouchoir et y appliqua pensivement le nez.

— Elle ne sort jamais sans m'en informer, répondit-elle.

— Où se rendait-elle, Mrs. Maple ?

Cette fois, elle lui répondit sans le faire languir.

— Oh, juste au bout de la rue, rendre visite à Mrs. Selby.

Miss Silver expliqua avec son calme habituel.

— Ils habitent au bout du chemin. Mr. Selby s'est retiré des affaires et ils élèvent des poules. Florrie m'a expliqué que miss Holiday allait quelquefois tenir compagnie à Mrs. Selby le soir, pendant que Mr. Selby était à « La Feuille de Houx ».

Mrs. Maple parut avoir suivi cet exposé sans la moindre difficulté d'audition.

— C'est bien vrai, fit-elle. Miss Holiday a de drôles d'idées sur les hommes... elle ne les supporte pas et elle n'allait chez les Selby que quand elle était sûre que Mr. Selby n'y était pas.

— Elle avait peur de lui ?

Mrs. Maple lui jeta un regard condescendant.

— Pas de lui en particulier... c'était les hommes en général qu'elle ne supportait pas. Personne ne pourrait avoir peur de Mr. Selby. Toujours des bonbons pour les enfants et un sourire et une plaisanterie pour chacun. D'ailleurs, dans tous les foyers où il y avait un homme, miss Holiday n'y entrait jamais, mais elle allait voir Mrs. Selby quand elle savait que son mari était sorti.

— Et elle pouvait compter là-dessus... dimanches compris ?

Mrs. Maple hocha la tête avec assurance.

— Jusqu'à l'heure de la fermeture... réglé comme du papier à musique.

Frank Abott poursuivit son interrogatoire.

— Donc miss Holiday est sortie peu de temps après sept heures pour aller rendre visite à Mrs. Selby. Vers quelle heure revenait-elle en temps normal ?

— Neuf heures. Elle rentrait rarement plus tard que ça. A neuf heures je me mets au lit et elle le sait.

— Et quand elle rentrait plus tard, vous attendiez son retour ?

— Je n'aurais attendu ni elle ni personne d'autre, répondit Mrs. Maple d'une voix butée. Je tiens à avoir mon sommeil. A neuf heures je suis au lit, et rien ne m'en fera sortir.

— Et que se passait-il si elle arrivait après neuf heures ?

— Elle trouvait la clé sous le paillasson, comme je le fais quand elle va au cinéma à Melbury.

— Et où était la clé ce matin, Mrs. Maple ?

Elle répondit d'une voix devenue soudain légèrement chevrotante :

— Sous le paillasson... à l'endroit où je l'avais mise hier avant de monter me coucher.

— Donc elle n'est pas rentrée ?

Mrs. Maple avait réussi à se reprendre. Elle ne comprenait pas pourquoi il y avait eu ce moment où un tremblement l'avait envahie. Mais maintenant elle s'était ressaisie.

— Cela tombe sous le sens... puisque la clé était sous le paillasson.

Chapitre XVIII

La cloche de l'église sonna. Frank eut réellement l'impression qu'elle était juste au-dessus de sa tête. Il regarda sa montre. Sept heures moins le quart. Mr. Selby était sans aucun doute à « La Feuille de Houx » en train de faire son habituelle partie de fléchettes et de prendre un verre. Mrs. Selby, par contre, devait être chez elle.

Il descendit le petit chemin en compagnie de miss Silver. La maison qui leur apparut était un bungalow et ils reconnurent l'odeur caractéristique d'une basse-cour. Comme aucun aboiement de chien n'avait annoncé leur approche, Frank Abbott actionna un heurtoir un peu tape-à-l'œil. Ils entendirent le trottinement d'un pas menu et, sur la droite, une croisée s'entrouvrit. Une voix inquiète s'éleva.

— Il y a quelqu'un ? Qui est là ?

C'est miss Silver qui répondit.

— Mrs. Selby ? Pouvons-nous entrer ? Je pense que vous me connaissez de vue. Je m'appelle Maud Silver et je suis l'hôte de Mrs. Merridew.

Le soulagement perça dans la voix de Mrs. Selby.

— Oh, oui, bien sûr, je vous ai vue avec elle. Oui, oui... miss Silver.

Elle revint en trottinant vers la porte et l'ouvrit. Derrière elle, le couloir était plongé dans l'obscurité, mais tout à fait au bout une porte s'ouvrait sur une pièce éclairée.

— Excusez-moi de vous faire attendre, miss Silver... et... et...

— Mr. Abbott, fit miss Silver de sa voix la plus rassurante.

Mrs. Selby prit nerveusement une longue inspiration.

— Miss Silver et Mr. Abbott... vous voudrez bien m'excuser,

mais quand Mr. Selby est sorti, j'aime bien savoir à qui j'ai affaire avant d'ouvrir la porte.

— Prudence est mère de sûreté », fit miss Silver d'un ton conciliant. Puis ils suivirent le couloir jusqu'à la pièce éclairée.

Tout à l'intérieur était flambant neuf. C'était la première chose qui sautait aux yeux et l'effet produit était un peu celui d'un tableau sans ombres ni lumières. Il y avait un tapis violet dont le motif particulièrement hideux était composé de sortes de têtards verts et jaunes tantôt espacés les uns par rapport aux autres, tantôt en grappes serrées. L'ensemble du mobilier était recouvert de peluche de laine verte, les rideaux étaient en chenille violette et deux énormes vases bleus trônaient sur la cheminée. La lumière jaillissait d'un globe de verre rose.

En refermant la porte, Mrs. Selby tourna vers ses visiteurs un visage empreint d'une fierté modeste. Elle ne partageait pas l'attirance de Mr. Selby pour la vie à la campagne, mais cette pièce était un précieux réconfort. Elle ne contenait rien qui n'ait été acheté neuf lorsqu'ils étaient venus s'installer ici. Rien de vieux, rien en mauvais état, aucune de ces choses tellement utilisées qu'on en a la nausée rien qu'à les regarder. Elle s'avança, petite, légèrement voûtée, paraissant nettement plus âgée que le jovial Mr. Selby, mais elle était d'une nature inquiète et elle avait le type de peau délicate où les rides apparaissent précocement. Elle portait une jupe d'un bleu très vif et un pull-over d'un rose tout aussi vif. Ses cheveux étaient à peine saupoudrés de gris.

— C'est très gentil de votre part, Mrs. Selby, fit miss Silver de sa voix la plus douce. Mr. Abbott et moi-même sommes en train de nous livrer à quelques recherches concernant miss Holiday. Je suis sûre que vous devez être fort inquiète à son sujet.

Les yeux pâles de Mrs. Selby s'embuèrent de larmes. Elle sortit un mouchoir orné d'un bouquet de fleurs brodé dans un angle et commença à se tamponner les yeux.

— Oh, que oui. Mr. Selby et moi-même n'arrivons pas à imaginer ce qui a pu lui arriver. Nous sommes absolument bouleversés. Vous savez, il est souvent sorti. Les hommes aiment bien voir du monde. Alors presque tous les soirs il pousse jusqu'à « La Feuille de Houx » faire sa partie de fléchettes. Et depuis le début il m'a toujours dit : « Tu invites qui tu veux... rien ne sert de te morfondre dans ton coin », et comme miss Holiday habitait tout près, vraiment à deux pas... eh bien, je l'ai invitée à venir me voir, et au bout d'un moment, elle venait régulièrement une ou deux fois par semaine, et c'était bien agréable pour nous deux.

Miss Silver se tenait assise toute droite dans un coin du divan. Elle avait gardé son manteau de drap noir, mais elle avait desserré la petite écharpe de fourrure douillette, si agréable à porter lorsque le vent était froid. Elle avait des gants de laine noire et ses traits fins et pâles étaient légèrement ombragés par son feutre noir. Un petit bouquet de mignonnettes était niché au cœur de l'amas de rubans qui agrémentaient le couvre-chef.

Frank Abbott s'était installé dans un fauteuil à gauche de l'âtre. Il parla pour la première fois.

— Miss Holiday vous a-t-elle rendu visite hier soir ?

Mrs. Selby tourna les yeux vers lui. Ils avaient dû être jolis bien des années auparavant, mais toute leur couleur avait disparu et les quelques larmes qu'elle venait de verser avaient seulement fait rougir les paupières.

— Oui, répondit-elle. Elle est venue vers sept heures et nous avons pris une tasse de thé ensemble.

— Vous a-t-elle paru dans son état normal ?

— Oh, oui... sauf que...

Elle s'interrompit et porta de nouveau le mouchoir à ses yeux.

— Sauf que quoi ?

— Oh, pas grand-chose... seulement...

Avec une obstination tranquille, il répéta :

— Seulement...

— Oh, ce n'était rien du tout, elle avait seulement eu des mots avec Mrs. Bolder à Crewe House, là où elle travaille.

— Savez-vous à propos de quoi elles ont eu des mots ?

Mrs. Selby commença à s'animer plus qu'elle ne l'avait fait jusqu'à présent.

— Il n'y a pas besoin de raison particulière quand il s'agit de Mrs. Bolder, répondit-elle. C'est épouvantable d'avoir un caractère comme ça, et tout ça pour rien.

— Savez-vous quelle était la raison cette fois ?

Mrs. Selby secoua la tête en signe de dénégation.

— Pour autant que je sache, c'était une histoire de feu, mais j'ai essayé de lui changer les idées.

— Etait-elle bouleversée ?

— Oh, pas vraiment bouleversée... ce serait un bien grand mot. Elle a simplement parlé du mauvais caractère de Mrs. Bolder et de ce qu'on ne savait jamais ce qui allait déclencher la tempête. Et puis nous avons pris tranquillement notre thé et elle m'a tout raconté sur cette Lady Rowena dont elle était dame de compagnie et elle m'a dit que jamais elle n'aurait pensé s'abaisser à devenir femme de journée.

— Elle était déprimée, alors ?

Cette question parut étonner Mrs. Selby.

— Non, à vrai dire, pas déprimée. Cela lui remonte toujours le moral de parler de l'époque de Lady Rowena.

Miss Silver toussota.

— Etait-elle gaie en partant ?

— Oh, oui, miss Silver.

— Mrs. Selby, à quelle heure vous a-t-elle quittée ?

— Il devait être juste avant neuf heures. Oh, miss Silver... vous ne pensez pas qu'il lui est arrivé quelque chose, dites-moi ? Elle était d'excellente humeur, mais elle savait qu'il lui fallait rentrer parce que Mrs. Maple n'aime pas qu'elle soit dehors après neuf heures... sauf les soirs où elle va au cinéma à Melbury, et encore c'est toute une histoire. Mais elle habite à deux pas d'ici... oh, je ne comprends vraiment pas comment quelque chose aurait pu lui arriver sur une distance si courte.

— Rien ne nous dit qu'il lui est arrivé quelque chose, Mrs. Selby, intervint Frank Abbott d'une voix enjouée. Mais il nous faut continuer nos investigations. Maintenant, comme vous êtes la dernière personne à l'avoir vue, peut-être pouvez-vous nous dire comment elle était habillée ?

— Eh bien, elle avait sa robe bleue.

— C'était ce qu'elle portait pour travailler à Crewe House ?

Mrs. Selby parut scandalisée à cette suggestion.

— Oh, certainement pas... jamais elle ne viendrait ici habillée *comme ça !* Non, c'est la robe bleue qu'elle a achetée l'an dernier... une très jolie couleur qui allait admirablement avec ses perles.

— Elle portait un collier de perles ?

— Euh, oui... elle les portait toujours. Des perles de verre d'un très joli bleu avec des fils d'or et d'argent à l'intérieur. Elles venaient de Venise ou je ne sais où. C'est cette Lady Rowena chez qui elle avait habité qui les lui avait offertes. Elle y tenait énormément.

— Je suppose qu'elle avait un manteau ?

— Oui, bien sûr... un manteau noir.

— Un chapeau ?

— Oh, non... pas pour une distance aussi courte.

— Mais si elle était allée un peu plus loin, à Melbury par exemple, en aurait-elle porté un ?

— Oh, certainement, Mr. Abbott. Elle n'était pas du tout d'accord avec toutes ces idées de sortir sans rien sur la tête.

Il ne semblait pas y avoir grand-chose à ajouter, mais pendant qu'ils se dirigeaient vers la porte, miss Silver fit remarquer qu'il était bien pratique d'habiter un bungalow.

— Je présume que vous êtes ravie de pas avoir d'escalier. Ils sont souvent si raides dans les vieilles maisons. Avez-vous l'eau courante ?

— Eh bien, pas l'eau de la ville, miss Silver. Mr. Selby pense que ce serait trop demander. Il y a un système de pompage très pratique, avec une citerne dans les combles. Il suffit de pomper à intervalles réguliers et l'eau coule des robinets exactement comme si nous étions reliés à une canalisation d'eau.

— Alors vous n'avez pas de puits ?

— Oh, non ! s'écria Mrs. Selby. Je me vois mal buvant l'eau du puits… oh, certainement pas !

Ils firent leurs adieux et se séparèrent. Lorsqu'ils furent à une certaine distance, Frank Abbott demanda :

— Vous pensiez qu'ils avaient un puits ?

— C'était une possibilité. Mrs. Maple en a un au fond de son jardin.

— Comment savez-vous cela ?

— Florrie Hunt m'en a parlé.

— Et croyez-vous ?… demanda-t-il.

— Je ne sais pas. Au dire de tout le monde, miss Holiday est, ou était, une femme qui manquait d'idées et qui était d'une nervosité extrême sur certains plans — elle était incapable d'entrer dans une maison où il y avait un homme — et très préoccupée de sa propre supériorité et du fait qu'elle avait baissé dans l'échelle sociale. La dispute avec Mrs. Bolder peut avoir été plus grave qu'elle ne l'a reconnu. Ou, sans avoir eu d'importance en elle-même, elle peut avoir pesé sur elle. Ce poids, qui s'était peut-être allégé en présence de Mrs. Selby, a pu se faire sentir encore plus lourdement quand elle s'est retrouvée seule dans l'obscurité en sortant. Elle peut avoir été tentée de mettre fin à ses jours, mais ce n'est qu'une possibilité parmi d'autres.

— Je vais demander à nos hommes de Melbury de s'occuper du puits de Mrs. Maple dès demain matin, dit Frank Abbott.

CHAPITRE XIX

Rosamond était très mécontente à propos de Jenny. Elle ne cessait de se dire qu'il fallait qu'elle lui parle de la révélation extraordinaire que lui avait faite Craig Lester. Il prétendait avoir vu Jenny, qui aurait dû être dans son lit, en train de passer pardessus l'échalier de l'autre côté de la route bien après minuit. S'il avait dit cela, c'était la vérité. Une partie d'elle-même acceptait de le croire, mais une autre partie ne pouvait s'y résoudre. Et à chaque fois qu'elle s'imaginait en train de dire à Jenny : « Craig t'a vue sur la route hier soir », elle se sentait incapable de le faire. Et si Jenny niait catégoriquement le tout, où cela les mèneraient-elles ? Jenny mentirait, s'enferrant dans ses mensonges... un mur se créerait entre elles, qu'il leur serait impossible de franchir. Elle avait l'intuition que cela se passerait ainsi, et que plus rien ne serait comme avant. Si elle poussait Jenny trop loin, Jenny mentirait. Il ne fallait pas pousser Jenny au mensonge. Ce qu'il lui fallait faire, c'était ouvrir l'œil et faire en sorte que cela ne se reproduise pas.

Dans les premiers temps de leur arrivée à Crewe House, elle avait dormi dans la chambre de Jenny. Jenny avait besoin que l'on s'occupe d'elle la nuit. Mais dès qu'elle avait été capable de se débrouiller toute seule, elle avait rejeté Rosamond. La chambre n'était pas vraiment assez grande pour contenir deux lits. Elle voulait avoir sa chambre à elle, où elle pouvait allumer la lumière si elle avait envie de lire. Et elle ne voulait pas que les rêves de quelqu'un d'autre se mélangent avec les siens. Rosamond commença à se demander dans quelle mesure tous ces arguments n'avaient pas été de simples prétextes pour dissimuler le fait que Jenny voulait se lever et essayer de marcher sans l'aide de personne et surtout sans témoin. Tout ce qu'elle savait, c'est qu'il ne lui était plus possible maintenant de réintégrer la chambre de Jenny et qu'elle ne pouvait pas l'enfermer à clé. Tout ce qu'elle pouvait faire était s'assurer que Jenny dormait réellement avant d'éteindre la lumière et être prête à se réveiller au moindre bruit. Quand on est inquiet, on a toujours de la peine à trouver un sommeil profond. Il lui fallait simplement prendre garde de ne pas trop s'enfoncer dans le sommeil pour que le plus léger bruit provenant de la chambre voisine ne lui échappe pas.

Jenny venait d'avoir un nouveau Gloria Gilmore, et elle s'abîma dans sa lecture toute la soirée. Elle avait la sensation d'être plongée dans un autre monde où rien de ce qui arrivait à Jenny Maxwell n'avait de réalité. Il y avait une jeune fille du nom de Colleen O'Hara qui vivait une succession d'histoires d'amour toutes plus belles les unes que les autres, mais on sentait bien qu'au fond d'elle-même, celui qu'elle aimait était son tuteur qui avait trop de grandeur d'âme pour lui demander de devenir sa femme et qui tentait de recoller les morceaux de son cœur brisé avec une dignité qui ne le rendait que plus séduisant... malgré quelques cheveux blanchis sur les tempes par son chagrin secret. Cette lecture captivante permettait à Jenny d'oublier tout ce qu'elle avait envie d'oublier. L'ennui était que dès que l'on reprenait pied dans son univers habituel, toutes ces choses qu'on avait voulu oublier étaient là, qui attendaient, et l'on avait beau se répéter que ce n'était qu'un rêve et que rien de cela n'était jamais arrivé, on ne parvenait pas à le croire tout à fait.

Jenny retarda autant qu'elle le put le moment du coucher, mais Rosamond s'approcha, une tasse de lait chaud à la main, et commença à la border. En règle générale, Jenny n'avait rien contre une tasse de lait chaud, mais ce soir-là elle fit des manières et finit par conclure un marché. Elle boirait son lait si Rosamond en prenait aussi, mais seulement à cette condition.

— C'est à prendre ou à laisser !

Il n'y avait pas de quoi se disputer, et Rosamond céda. Elle ne vit pas Jenny glisser quelque chose dans la tasse qu'elle lui donnait. Elle s'était retournée pour prendre sa propre tasse quand une voix plaintive s'élevant du lit l'arrêta.

— Il y a toute la peau dans cette tasse.

— Jenny... mais c'est la crème !

Jenny se redressa dans son lit avec une grimace de dégoût.

— Ah, c'est plein de peau grasse et gluante et je vais être

malade si je bois ça ! Tu me l'as donnée exprès pour me faire grossir !

— Oh, Jenny, ce n'est pas vrai !

— Oh, si, c'est vrai ! Echange ta tasse contre la mienne ! Je ne veux pas boire celle-ci !

L'échange une fois fait, Jenny but sa tasse sans élever d'autre protestation. Elle jeta même les bras autour du cou de Rosamond et l'étreignit lorsqu'elle lui souhaita bonne nuit.

Un quart d'heure plus tard, Rosamond ouvrit la porte et resta sur le seuil, l'oreille tendue. Rien n'aurait pu être plus rassurant que le bruit léger de la respiration régulière de Jenny. Elle-même se sentait plus lasse qu'elle ne se souvenait l'avoir été depuis longtemps. Elle réussit péniblement à refermer la porte sans faire de bruit, à ouvrir la fenêtre de sa chambre et à éteindre la lumière. A peine avait-elle posé la tête sur l'oreiller qu'elle sombra dans un profond sommeil.

Jenny n'avait jamais eu la moindre intention de dormir. C'était Rosamond qui allait s'endormir pendant qu'elle-même restait éveillée pour mener son plan à bien. Le souffle léger et régulier que Rosamond avait accueilli avec tant de satisfaction avait été simulé et elle avait failli tout gâcher en éclatant de rire au beau milieu de la scène. Quelle bonne blague d'avoir mis le somnifère dans le lait et d'avoir échangé sa tasse avec Rosamond. Le comprimé était un de ceux qui restaient d'un traitement que Mr. Graham lui avait prescrit l'année précédente quand elle souffrait tant et qu'elle ne pouvait pas dormir. Rosamond ne savait pas qu'il en restait, mais elle avait retrouvé la boîte par hasard l'autre jour et en l'agitant, elle en avait entendu s'entrechoquer à l'intérieur. Rosamond allait dormir à poings fermés jusqu'au lendemain matin.

Jenny par contre n'avait aucunement l'intention de dormir. Elle allait rester éveillée et quand tout le monde dormirait, elle sortirait. Car elle avait eu beau se répéter à maintes reprises que tout ce qui s'était passé la nuit précédente n'était qu'un rêve, il lui fallait en avoir le cœur net et retourner là-bas pour s'assurer que ce qui l'avait tant effrayée n'y était plus.

Si on avait enlevé l'objet, il n'y serait plus. Mais le fait de ne pas le voir cette nuit ne signifierait pas qu'il n'y était pas la veille. Elle se dit que c'était drôle de faire ainsi mentalement les questions et les réponses. Cela lui évoqua le genre de sensation que l'on peut avoir quand on se lève dans l'obscurité totale et qu'on ne sait plus où se trouvent ni la porte ni la fenêtre et qu'on n'arrive plus à retrouver le lit pour se cacher la tête sous les couvertures. Elle s'abandonna au fil de ses pensées qui la menèrent dans un lieu sombre et effrayant où une voix disait : « Allons, personne ne la regrettera », et où quelqu'un braquait une torche électrique sur le sol détrempé et piétiné. Par terre, il y avait un vieux sac, et une main qui en dépassait. Elle ne pouvait pas voir la totalité de la main, seulement les trois doigts du milieu. Ils étaient exsangues sous le faisceau lumineux. Elle prit une respiration haletante et se mit à hurler : « C'est un rêve... c'est un rêve... un rêve ! » Si l'on crie cela, on ne peut manquer de se réveiller. Quelle que soit son intensité, le rêve est obligé de se dissiper à partir du moment où l'on réalise qu'il ne s'agit que d'un rêve.

Jenny se réveilla, les bras écartés et le cœur battant la chamade. C'était un rêve... ce n'était qu'un rêve ! Et les rêves surgissaient de nulle part. Elle alluma sa lampe de chevet et jeta un coup d'œil au petit réveil que Rosamond lui avait offert pour Noël. Ainsi elle avait dormi pendant un bon moment. La fenêtre était restée entrouverte et les rideaux n'avaient pas été fermés. Elle se dirigea vers la fenêtre et regarda dehors. S'il n'y avait pas eu de lumière dans la chambre, la nuit n'aurait pas paru si noire. Elle sentit l'esprit d'aventure naître en elle. Elle n'avait plus du tout sommeil. Elle avait envie d'être dehors dans l'obscurité, de dévaler l'allée en courant, de traverser la route, de passer par-dessus l'échalier, loin de tout le monde, jusqu'à l'endroit où elle pourrait danser sans être vue de personne.

Elle se vêtit à la hâte... une jupe chaude, un gros pull-over et les chaussures avec lesquelles elle n'avait guère marché jusqu'alors. Rosamond avait craint qu'il ne lui soit difficile de s'y habituer, mais non... pas du tout. Elle avait des fourmis dans les jambes à la perspective de danser. Elle ouvrit la porte et se glissa sans bruit dans le corridor obscur. Elle avait pris la lampe électrique de Rosamond mais n'avait nul besoin de l'allumer. Elle sortit par la petite porte et aspira à pleins poumons l'air de la nuit. Le vent léger charriait des effluves de plantes. Il n'y avait pas de lune mais il ne faisait pas très sombre. Elle voyait distinctement les silhouettes noires des arbres se détachant sur le fond du ciel.

Elle descendit l'allée à pas lents, de crainte de faire rouler une pierre ou de briser une branche sèche en l'écrasant et d'être entendue par Rosamond ou bien — effroyable perspective — par tante Lydia. Elle avança lentement. Elle ne fit aucun bruit et personne ne se réveilla.

La traversée de la route était comme le passage d'une rivière. Elle commença à passer à gué puis se lança à la nage et en ressortit en franchissant l'échalier de l'autre côté de la route pour retomber dans le champ de Mr. Johnson. Un sentier très étroit longeait la haie et puisque tout le monde dormait, il n'y aurait personne pour l'épier si elle s'amusait à dessiner des arabesques sur le sol avec le pinceau lumineux de sa lampe et à danser pour accompagner les figures.

Arrivé au bout du champ, le sentier s'écartait de la route, et deux champs plus loin, un autre échalier donnait sur le chemin du presbytère. Jenny éteignit sa lampe de poche, s'accroupit contre la haie et écouta. Pas le moindre bruit hormis le déplacement léger de l'air au-dessus de sa tête. C'était l'endroit où elle avait fait son rêve la nuit précédente. Elle avait rampé jusqu'à l'échalier et passé la tête à travers. Et il y avait eu des bruits dans son rêve — des gens qui se déplaçaient — et l'éclat de la torche sur le sac. Elle n'avait pas vraiment vu ce que cachait ce sac. Elle n'avait pas vu les doigts de cette main. Pas la nuit précédente... non, pas la nuit précédente. C'était seulement ce soir, alors qu'elle dormait dans son lit, que la main avait fait irruption dans son rêve.

Et maintenant, il n'y avait plus rien. C'est pour cela qu'elle était revenue ici... pour en être bien sûre... pour voir de ses yeux, de ses propres yeux qu'il n'y avait rien ici. Il n'y avait jamais rien eu. Cela n'avait été rien d'autre qu'un rêve. Toute médaille a son revers, même l'imagination. Pourtant il lui en fallait, si elle voulait construire des histoires que tout le monde aurait envie de lire. Mais parfois les histoires se construisaient toutes seules et venaient vous solliciter, que vous le vouliez ou non. Celle-là avait été horrible et elle ne l'avait pas désirée. Elle voulait s'en débarrasser et refermer la porte pour l'empêcher de revenir. Quelque chose allongé par terre au bord du chemin du presbytère... quelque chose qui était recouvert d'un sac, et la torche braquée dessus. Il y avait deux personnes parlant à voix basse sur le chemin. L'une d'elle tenait une torche dont le faisceau était braqué sur le sac.

Elle se força à se lever, à allumer sa lampe de poche et à regarder par-dessus l'échalier. Il n'y avait personne. Il n'y avait jamais eu personne à cet endroit. Elle se força à passer par-dessus l'échalier et à marcher sur l'herbe du bas-côté. Le pavillon de Mrs. Maple était derrière elle, de l'autre côté du chemin. C'était cette grosse bosse noire qui brisait la ligne de la haie. Le bungalow des Selby se trouvait devant elle au bout du chemin. Après cela, il n'y avait plus qu'un sentier étroit. Elle marchait sur le côté herbeux du chemin, précédée du faisceau lumineux de sa lampe. Elle avança jusqu'à la barrière des Selby, puis elle s'arrêta et rebroussa chemin. Il n'y avait plus de quoi la faire rêver. Elle pouvait tranquillement rentrer à la maison, se coucher et s'endormir. Elle s'amusa à faire courir en tous sens le petit cercle de lumière. Elle se sentait légère et heureuse.

Elle avait presque atteint l'échalier quand la lueur dansante de la lampe fit scintiller quelque chose. Elle vit l'éclair doré, puis il disparut. Elle promena le pâle faisceau de la lampe sur le sol, mais en vain. Elle essaya de nouveau et, cette fois, elle découvrit un petit objet rond qui avait la forme d'une moitié d'orange, ou de pomme, ou de la lune avant qu'elle soit pleine. Mais beaucoup, beaucoup plus petit. Juste un petit objet rond enfoncé dans l'herbe et dans la boue du bord du chemin... un petit objet pas plus gros que l'ongle de son pouce. Elle avait envie de le laisser où il était, de passer par-dessus l'échalier et de rentrer à la maison en courant, mais quelque chose l'en empêcha.

Elle se baissa et le ramassa. Il y avait de la boue collée dessus, mais il n'était pas cassé. C'était une perle de verre ronde, que la clarté de la lampe de poche rendait terne, mais Jenny savait parfaitement qu'elle était d'un bleu ciel vif et qu'il y avait des filets d'or et d'argent pris dans le verre. C'est sur l'un de ces filets d'or que s'était réfléchi le faisceau de la lampe de poche. La perle était terne et sale dans la paume de sa main, mais elle l'avait vue trop souvent pour ne pas savoir à quoi elle ressemblerait si elle était propre. Elle l'avait vue pendant plus de deux ans, du matin au soir, avec bien d'autres, au cou de miss Holiday.

CHAPITRE XX

Le lendemain, Florrie avait un quart d'heure de retard pour le thé du matin. Elle l'apporta avec l'air de quelqu'un qui fait le service à un repas d'enterrement.

— Si c'est le puits de Mrs. Maple, grommela-t-elle, elle a certainement pas fait ça toute seule.

Mrs. Merridew était réveillée, mais pas assez pour ne pas trouver ces paroles aussi étonnantes qu'énigmatiques. Quand les rideaux furent ouverts avec fracas, la lumière du jour la fit cligner des yeux et elle demanda :

— Le puits de Mrs. Maple ? Qu'est-ce que cela veut dire, Florrie ?

C'est à ce moment que miss Silver entra par la porte que Florrie avait laissée ouverte derrière elle. Elle portait son peignoir bleu et ses chaussons noirs ornés de pompons bleus et, comme à l'accoutumée, était irréprochable d'aspect. Son timide murmure d'excuse fut couvert par la voix forte de Florrie qui répétait :

— Si c'est le puits de Mrs. Maple, elle a certainement pas fait ça toute seule. C'est ce que j'ai dit et je m'y tiendrai, que ce soit la police de Melbury, de Londres ou de n'importe où. Elle se serait plutôt envolée sur la lune que de faire ça, et rien ne m'en fera démordre.

Miss Silver avait un avantage sur Mrs. Merridew. A la lumière de sa conversation de la veille au soir avec Frank Abbott, elle fut en mesure d'apporter quelques précisions aux déclarations de Florrie.

— La police est en train de faire des recherches dans le puits de Mrs. Maple ?

Florrie répondit par un brusque hochement de la tête.

— C'est bien ce que j'ai dit. Mais elle n'a pas fait ça.

Mrs. Merridew s'était redressée dans son lit. Elle glissa la main sous l'oreille pour chercher le vieux châle de laine qu'elle avait utilisé pendant tant d'années et qui avait survécu à tant de lavages qu'il avait pris la couleur de l'ivoire ancien. Elle s'écria d'une voix horrifiée :

— Oh, j'espère que personne ne soupçonne Mrs. Maple !

— On ne peut jamais savoir avec la police, répliqua Florrie avec aigreur. Mais c'est à miss Holiday que je pensais. Si elle est au fond de ce puits, c'est pas parce qu'elle s'y est jetée... jamais on ne pourra me faire croire ça ! Et si elle est là-dedans, c'est que quelqu'un l'a poussée. Et je voudrais bien savoir à quoi sert la police ! Ils n'ont même pas été capables de retrouver cette pauvre Maggie, hein ? Tout ce qu'ils ont trouvé à dire, c'est qu'elle était partie à Londres... et tous ceux qui la connaissaient auraient pu leur dire le contraire ! Et je parie qu'ils vont dire la même chose pour la pauvre miss Holiday. D'abord, qu'est-ce qu'elle serait allée faire à Londres, Maggie ? Jamais elle aurait fait ça, et miss Holiday non plus ! Et quand ils l'auront trouvée assassinée quelque part, peut-être qu'ils me croiront !

Elle sortit de la chambre à grands pas et claqua la porte derrière elle.

Mrs. Merridew arrangeait son châle sur ses épaules. Quand elle eut terminé, elle tendit la main pour prendre sa tasse de thé et dit d'une voix vibrante d'émotion :

— Tu ne crois pas sérieusement que cette pauvre femme... oh, mon Dieu, je n'ai jamais aimé les puits ! Maud, tu ne supposes pas que...

— Il est encore trop tôt pour émettre des suppositions, répondit miss Silver avec le plus grand calme. S'il y a un puits dans le jardin de Mrs. Maple, il est, à mon avis, tout à fait normal que la police se sente obligée de l'explorer.

Mrs. Merridew buvait son thé à petites gorgées. Des larmes embuaient ses yeux, dont la chaleur du breuvage ne pouvait être la seule cause.

— Mon Dieu ! fit-elle.

Lorsque Frank Abbott monta l'allée qui menait à la porte d'entrée et actionna le heurtoir, les deux dames avaient eu le temps de s'habiller et étaient déjà descendues. Miss Silver, allant l'accueillir sur le seuil, prit sur elle de le mener directement au salon. Mrs. Merridew était dans la salle à manger et se préparait à faire le thé. En refermant la porte derrière lui, Frank dit d'une voix grave :

— Eh bien, nous l'avons trouvée.

Miss Silver ne fit aucun commentaire. Elle posa sur lui un regard empreint de gravité et attendit qu'il lui donne des détails. Il poursuivit :

— Il y a une blessure à la tête, mais elle peut avoir été provoquée par la chute. L'autopsie nous dira si elle était encore vivante lorsqu'elle est entrée en contact avec l'eau. A première vue, je répondrais oui, parce que soit il s'agit d'un suicide, soit, s'il s'agit d'un meurtre, la seule raison pour l'avoir jetée dans le puits était que l'on a voulu maquiller ce meurtre en suicide. Je ne sais pas ce que vous en pensez, et il nous faut, bien entendu, éviter d'être trop influencés par le fait que nous avons été envoyés ici pour voir s'il se passait quelque chose de louche, mais j'ai réellement l'impression que nous sommes loin de connaître le dessous des cartes. Deux femmes sans importance disparaissent... des femmes d'un certain âge, insignifiantes, sans liens affectifs. Il ne vient pas à l'esprit que ce soit le genre de femmes dont quelqu'un veuille se débarrasser. Et pourtant, on n'a jamais retrouvé la moindre trace de Maggie Bell et miss Holiday vient de réapparaître... au fond d'un puits. Je ne sais pas ce que vous en dites, mais j'ai l'impression que nous n'avons devant les yeux que quelques-unes des pièces d'un puzzle. Prises individuellement, elles ne signifient rien, mais si nous disposions de l'ensemble des pièces, peut-être pourrions-nous reconstituer le tableau.

— Je crains qu'il ne soit pas très joli, fit miss Silver sans se départir de sa gravité.

Frank Abbott prit congé et miss Silver alla rejoindre Mrs. Merridew à la table du petit déjeuner.

Un peu plus tard, lorsqu'elles eurent terminé le repas et que Florrie eut débarrassé, miss Silver la suivit dans la cuisine. Elle attendait l'occasion depuis longtemps, mais le moment lui semblait être venu. Mrs. Merridew s'était installée pour écrire une lettre et Florrie allait être occupée à faire la vaisselle du petit déjeuner.

A vrai dire, elle n'était pas d'humeur très abordable. Après son explosion du petit matin, elle s'était retranchée dans sa réserve coutumière ou même un peu plus. Elle réserva un accueil glacial à la proposition que lui fit miss Silver d'essuyer la vaisselle pendant qu'elle la lavait. Elle était capable de faire son travail toute seule, elle était fière de pouvoir le dire, et jamais personne n'avait dit le contraire. Fut-ce la sincérité de la répartie de miss Silver : « Mais je voudrais vous aider, Florrie » ou le sourire qui l'accompagna, rien ne permet de le savoir, mais elle n'éleva aucune protestation lorsqu'une tasse et une soucoupe mouillées quittèrent l'égouttoir à vaisselle, furent essuyées avec le plus grand soin et posées à l'écart, prêtes à être rangées. Le sourire et le désir de venir en aide avaient tous deux été parfaitement sincères et avaient déjà valu à leur auteur plus de confidences qu'elle n'aurait su le dire.

Miss Silver attendit d'avoir essuyé la dernière assiette avant de reprendre la parole.

— J'aimerais beaucoup, Florrie, que vous m'en disiez un peu plus sur votre cousine Maggie Bell.

Florrie haussa les épaules.

— Il n'y a plus rien à dire.

Ses yeux croisèrent le regard grave et décidé de miss Silver et elle les détourna.

— Je ne sais pas ce que vous vous imaginez qu'il peut y avoir de plus à dire.

— Je ne vous demande pas cela par curiosité, répondit miss Silver, je pense que vous le savez. Mais j'aimerais vérifier un ou deux points. Maggie allait bien tous les jours chez les Cunningham ?

Florrie la regarda à la dérobée. Elle ne risquait rien à répondre à cela.

— Oui.

— A quelle heure en partait-elle ?

— Cela dépendait. La plupart du temps elle sortait vers deux heures et demie.

— Savez-vous à quelle heure elle est partie le jour de sa disparition ?

Florrie marqua une hésitation sensible avant de répondre.

— Il devait être à peu près comme d'habitude.

— Est-elle rentrée directement chez elle ?

— Mrs. Bell a dit qu'elle était à la maison avant trois heures.

— Qu'a-t-elle fait après être rentrée chez elle ?

Florrie vida la cuvette d'eau de vaisselle qui s'écoula avec un gargouillis.

— Et comment saurais-je ce qu'elle a fait ? Elle avait toujours des tas de choses à faire... on pouvait faire confiance à sa mère pour ça. Maggie n'avait jamais le temps de se tourner les pouces. Elle avait le thé à préparer, et après la vaisselle, elle s'occupait du repassage.

— Vous dites que parfois elle passait vous voir dans la soirée. Etait-ce une des soirées où vous l'attendiez ?

— Et même si ça avait été le cas, qu'est-ce que ça changerait ?

Le regard de miss Silver était à la fois doux et pénétrant.

— C'était le cas ?

— Peut-être.

Interprétant correctement cette réponse comme un assentiment, miss Silver répéta sa question en termes plus précis.

— Vous l'attendiez, mais elle n'est pas venue ?

Le visage de Florrie se crispa douloureusement.

— Non, elle n'est pas venue.

— A quelle heure l'attendiez-vous ?

Elle retourna la cuvette et étendit le torchon pour le faire sécher.

— Ca devait être huit heures, sauf si elle était retenue.

— Savez-vous à quelle heure elle est effectivement sortie.

— Ma tante a dit à huit heures.

— Elle est partie à huit heures pour aller vous voir, fit miss Silver d'un ton pensif. Il devait faire nuit. Vous souvenez-vous quel genre de nuit c'était... y avait-il un clair de lune ?

Florrie secoua la tête.

— C'était une nuit sombre avec une petite bruine.

— Florrie, quelqu'un était-il au courant que Maggie allait passer vous voir ce soir-là ? demanda miss Silver.

Florrie s'écarta de l'évier d'un geste brusque.

— Elle venait quand elle pouvait.

— Je vous ai demandé si quelqu'un savait que Maggie allait vous voir.

— Tout se sait dans un village. Les parents de Maggie le savaient, mais ils n'en auraient jamais parlé. Ils n'aimaient pas qu'elle vienne me voir... elle était obligée de prétexter qu'elle sortait prendre l'air. Mais ils le savaient parfaitement.

— Florrie, quelqu'un d'autre était-il au courant ?

Florrie tourna vers elle un visage hagard.

— Je n'ai pas à dire qui le savait et qui ne le savait pas. J'en ai déjà trop dit, et je n'ai plus rien à ajouter. Et c'est mon dernier mot.

— Je vous remercie, Florrie, fit miss Silver d'un air songeur.

Chapitre XXI

En se promenant avec Mrs. Merridew ce même après-midi, miss Silver vit miss Cunningham déboucher de l'allée de Crewe House. Elle était emmitouflée dans sa collection habituelle d'écharpes dont elle tenait l'une si étroitement serrée autour de son visage que l'on pouvait craindre qu'elle souffrît d'une rage de dents. Aux questions empressées de Mrs. Merridew elle répondit pourtant que rien ne la faisait souffrir, merci... oh, non, rien du tout... mais que ce vent était glacial et qu'un bon cache-col bien chaud était quand même bien agréable. Pendant qu'elle poursuivait son chemin, Mrs. Merridew s'adressa à miss Silver avec une indignation contenue.

— Je suppose que Lydia l'a encore rudoyée. Pauvre Lucy, je me demande comment elle peut faire pour supporter cela.

Lucy Cunningham se le demandait aussi parfois. Mais il n'est pas facile de rompre un joug aussi ancien. Lydia Crewe la dominait depuis trente ans et quand on a supporté quelque chose pendant trente ans, il n'est pas facile de se rebeller. Elle rentra chez elle et commença à vaquer à ses tâches habituelles. Il y avait les poules à nourrir et, comme Mrs. Hubbard qui avait pris la succession de Maggie Bell partait à deux heures et demie, il y avait le thé d'Henry à préparer et la vaisselle à faire.

Henry était en retard. Il était très souvent en retard, mais bien sûr, avec ses goûts, il fallait s'y attendre. On ne peut pas errer dans la nature à la recherche de chrysalides ou de muscardins en hibernation et être ponctuel pour les repas, et il était inutile de l'espérer. Si parfois elle se sentait un peu froissée, il lui suffisait d'évoquer toutes ces années où elle n'avait même pas su si Henry était encore en vie pour éprouver un repentir immédiat. Et, bien sûr, après de si longues années, on ne pouvait espérer que les choses resteraient exactement ce qu'elles avaient été. Pourtant Lydia n'était pas si jeune que ça, même à cette époque, et elle-même avait franchi la trentaine. Mais quand on regardait derrière soi le long cortège des années, trente ans, cela faisait encore bien jeune. Et Henry n'avait que vingt-cinq ans à l'époque. Et il était charmant, avec ce sourire qu'il avait quand les choses allaient bien et la simplicité avec laquelle il se tournait vers elle pour lui demander son aide quand elles allaient mal. Il avait énormément changé... les gens changent en vingt-cinq ans. Henry Cunningham était revenu, mais il n'était plus le jeune homme qui était parti. Il avait perdu son sourire éclatant et l'habitude de se tourner vers elle pour lui demander son aide. Les gens ne l'intéressaient plus. Une nouvelle variété d'araignée ou une phalène aux taches différentes, un papillon commun en Belgique mais qui n'avait pas été vu par ici depuis quinze ans — c'était le genre de choses qui allumait une étincelle dans ses yeux et lui redonnait de l'entrain. Mais pour ce qui était des êtres humains, il vivait avec eux entre les quatre murs de la maison ou il les rencontrait lorsqu'il sortait, mais ils n'offraient plus aucun intérêt pour lui.

Même Nicholas ne l'intéressait pas. Et pourtant, de bien des manières, Nicholas ressemblait énormément à Henry à son âge. Il était plus gai et il avait besoin des autres, mais dans ses gestes, dans l'intonation de sa voix, dans son allure, il y avait bien des choses qui rappelaient Henry tel qu'il était avant que cette maudite rumeur ne commence à courir et ne provoque son départ.

Elle prépara le repas, mais Henry était encore plus en retard que d'habitude. Il était aussi profondément distrait et lui adressa à peine la parole, sauf pour lui demander de lui passer les petits pains au lait ou de lui verser une autre tasse.

Quand le repas fut terminé et qu'elle eut débarrassé, elle alluma la radio et commença à repriser les chaussettes que Nicholas et Henry s'ingéniaient à trouer. Il y en avait toute une pile, et il y avait la vieille veste de tweed dont Nicholas refusait de se séparer, bien qu'elle fût bonne à jeter. Mais enfin, cette fois le trou n'était que dans la doublure de la poche. Elle allait y mettre une pièce bien solide. En retournant le vêtement, elle entendit quelque chose bruire sous sa main. Non, le mot était trop fort. En fait, elle n'avait rien entendu à proprement parler, mais elle avait senti quelque chose près de l'ourlet entre l'étoffe et la doublure. Rien d'étonnant, avec un trou comme cela dans la poche... Elle extirpa un morceau de papier froissé. Il était écrit sur un des côtés, mais elle n'essaya pas de lire... jamais elle ne se le serait permis. Elle le plia de manière à cacher l'écriture et le mit de côté pour le donner à Nicholas quand il rentrerait.

Il arriva peu après six heures, très gai, débordant d'énergie et très pressé, comme d'habitude. Il ne voulut rien manger ni boire et il annonça qu'il ne reviendrait que très tard parce qu'il avait un rendez-vous à Melbury et qu'il avait vraiment juste le temps de se changer s'il voulait arriver à l'heure. Il lui envoya un baiser du bout des doigts en sortant et la porte claqua derrière lui. Elle se demanda avec qui il avait rendez-vous. Pas Rosamond, sinon il n'aurait pas dit qu'il allait à Melbury. Ou alors? Si c'était Rosamond, ils allaient se retrouver à l'arrêt du car et partir ensemble. Elle espérait très fort que c'était Rosamond, mais elle n'y croyait guère. Rosamond n'abandonnerait pas Jenny aussi longtemps. Donc cela pouvait être absolument n'importe qui, parce que n'importe quelle fille ne serait que trop heureuse de sortir avec Nicholas. Elle continua à penser à lui avec tendresse.

Il n'était pas encore revenu lorsqu'elle monta se coucher à dix heures et demie, mais elle ne s'attendait pas à ce qu'il soit de retour si tôt. Il avait sa clé et elle avait rappelé à Henry de ne pas mettre le verrou à la porte. Elle était fatiguée et avait envie de se coucher. Ses pensées commencèrent à vagabonder et il lui vint à l'esprit de manière très vague qu'il ne devait pas être possible de ne jamais prendre de repos. Elle se souvint d'un hymne qu'elle chantait dans sa jeunesse et qui parlait de « ces sabbats sans fin que contemplent les bienheureux ». L'idée d'une journée unique — sans parler du dimanche — se poursuivant indéfiniment la remplit d'horreur. Déjà dans sa prime jeunesse, elle trouvait cette idée très déprimante, mais maintenant elle n'osait même plus l'envisager. Elle se sentit profondément heureuse de savoir qu'elle pouvait dormir.

Pourtant cette nuit-là, elle s'éveilla, tirée des profondeurs du sommeil par le bruit d'une sonnerie et clignant des yeux dans l'obscurité. Au bout de quelques instants, la fenêtre lui apparut. La sonnerie persistait et cette fois elle comprit qu'il s'agissait du téléphone, en bas dans le hall. Quand son père avait acheté Dower House et qu'ils avaient emménagé il y avait si longtemps de cela, il avait fait installer le téléphone dans le hall et depuis il y était resté. C'était, bien entendu, l'endroit le plus incommode que l'on aurait pu trouver. On restait debout dans un courant d'air glacé et tout le monde pouvait entendre ce que l'on disait.

Lucy Cunnigham cligna de nouveau des yeux pour chasser le sommeil et alluma sa lampe de chevet. Le réveil qui tictaquait sur la table de nuit lui indiqua qu'il était trois heures du matin. Elle imagina immédiatement une catastrophe. Personne ne téléphonerait à cette heure-là s'il n'était arrivé un malheur... personne. Sans prendre le temps d'enfiler quelque chose, elle sortit en courant de sa chambre, les pieds nus et en chemise de nuit. Dans le hall, la sonnerie continuait, anormalement forte, anormalement insistante. Le peu de lumière provenant de sa chambre était suffisant pour lui indiquer l'emplacement du haut de l'escalier. Sans perdre une seconde, elle commença à dévaler les marches raides.

C'est la force avec laquelle sa main étreignait la rampe qui lui sauva la vie. Tout son être était tendu à l'extrême et sa main avait saisi la rampe avec violence. La corde qui avait laissé une marque à vif à dix centimètres au-dessus de sa cheville droite l'avait fait trébucher si brutalement que sans l'énergie de sa prise elle n'aurait pu éviter d'être projetée en bas de l'escalier sur les vieilles dalles du hall. La corde lui entailla la chair, elle se sentit avec horreur perdre l'équilibre, mais sa main droite ne lâcha pas prise et la gauche vint l'aider à se retenir. Elle se retrouva debout, à peu près sur la sixième marche à partir du haut de l'escalier, tremblant comme une feuille. La sonnerie du téléphone continuait à retentir.

Avec le bruit de la sonnerie, il lui était difficile d'ordonner ses idées. Un mot lui vint à l'esprit... lumière. Dès que son corps accepta de lui obéir, elle se retourna, sans lâcher la rampe. Elle remonta marche par marche jusqu'au palier et alluma la lumière. Puis elle se retourna et regarda l'escalier. Elle ne s'était pas trompée sur le nombre de marches... il y en avait bien eu six. Au niveau de cette sixième marche, d'une rampe à l'autre, une corde tendue traversait l'escalier. A peine avait-elle posé les yeux dessus qu'elle sut de quoi il s'agissait. C'était un morceau de la corde qu'elle utilisait au jardin pour attacher ses rosiers. Une corde forte et goudronnée. Elle ressortait à peine sur le fond sombre du chemin d'escalier et sur le bois verni des marches. Si elle avait été neuve, elle aurait senti l'odeur du goudron, mais cela faisait deux bonnes années qu'elle n'en avait acheté.

La sonnerie du téléphone s'était tue. Elle retourna dans sa chambre, prit des ciseaux et descendit l'escalier jusqu'à la sixième marche. Elle tremblait comme une feuille, mais elle se força. La corde était solidement attachée.

Quand elle l'eut coupée, elle rassembla les morceaux épars et les emmena dans sa chambre pour les brûler. Elle nettoya soigneusement les ciseaux et les rangea. Ce n'est qu'après avoir terminé tout cela qu'elle traversa le palier pour aller ouvrir la porte de la chambre d'Henry. La pièce était plongée dans l'obscurité et la fenêtre grande ouverte. L'odeur caractéristique d'une chambre d'homme y flottait... tabac et cirage. Elle entendit le bruit de la respiration profonde et régulière d'Henry Cunningham. Elle resta quelques instants debout sur le seuil à l'écouter. Puis elle fit un pas en arrière et referma la porte.

Nicholas occupait la chambre du fond, voisine de celle d'Henry. Elle s'immobilisa devant la porte. Des prières absurdes et torturantes se bousculaient dans sa tête. « Fasse le ciel que ce ne soit pas Nicholas ! Oh, mon Dieu, faites que ce ne soit pas Nicholas ! Ce n'est pas lui ! Ce n'est *pas lui !* S'il était à Melbury, ça ne peut pas être lui ! Faites qu'il soit à Melbury ! Faites qu'il ne soit pas ici ! » Elle posa la main sur la poignée de la porte et la tourna lentement. La chambre était sombre et la fenêtre ouverte. Elle entendit le bruit d'une respiration paisible et profonde.

Lucy Cunningham referma la porte et retourna dans sa chambre. Elle avait l'esprit affreusement lucide. Elle était montée se coucher à dix heures et demie. A ce moment-là, l'escalier était dégagé. Plus tard dans la soirée, Henry était monté se coucher. Et Nicholas était monté à son tour. L'un des deux avait fait halte à la sixième marche et avait tendu la corde entre les deux rampes de l'escalier. L'un des deux ? Peut-être étaient-ils montés séparément, ou peut-être étaient-ils montés ensemble. Ou bien celui qui était monté le premier avait pu redescendre par la suite pour accomplir ce qu'il avait à accomplir. Henry ou Nicholas... Nicholas ou Henry. Il n'y avait personne d'autre dans la maison. L'un des deux avait tendu la corde qui devait la précipiter vers une mort certaine. L'escalier était raide et le hall était pavé de dalles de pierre. Elle devait se précipiter sans réfléchir vers le téléphone et elle se serait écrasée au pied de l'escalier.

Mais qui voulait sa mort ? Henry ou Nicholas... Nicholas ou Henry ?

Jusqu'au petit matin elle retourna la question dans sa tête.

Chapitre XXII

Mrs. Hubbard n'arrivait pas avant huit heures, et comme à cette heure-là Nicholas devait prendre son petit déjeuner, miss Cunningham ne pouvait s'offrir le plaisir d'une tasse de thé au lit. Il lui fallait réveiller Nicholas, enfiler ses vêtements à la hâte, ouvrir la porte de derrière et faire cuire ce qu'il y avait à la cuisine... du poisson, une saucisse ou, occasionnellement, un œuf. Mais ce mercredi matin, Lucy Cunningham avait tout son temps. Ç'avait été pour elle un véritable soulagement de sortir du lit où elle n'avait pu trouver le moindre repos. L'eau était encore chaude de la veille au soir. Elle se trempa le visage puis se frictionna à l'eau froide du broc de sa chambre. Il gelait presque la nuit et l'eau était glacée.

Quand elle se coiffa, le miroir lui renvoya une image un peu moins effrayante de son visage. Elle n'avait jamais eu beaucoup de couleurs et une figure ronde ne peut devenir hagarde en une seule nuit. Elle mit sa vieille jupe de tweed grise et enfila son pull-over et son gilet gris et elle traversa le palier pour aller tambouriner contre la porte de Nicholas.

Il lui fallait toujours un certain temps pour se réveiller, mais la voix ensommeillée qui finit par lui répondre n'était en rien différente de ce qu'elle avait été pendant toutes ces années où elle était venue frapper à cette porte.

Elle se dirigea vers l'escalier et regarda en bas. La corde avait laissé une marque, mais personne ne prêterait attention à une marque isolée sur la vieille peinture. La corde avait été attachée de manière à être très tendue et il lui avait fallu résister à son poids quand elle avait trébuché. Si la balustrade avait été en chêne, elle n'aurait pas eu de marque, mais elle était faite d'un bois plus tendre. Elle était entaillée à l'endroit où la corde avait été attachée. Elle voyait cette entaille à chaque fois qu'elle montait ou descendait l'escalier. Elle descendit pour ouvrir la porte de derrière et préparer le petit déjeuner de Nicholas.

Il était inutile d'aller réveiller Henry. Il avait des idées bien arrêtées sur le sommeil et considérait qu'il était nuisible à la santé de contrarier un processus physiologique. Quand on avait suffisamment dormi, on se réveillait. Si on n'avait pas encore assez dormi, un réveil intempestif pouvait être préjudiciable à la santé. Il était, bien entendu, extrêmement ennuyeux de ne jamais savoir à quelle heure il allait vouloir son petit déjeuner, mais quand on avait un homme à la maison, il fallait se résigner à supporter ce genre de chose. Son père à elle avait toujours été partisan de se lever matin et tout le temps qu'il avait été de ce monde, ils avaient pris leur petit déjeuner à sept heures. Lucy Cunningham avait été élevée dans le respect du vieil adage : « Tôt couché, tôt levé vous donneront santé, richesse et sagesse. » Elle n'avait jamais pu savoir si ce qu'elle détestait le plus dans tout cela était de se lever à six heures et demie ou d'aller se coucher à neuf heures, heure à laquelle le compteur d'électricité avait été fermé et toute la famille était réduite à s'éclairer à la bougie dans les chambres. Henry, pour sa part, ne se préoccupait pas si la lumière restait allumée toute la nuit... mais il faut dire que ce n'était pas lui qui payait la facture.

Il restait deux saucisses du dîner de la veille. Elle les mit à chauffer sur le petit réchaud, car le feu était éteint et c'était Mrs. Hubbard qui s'en occupait. Elle sortit le lait et le beurre du garde-manger et traversa le hall pour les porter dans la salle à manger. Tout le reste y était déjà puisqu'elle mettait toujours la table avant d'aller se coucher. Elle s'arrêta pour vérifier qu'il ne manquait rien. Il y avait deux paquets de flocons de céréales... parfois Henry aimait bien la variété qui ressemblait à des petites paillasses, mais Nicholas ne voulait pas en entendre parler. Sucre de canne, marmelade d'orange, un pot de moutarde tout neuf... oh, le pain...

Au moment où elle traversait le hall en le rapportant, Nicholas arrivait en dévalant l'escalier quatre à quatre. Son cœur bondit dans sa poitrine. Il dégringola les marches sans regarder ni la sixième ni aucune autre. Elle poussa un tel soupir de soulagement que la planche à pain pencha et que le pain commença à glisser. Le couteau tomba avec fracas.

Nicholas la prit par les épaules.

— Tiens bon, Lu ! Qu'est-ce qui se passe ? Ça ne va pas ?

— Si, si.

Il éclata de rire et se baissa pour ramasser le couteau.

— Eh bien, il ne faut pas tout renverser comme ça ! Allons, laisse-moi plutôt prendre le pain. Je crois que je le préfère vraiment quand il n'a pas traîné par terre.

Elle partit chercher sa saucisse pendant qu'il se dirigeait vers la salle à manger. Quand elle revint, il lui lança un regard ironique et affectueux.

— Tu sais que tu as l'air un peu patraque. Tu n'aurais pas, par hasard, veillé en attendant le retour de la brebis égarée ? C'est moi qui devrais être un peu pâlot, et pas toi.

Elle n'avait pas eu l'intention de répondre, mais tout en elle tremblait. Les mots jaillirent d'eux-mêmes.

— Tu es rentré très tard ?

Il versait des flocons d'avoine dans une assiette à soupe et les arrosait de lait.

— Oh, assez. On m'a ramené en voiture, donc je ne dépendais pas du car. Tu m'as entendu rentrer ?

— Non.

— Bon, il faut que je me dépêche maintenant... j'ai bien failli être en retard hier. Le vieux Burlington a l'obsession de la ponctualité et je ne suis pas dans ses petits papiers. Il n'y a rien qui lui ferait plus plaisir que de me prendre en faute.

— Pourquoi est-ce qu'il ne t'aime pas ?

— Bizarre, non ? Ma petite tante chérie, veux-tu me verser une tasse de thé ? Il me considère comme un être frivole. Lui-même n'est pas du genre boute-en-train !

Quand elle lui eut versé son thé, elle quitta la pièce et revint quelques instants plus tard. Elle tenait un morceau de papier froissé à la main. Il le regarda par-dessus sa tasse.

— Où as-tu pêché ça ?

— Il y avait un trou dans la poche de ta veste de tweed marron. Il avait glissé entre le tissu et la doublure. Je l'ai trouvé hier soir en recousant la poche.

Il tendit la main et prit le morceau de papier.

— Merci, Lu.

Il ne s'était pas départi de son sourire, mais quelque chose venait de changer. C'était comme si la température avait brusquement baissé pendant que le soleil continuait à briller, phénomène tout à fait susceptible de se produire pendant le printemps anglais. Lucy Cunningham réalisa avec ahurissement que quelque chose n'allait pas, mais elle n'avait pas la moindre idée de ce dont il pouvait s'agir.

Nicholas glissa le papier dans une poche intérieure, avala d'un trait le reste de son thé et partit précipitamment. Mais lorsqu'elle alla dans la cuisine, elle vit qu'il était à peine huit heures et demie. Il avait largement le temps.

Mrs. Hubbard s'affairait à allumer le feu qui se montrait fort contrariant. Tout à l'heure elle aiderait miss Cunningham à faire les lits, mais pour l'instant elle voulait la cuisine pour elle toute seule. Mais qu'est-ce qu'il y avait dans le fourneau ce matin ? Trois fois elle avait allumé ce sacré machin et à chaque fois il s'était éteint. Si miss Cunningham voulait bien se retirer, il y avait un petit morceau de paraffine dans l'arrière-cuisine qui arrangerait bien ses affaires et que personne ne regretterait.

Il y a plusieurs manières de faire sentir aux gens qu'on ne désire pas leur présence. Lucy Cunningham finit par comprendre que Mrs. Hubbard ne tenait guère à sa compagnie. Elle se réfugia dans le salon où elle commença à ranger les chaises et à nettoyer, chose qu'elle ne pouvait jamais faire le soir à cause d'Henry qui travaillait tard et qui n'aimait pas qu'on le dérange. Elle venait de terminer quand elle l'entendit sortir de sa chambre. Elle avait laissé la porte ouverte et en se déplaçant juste un peu, elle pouvait le voir en même temps qu'elle l'entendait. Son pas était lent et lourd. Mais ni plus lent ni plus lourd que d'habitude. Il traversa le palier d'un air absent et descendit l'escalier sans regarder ni à droite ni à gauche. Quand elle sortit dans le hall pour aller à sa rencontre, sa seule réaction fut de dire : « Je suis debout », après quoi il se dirigea vers la salle à manger, laissant la porte entrouverte derrière lui.

Pendant tout le temps où elle s'affaira dans la cuisine pour lui faire réchauffer sa saucisse, la question ne cessa de lui trotter par la tête... Henry ou Nicholas... Nicholas ou Henry. Elle les avait tous deux regardés descendre l'escalier, mais ni l'un ni l'autre n'avait seulement jeté un coup d'œil à la marche où elle avait trébuché, ni à la balustrade où la corde avait été fixée. Nicholas avait dévalé l'escalier comme d'habitude et Henry l'avait descendu avec sa lenteur coutumière. Ni l'un ni l'autre n'avait fait quoi que ce soit de différent de ce qu'elle les avait vus faire pendant toutes ces années où ils avaient vécu ensemble... Nicholas se ruant en bas de l'escalier pour partir à l'école, Henry jeune et amoureux de Lydia Crewe, se déplaçant comme quelqu'un qui a de la peine à émerger d'un rêve. Cela aurait pu être n'importe quel matin de cette époque lointaine ou de toutes les années qui s'étaient écoulées depuis.

Mais si l'un d'eux avait tendu cette corde qui devait la faire basculer vers la mort, jamais il ne l'aurait laissée pour qu'on la retrouve le lendemain matin. Donc, pendant la nuit, l'un des deux avait dû s'approcher de l'escalier et regarder en bas. Mais il n'avait pas vu la corde puisqu'elle l'avait enlevée pour la brûler dans le poêle de sa chambre. Il avait donc dû faire demi-tour et repartir se coucher.

Elle n'avait pas refermé la porte de sa chambre. Elle ne pensait pas avoir dormi. Un homme aurait-il pu se déplacer suffisamment silencieusement pour qu'elle ne l'ait pas entendu ? Elle repassa dans son esprit toutes les heures de la nuit et elle ne fut plus sûre de rien. Elle ne croyait pas avoir dormi, mais elle n'en aurait pas juré. Il y avait eu pendant cette nuit de longs moments qui n'avaient été qu'un affreux cauchemar. Elle n'aurait pu dire s'il avait franchi la frontière qui sépare la veille du sommeil ou s'il l'avait seulement frôlée.

Elle apporta sa saucisse à Henry et le trouva en train de lire le journal, aux prises avec un gros tas de flocons d'avoine.

Chapitre XXIII

En faisant les lits avec miss Cunningham, Mrs. Hubbard comprit parfaitement que quelque chose ne tournait pas rond. Sous une apparence d'irréprochable réserve, c'était une des femmes les plus curieuses d'Hazel Green. Elle avait un flair pour les secrets qui s'apparentait à celui du furet sur une piste, mais elle procédait avec dignité, en prenant son temps, et lorsqu'elle avait atteint son but, elle en faisait profiter quelques rares élues et encore sous le sceau du secret.

Aussi, quand miss Cunningham choisit le côté du lit qui lui permettait de rester le dos tourné à la fenêtre, Mrs. Hubbard comprit immédiatement qu'elle avait agi ainsi de manière à dissimuler les traces de larmes sur son visage marqué par une nuit sans sommeil.

Lorsqu'elle balaya l'escalier, il ne lui échappa pas qu'il y avait une entaille dans le bois de deux des balustres de la rampe. C'était un vieil escalier, mais il avait été peint. A l'endroit de l'entaille, la peinture s'était écaillée. Il parut évident à Mrs. Hubbard que quelque chose avait été attaché autour du balustre. Qui aurait bien pu s'amuser à faire cela ? Mais le pire c'est qu'il y avait exactement la même marque à l'autre bout de la marche. C'était un escalier droit, d'une seule volée, avec une rampe de chaque côté. Il sautait aux yeux que quelqu'un avait tendu une corde en travers de l'escalier... c'était vraiment un tour pendable et vicieux. Sans doute un petit voyou. Il y en avait, et elle les connaissait, qui n'hésiteraient pas une seconde à faire casser la jambe à quelqu'un histoire de rigoler, mais comment diable un de ces jeunes vauriens en serait-il venu à jouer un si vilain tour à miss Cunningham ? Une femme qui n'aurait pas fait de mal à une mouche et contre qui personne, à sa connaissance, n'avait une dent... et il n'y avait pas grand-chose dont elle n'était pas au courant.

Quand elle eut terminé l'escalier, elle prit son balai et sa pelle et commença à balayer le hall, et juste en dessous de l'endroit où il y avait la marque sur la balustrade, elle découvrit un petit bout de corde goudronnée... de celle qui servait à attacher les plantes grimpantes ou les rosiers.

Elle le glissa dans la poche de sa blouse et monta dans la chambre de miss Cunningham. Il n'y avait pas eu de feu dans son poêle, mais on y avait brûlé quelque chose. Quand elle avait ramassé le morceau de corde goudronnée, elle s'était souvenue avoir vu des cendres dans le poêle de la chambre et elle n'eut pas besoin d'y regarder à deux fois pour savoir de quoi il s'agissait... de la corde goudronnée, la même que le petit bout qu'elle avait dans sa poche. Il y en avait un morceau dont la cendre grise gardait encore la forme et en raclant la cendre elle trouva un nœud qui n'avait pas du tout brûlé. Mrs. Hubbard le mit dans sa poche avec le morceau qu'elle avait ramassé dans le hall. Cela la dépassait complètement d'imaginer une raison pour laquelle miss Cunningham aurait coupé la corde attachée à la rampe et l'aurait ensuite brûlée, et pourtant, c'était ce qu'elle avait fait.

Elle l'avait coupée... on voyait encore la marque du coup de ciseaux près du nœud... et elle l'avait brûlée dans le poêle de sa chambre.

Pendant tout le temps qu'elle accomplit ses tâches quotidiennes, Mrs. Hubbard continua à essayer de rapprocher ces faits, mais elle ne parvint à aucune conclusion satisfaisante, ce qui la chagrina fort. Ce n'est qu'au moment de partir — à deux heures et demie — qu'elle remarqua quelque chose qui excita vivement sa curiosité. Miss Cunningham était sortie sur le pas de la porte de derrière pour lui demander s'il fallait acheter un autre paquet de Vim. La matinée avait été grise, mais le soleil commençait à percer les nuages. Un rayon frappait obliquement le seuil et les chevilles de miss Cunningham.

Elle n'avait rien remarqué à l'intérieur de la maison qui, comme tant de vieilles bâtisses, était incroyablement sombre, mais là, avec le soleil donnant en plein dessus, il était impossible de ne pas remarquer la zébrure. A quinze centimètres au-dessus de la cheville droite, et si rouge que le bas faisait un écran insuffisant sous le soleil. Mrs. Hubbard s'autorisa un seul regard en coin, mais beaucoup plus pénétrant qu'on ne l'eût dit et elle eut le temps de remarquer que la plaie était déjà bien enflée. Elle ne risqua pas un second coup d'œil et ce fut de son habituelle voix fluette qu'elle répondit que pour le Vim elles n'en avaient pas vraiment besoin avant la semaine prochaine, mais que cela n'avait pas d'importance si miss Cunningham passait la commande maintenant.

Mr. Hubbard travaillait à Melbury. Il emportait un casse-croûte qu'il complétait à la cantine. Cela ne causerait donc de tort à personne si Mrs. Hubbard avait envie de passer dire bonjour à Florrie Hunt au White Cottage. Elles avaient de très vagues liens de parenté et Florrie serait ravie de lui offrir une tasse de thé et peut-être de la mettre au courant des dernières nouvelles concernant la découverte du corps de la pauvre miss Holiday. Comme le White Cottage se trouvait juste à l'angle du chemin du presbytère, rien de ce qui y entrait ou en sortait n'aurait échappé à Florrie.

On lui offrit la tasse de thé espérée, mais l'accueil ne fut guère chaleureux. Florrie était mal lunée... elle le vit du premier coup d'œil. Comme une maison désertée, aux persiennes closes. On ne pouvait rien tirer d'elle, qu'un oui ou un non, et encore avec difficulté. Elle tendit sa tasse pour la faire remplir et entreprit de faire à Florrie le récit de ce qu'elle avait vu, les marques sur la balustrade de l'escalier et la zébrure sur la jambe de miss Cunningham. Quand elle eut terminé, Florrie leva les yeux et la regarda pour la première fois.

— Qu'est-ce que c'est que ces bêtises ? lâcha-t-elle d'un ton dédaigneux.

Mrs. Hubbard continua à siroter son thé.

— Mais ce ne sont pas des bêtises, répliqua-t-elle. J'ai vu ces marques comme je te vois. Et le bout de ficelle dans le hall... qui aurait l'idée de rentrer cette saleté de corde goudronnée ? Et il y en avait une de brûlée dans le poêle de la chambre. Tiens, regarde, si tu ne me crois pas !

Elle dut poser sa tasse et glisser la main sous son manteau pour sortir le petit bout de corde goudronnée et le nœud qui avait survécu aux flammes.

Florrie les regarda fixement et dit d'un ton rogue :

— J'ai l'impression que tu veux insinuer quelque chose, Annie.

Mrs. Hubbard baissa les yeux.

— Jamais je ne ferais cela.

— Eh bien, je ne vois pas comment tu pourrais appeler cela

autrement. Et si tu insinues qu'il y avait une corde tendue en travers de l'escalier pour faire tomber miss Cunningham quand elle descendrait, alors dis-moi qui est supposé l'avoir mise. Mrs. Hubbard sirotait son thé.

— Ce n'est pas à moi de le dire. Ce n'est pas mon genre de faire des ragots, et tu le sais bien.

La conversation ne prenait pas du tout la tournure qu'elle avait souhaitée. Quand Florrie était de cette humeur, elle pouvait être franchement désagréable, et inutile d'espérer tirer quelque chose d'elle. Elle vida sa tasse et déclara qu'il fallait qu'elle y aille.

Ce n'est qu'à mi-chemin de chez elle qu'elle se souvint avoir oublié de récupérer le nœud et le bout de corde. Mais cela ne valait pas la peine d'y retourner. De toute façon, elle ne les aurait montrés à personne d'autre que Florrie. Sa place chez miss Cunningham lui convenait parfaitement et elle ne tenait pas à ce que le bruit courre qu'elle jasait sur le compte de son employeur. Mais Florrie était la seule à qui elle raconterait quoi que ce soit. Avec Florrie, elle ne courait aucun risque. La preuve, elle-même n'arrivait rien à en tirer.

Miss Silver s'était dirigée vers la cuisine avec le plateau à café. Mrs. Merridew venait de s'endormir sur son journal, une habitude à laquelle miss Silver ne s'était jamais laissé aller. Une regrettable perte de temps et une habitude dont on risquait de devenir esclave. Elle porta le plateau le long du couloir et au moment où elle approchait de la porte de la cuisine, elle distingua un bruit de voix de l'autre côté.

Elle n'avait nulle intention d'écouter, mais elle ne pouvait éviter d'entendre. Tout cela se passa très naturellement.

Quand elle réalisa que Florrie n'était pas seule, elle s'arrêta. Par la porte entrebâillée elle entendit la voix rauque et profonde de Florrie dire :« Si tu insinues qu'il y avait une corde tendue en travers de l'escalier pour faire tomber miss Cunningham quand elle descendrait, alors dis-moi qui est supposé l'avoir mise. »

Miss Silver resta immobile. En tant que femme respectable, il ne lui serait pas venu à l'esprit d'écouter une conversation qui ne lui était pas destinée, mais en sa qualité de détective privé, elle avait en plus d'une occasion considéré qu'il était de son devoir de le faire. Elle resta absolument immobile, tenant son plateau, et entendit Mrs. Hubbard éluder la question et affirmer qu'elle devait partir. Quand la porte de derrière se fut refermée sur elle, miss Silver recula dans le couloir puis revint en accentuant quelque peu le bruit de ses pas. Arrivée devant la porte de la cuisine, elle demanda : « Puis-je entrer, Florrie ? » et la poussa avec son plateau.

Ce n'est qu'alors que Florrie sursauta et se retourna. Elle était restée debout contre la table de la cuisine, les yeux baissés, et complètement plongée dans ses pensées jusqu'à ce que le plateau cogne contre la porte.

Miss Silver entra et posa le plateau sur la table. C'est à ce moment-là qu'elle vit ce que Florrie regardait d'un air si absorbé. Un petit bout de corde goudronnée et un nœud. Le nœud avait été serré avec force et avait ensuite été coupé. Par-dessus le plateau et les deux tasses vides, miss Silver regarda Florrie Hunt et Florrie lui rendit son regard.

C'était un regard courroucé et perplexe, mais derrière la colère et la perplexité, on pouvait lire la peur. Quand miss Silver demanda : « Que se passe-t-il ? » Florrie répondit d'une voix blanche :

— Je ne sais pas...

— Vous devriez me raconter.

Florrie hocha lentement la tête. Miss Silver se pencha et prit le bout de corde dans sa main.

— Quand je suis arrivée dans le couloir, la porte de la cuisine était entrebâillée et j'ai entendu ce que vous disiez. C'était une histoire de corde tendue en travers de l'escalier pour faire trébucher miss Cunningham. Vous aviez une visiteuse à qui vous avez demandé qui était supposé l'y avoir mise.

— Elle n'avait rien à dire ! s'écria Florrie avec colère.

Miss Silver toussota.

— J'ai cru remarquer qu'elle n'avait rien dit. Puis-je vous demander qui dans la maison était susceptible d'accomplir ce genre d'action ?

Florrie haussa les épaules.

— Je ne vois pas qui ça pourrait être ! Il y a elle-même, et Mr. Henry, et Mr. Nicholas. Il va de soi qu'elle ne l'a pas fait elle-même, et cela laisse Mr. Nicholas et Mr. Henry. Je vous demande un peu ! Annie Hubbard n'a vraiment rien à faire pour venir ici me raconter des histoires comme ça !

Miss Silver lui jeta un regard interrogateur.

— Elle travaille à Dower House ?

— Elle a pris la place de Maggie quand elle est partie.

— Et, à votre avis, qu'est-ce qui a pu lui mettre une telle histoire dans la tête ?

Florrie reprit d'une voix dédaigneuse tout le récit que lui avait fait Mrs. Hubbard des marques sur la balustrade, du bout de corde qu'elle avait trouvé dans le hall juste en dessous, du nœud récupéré dans le poêle de miss Cunningham et de la cendre qui semblait être les restes brûlés d'un morceau beaucoup plus long. Mais quand Florrie en arriva à la zébrure sur la jambe de miss Cunningham, il n'y avait plus trace de dédain dans sa voix et quelque chose qui ressemblait à de la peur avait pris place. Les derniers mots sortirent péniblement et furent suivis précipitamment d'une question angoissée :

— Mais qui serait capable de faire une chose comme ça ? C'est ce que j'ai demandé à Annie Hubbard et vous avez entendu par vous-même qu'elle n'avait rien à répondre à cela.

— Hormis les deux Cunningham, il n'y avait personne d'autre dans la maison ? demanda miss Silver d'un ton pensif.

— Sauf si quelqu'un venait leur rendre visite, et alors il fallait qu'un membre de la famille le fasse entrer.

Miss Silver toussota.

— Oui, bien sûr... je suppose.

Elle repartit dans le salon et s'installa avec son tricot. Le bonnet cerise de la petite Joséphine était achevé et elle avait entrepris de lui tricoter une barboteuse assortie.

Elle ne tenait pas particulièrement à poursuivre la conversation sur l'accident auquel miss Cunningham avait réchappé de justesse. Elle préférait y réfléchir en toute quiétude.

Si quelqu'un avait eu l'intention de blesser Lucy Cunningham en tendant une corde en travers de l'escalier pour la faire trébucher, quelle était l'heure la plus favorable pour accomplir ce geste ? Il avait certainement fallu attendre que les allées et venues normales aient cessé et que tout le monde soit monté se coucher. Lucy Cunningham — son frère Henry — son neveu Nicholas.

Une fois la corde fixée, il avait fallu trouver un stratagème pour attirer miss Cunningham hors de sa chambre, et avec une telle précipitation qu'elle n'ait pas le temps de remarquer la présence de la corde avant qu'il ne soit trop tard. Une corde noire sur le fond sombre de l'escalier et une femme descendant les marches en toute hâte. Pourquoi ? L'idée d'une sonnerie de téléphone lui vint à l'esprit de manière tout à fait convaincante. Rien de tel pour réveiller quelqu'un en sursaut en pleine nuit. Mais alors, comment s'assurer que la sonnerie du téléphone allait retentir ? Avoir recours à un complice aurait présenté trop de dangers. Elle se souvint alors de l'un des bruits familiers de son appartement, la sonnerie de son réveil-matin. De n'importe quelle pièce autre que sa chambre, il était impossible de la distinguer de celle du téléphone. Si quelqu'un avait voulu réveiller miss Cunningham en sursaut pour lui faire descendre l'escalier en courant au milieu de la nuit, quoi de plus facile que de régler le réveil pour le faire sonner à une heure quelconque après minuit en le laissant dans le hall où il pouvait être récupéré avant que quelqu'un ne remarque sa présence en ce lieu. Miss Silver ne put éviter de constater une nouvelle fois que tous les événements qui s'étaient produits et continuaient à se produire à Hazel Green avaient un rapport avec Crewe House ou Dower House et que les occupants des deux demeures avaient entre eux des liens très étroits. Par ailleurs, si deux meurtres avaient été réellement commis et si l'on était en présence d'une troisième tentative d'homicide, les méthodes employées étaient calculées de manière à n'éveiller aucun soupçon et à ne laisser aucune trace, ce qui laissait supposer l'existence d'un criminel peu ordinaire, prompt à élaborer un plan et implacable dans son exécution.

Quand Mrs. Merridew s'éveilla de sa sieste, miss Silver suggéra qu'il serait agréable de sortir prendre l'air. Une remarque ayant trait à son intérêt pour les vieilles demeures et la mention du nom de miss Cunningham lui procura quelques renseignements sur Dower House et la proposition suivante :

— Mais Lucy en sait beaucoup plus que moi sur la maison et je suis persuadée qu'elle serait absolument ravie de te la faire visiter. Les Cunningham sont de nouveaux venus par ici, mais tu connais l'expression être plus royaliste que le roi... eh bien, Lucy est un peu comme ça. Elle sait toute l'histoire de la maison par cœur et elle adore en faire profiter les gens. Nous pouvons lui rendre visite dans l'après-midi, si cela te fait plaisir.

Chapitre XXIV

Quand Frank Abbott passa après dîner ce soir-là, il fut frappé par la gravité peinte sur les traits de miss Silver. Il était venu lui communiquer les résultats de l'autopsie du corps de miss Holiday. Ils prirent place dans la salle à manger et elle fixa sur lui un regard attentif pendant que ses aiguilles à tricoter cliquetaient et que la barboteuse de la petite Joséphine s'allongeait.

— Eh bien, commença-t-il, elle était vivante quand elle a reçu ce choc sur la tête et elle était vivante quand elle est entrée dans l'eau, mais personne ne jurera qu'elle ne s'est pas cogné la tête contre la paroi du puits en tombant. Cela aurait très bien pu se passer ainsi, vous savez, mais je vous avoue que le médecin légiste ne le pense pas. Il inclinerait plutôt à penser que la contusion était antérieure à la chute.

— Y avait-il des traces de lutte ?

Il hésita quelques instants avant de répondre.

— Il n'y avait aucun désordre dans ses vêtements. Mais vous vous souvenez que Mrs. Selby nous a dit qu'elle portait un collier de perles bleues...

— Oui, Frank...

— Eh bien, quand nous l'avons remontée du puits, il ne semblait pas y avoir trace du collier, mais un peu plus tard à la morgue on a retrouvé deux ou trois perles qui avaient glissé à l'intérieur de ses vêtements et qui y étaient restées, si bien qu'il semble que le collier a été arraché quand elle a été attaquée.

— C'est tout à fait possible. Et absolument compatible avec la théorie qu'elle aurait pu être assommée dans un premier temps et jetée seulement plus tard dans le puits. C'est bien ce que vous semblez suggérer ?

— Quelque chose comme ça.

Elle tira sur sa pelote de laine.

— Cela n'aurait rien d'étonnant. Elle a dû être attaquée pendant son bref trajet entre le bungalow des Selby et le cottage. Mais il est peu probable que la ou les personnes qui l'ont attaquée aient pris le risque de transporter le corps jusqu'au fond du jardin de Mrs. Maple à une heure où l'on pouvait estimer qu'elle n'était pas encore couchée. Florrie m'a appris que sa fenêtre donne sur l'arrière de la maison, et bien qu'elle soit trop sourde pour avoir pu entendre des pas dans le jardin, elle aurait probablement remarqué le transport d'un corps inanimé si elle s'était trouvée à regarder par la fenêtre à ce moment-là.

Frank acquiesça de la tête.

— On regarde par la fenêtre avant de se coucher.

— C'est une pratique extrêmement répandue. Je ne pense pas que la conscience coupable d'un assassin l'ait autorisé à courir ce risque. Il aurait, j'en suis persuadée, décidé d'attendre que la voie soit entièrement libre. Le problème qui s'est alors posé a été de savoir ce qu'il fallait faire du corps. Nous savons maintenant qu'elle n'était pas encore morte. Il importait pour l'assassin qu'elle soit vivante en pénétrant dans l'eau. Il ne pouvait donc se permettre de simplement l'achever et de dissimuler le corps dans un fossé et il a dû se trouver confronté à un énorme problème. Il est, bien entendu, de la plus haute importance de découvrir quelle solution il a adoptée. Il est inutile de vous demander si vous vous êtes déjà penché sur la question. Le plus simple aurait été de cacher le corps chez les Selby. Outre le bungalow, il y a un garage, deux appentis et un certain nombre de poulaillers. Mrs. Selby était seule dans le bungalow entre sept heures et dix heures. Mr. Selby était supposé être à « La Feuille de Houx ».

— Il y était jusqu'à l'heure de la fermeture.

Miss Silver reposa son tricot, attitude si inhabituelle chez elle que l'attention de Frank Abbott fut vivement attirée sur ce qu'elle allait dire.

— Je ne doute pas qu'il s'y soit trouvé à l'heure de la fermeture. Quelqu'un peut-il toutefois témoigner qu'il y est resté en permanence entre sept heures et dix heures du soir, et en particulier pendant le quart d'heure juste avant et après neuf heures ? La distance séparant « La Feuille de Houx » et le bungalow est très réduite. Si une partie de fléchettes se déroulait, à laquelle Mr. Selby ne participait pas, quelqu'un aurait-il remarqué une absence, disons, d'un quart d'heure ?

— Je ne sais pas, mais je ferai de mon mieux pour le découvrir. Quinze minutes ne lui laissent guère de temps pour faire le trajet aller et retour, assommer miss Holiday et dissimuler le corps quelque part.

— Tout avait dû être soigneusement élaboré à l'avance... mais tout dans cette affaire porte la marque d'une élaboration très soigneuse.

— Oui. Mais pourquoi Selby ? demanda Frank d'un ton pensif.

— C'est un étranger.

— Ma chère madame, la campagne fourmille d'étrangers.

— Il y a eu bien des déplacements de population depuis la guerre, mais pas tant que cela à Hazel Green.

— Il y en a énormément à Melbury et tout autour, et ce n'est pas loin d'ici.

— Mais Mr. Selby est ici, lui. Et il était ici l'an dernier quand Maggie Bell a disparu. J'ai de la peine à m'expliquer cela.

Frank Abbott haussa une épaule.

— Il arrive que des hommes d'affaires se retirent. Nombreux sont ceux qui éprouvent le besoin de s'installer à la campagne.

— Il est évident que Mrs. Selby n'a aucune inclination pour ce genre de vie. Mr. Selby, bien que célébrant les bienfaits de la campagne, s'absente fréquemment plusieurs jours de suite. Il présente cela comme une plaisanterie et affirme ne pas pouvoir résister à l'appel du trottoir. Pendant son absence, le soin des poules incombe à Mrs. Selby.

— Vous tenez tout cela de Florrie qui, je présume, le tenait de miss Holiday ?

— En effet, Frank. Et j'ai cru comprendre que Mrs. Selby non seulement déteste s'occuper des poules, mais qu'elle n'est absolument pas rassurée lorsqu'elle se trouve seule dans le bungalow, d'autant plus que Mr. Selby ne veut pas entendre parler d'acheter un chien.

— Ce qui peut vouloir dire n'importe quoi... ou rien du tout, sauf que Mr. Selby n'aime pas les chiens. Vous savez, il y a des gens qui ne les aiment pas.

Miss Silver, pour sa part, avait une préférence marquée pour les chats, mais elle n'estima pas le moment opportun pour le mentionner. Elle le laissa poursuivre, ce qu'il fit d'une voix devenue plus grave.

— Peut-être vous intéressera-t-il de savoir que nous avons au fichier tous les antécédents de Selby. Les gars de la Sécurité ont pensé à cela dès qu'a été soulevée la question des fuites à Dalling Grange. En tant que nouveau venu, il a naturellement fait partie des suspects, mais il n'en est rien sorti. Son frère et lui tenaient un garage à Streatham Road. Tout ce qu'il y avait de plus convenable et de plus respectable. Affilié de longue date à sa section locale du parti conservateur. Boute-en-train attitré des tournois de whist de son quartier. En un mot, un passé sans tache.

Miss Silver inclina la tête. Elle se dit qu'un passé sans tache était une condition indispensable à quiconque voulait mystifier son entourage ou jouer un rôle actif dans des manœuvres scélérates. Mais elle estima plus sage de garder ces réflexions pour elle et fit seulement observer qu'elle supposait qu'une fouille méticuleuse du garage et des appentis ferait partie des vérifications de routine entreprises par la police. Frank Abbott l'assura que c'était bien le cas.

— Nous allons les passer au peigne fin. Je suppose que vos soupçons ne portent pas aussi sur Mrs. Selby ?

Miss Silver toussota.

— Je ne soupçonne ni Mr. ni Mrs. Selby. Aucun élément, pour l'instant, ne nous permet de le faire. Je suggère simplement que leurs locaux ont peut-être été utilisés et que compte tenu du fait que le corps de miss Holiday a nécessairement été caché quelque part et que le garage ou l'un des appentis de Mr. Selby s'imposent comme la cachette la plus vraisemblable — voire la seule possible —, il est urgent d'effectuer une fouille complète et minutieuse des locaux. Comme le dit Lord Tennyson : « Et en temps voulu, faire appel à la loi... Pour que la lumière se fasse dans tous les esprits. Et qu'un terme soit mis à toutes les questions. »

Il reçut ces mots avec une grande force d'âme. Après un bref silence abasourdi, il répondit :

— Oui, comme vous dites. Tout sera passé au peigne fin. Eh bien, je pense que je ferais mieux de me mettre en route.

CHAPITRE XXV

Miss Silver le retint en esquissant un geste de la main.

— Si vous pouviez m'accorder encore quelques instants...

— Mais bien sûr. De quoi s'agit-il ?

— Il y a quelques recherches qu'il ne m'est pas possible d'effectuer seule, mais dont je serais très heureuse que vous vous chargiez.

Il retrouva la modération et la circonspection dont elle faisait preuve dès qu'elle abordait un sujet délicat et il en conçut un certain amusement quelque peu irrespectueux. Il y avait des marrons à tirer du feu et c'est à lui que la tâche allait incomber. Mais le souvenir de quelques occasions semblables fit disparaître son sourire et une vive attention y fit place.

— Eh bien, chère madame, à quoi pensez-vous ?

— Vous vous souvenez peut-être que je vous ai parlé d'une certaine Mrs. Maberly.

— Vraiment ? Bien sûr que je m'en souviens... Henry Cunningham et le diamant fatal. Elle l'a laissé traîner quelque part, il s'est envolé et tout le pays a cru que c'était Henry qui l'avait subtilisé. A la suite de quoi il a quitté le pays pour ne revenir que vingt ans plus tard. C'est quand même une vieille histoire, non ? Qui suis-je supposé aller interroger... Mrs. Maberly ou l'énigmatique Henry ?

Elle le regarda d'un air de léger reproche et répondit :

— Ni l'un ni l'autre. Mrs. Maberly a quitté la région et, je crois, le pays peu de temps après la disparition de sa bague. Il paraît qu'elle est partie aux Etats-Unis avec son mari. Je souhaitais seulement vous remettre ces faits en mémoire.

Une lueur sarcastique passa dans son regard.

— Résumé du premier chapitre. Mais continuez ! Passons au second chapitre !

Elle poursuivit d'une voix posée.

— J'ai été frappée par le fait qu'il semblait y avoir eu un certain nombre de bijoux volés — ou peut-être devrais-je dire escamotés. Quand miss Crewe est venue prendre le thé dimanche, Mrs. Merridew a mis cette question sur le tapis. Elle a mentionné une certaine Lady Muriel Street. Elle demeure avec son mari à Hoys, une grande propriété un peu à l'extérieur du village. J'ai cru comprendre qu'il s'agit d'une de ces femmes qui passent leur temps à raconter leurs histoires de famille dans les moindres détails. Elle vient, paraît-il, de s'apercevoir qu'une superbe broche de diamants que lui avait légué sa marraine n'est qu'une imitation. La pierre centrale est de très belle taille et elle avait toujours considéré ce bijou comme ayant une grande valeur, mais lorsqu'elle a essayé de le vendre, on lui a appris que les pierres n'étaient que du toc.

Frank se racla la gorge.

— Allons donc ! Je pense qu'elle aurait mieux fait de ne pas ébruiter l'affaire.

Miss Silver retourna la barboteuse rouge cerise.

— Ce fut la réaction de miss Crewe. Puis elle a renchéri sur l'histoire de Mrs. Merridew en nous parlant de lady Melbury qui vient de découvrir qu'un collier supposé être de très grande valeur et que son arrière-grand-mère avait porté pour le couronnement de la reine Victoria n'était qu'une imitation. Miss Crewe s'est permis quelques critiques acerbes sur la légèreté de lord Melbury qui a vendu la mèche. Lady Melbury aurait, semble-t-il, gardé le silence, mais son mari, un homme ouvert et sociable, n'a pas fait mystère de cette histoire, se demandant ouvertement lequel de ses ancêtres avait opéré la substitution.

Frank intervint vivement.

— Mais pour l'homologation des testaments, il avait fallu faire estimer le collier. Je crains qu'il ne puisse mettre cela sur le dos de ses ancêtres.

Miss Silver toussota.

— Cela ne semble pas lui être venu à l'esprit. Lady Melbury est une femme excentrique qui fut une beauté. Il est probablement le seul dans tout le comté à ne pas croire qu'elle ait vendu le collier elle-même. Ces bijoux somptueux sont portés en de si rares occasions, et encore dans des circonstances où ils ont peu de chances de paraître aux yeux d'un expert, qu'une substitution pouvait être opérée sans guère courir le risque d'être découverte.

Il éclata de rire.

— Et quand arriverait le moment de le faire évaluer pour le testament, lady Melbury n'aurait plus à s'en faire ! Soit dit entre nous, je me demande combien de fois cela a été fait. La plupart des grandes familles sont fauchées et pourquoi garderaient-elles un capital immobilisé dans des bijoux que seul l'œil d'un expert parviendra à distinguer d'une imitation ? Bon, tout cela est passionnant, mais où cela nous mène-t-il ?

Miss Silver sortit une nouvelle pelote de son sac à ouvrage. La jonction des brins de laine l'accapara pendant quelques instants. Lorsqu'elle répondit à la question, ce fut de sa voix la plus persuasive.

— Si vous pouviez faire en sorte de poser quelques questions à lady Melbury et à lady Muriel Street...

— Ma chère miss Silver... mais sous quel prétexte ?

Miss Silver toussota.

— J'étais sûre que vous m'objecteriez cela.

— Mais qu'avez-vous derrière la tête... que soupçonnez-vous ?

— Ce n'est pas même un soupçon.

— Alors, de quoi s'agit-il ?

Elle interrompit son tricot et le regarda d'un air à la fois sérieux et hésitant.

— Je ne sais pas très bien comment exprimer cela. J'ai la sensation que lorsqu'il se produit un certain nombre de choses étranges, il existe peut-être un rapport entre elles. Cette sensation ne repose pour l'instant sur rien de concret, mais je me demandais si un entretien avec lady Melbury et lady Muriel ne pourrait pas nous fournir un indice. La substitution d'une copie à un original doit être opérée par quelqu'un ayant la possibilité de se procurer un croquis ou une photographie d'une précision suffisante pour permettre la réalisation de cette copie. Il faut également une occasion d'effectuer la substitution. Nous pouvons donc envisager trois possibilités. Un domestique. Un membre de la famille. Un ami ou un proche ayant accès aux bijoux. Il faut éprouver ces différentes possibilités. J'aurais tendance à retenir la dernière. Je me trompe peut-être... je n'en sais rien. Un nom me vient à l'esprit. J'aimerais que l'on fasse quelques recherches.

Frank Abbott demanda d'un ton dubitatif :

— Quel est son nom ?

— Je préfèrerais n'en rien dire encore. La personne à laquelle je pense a de nombreuses relations dans tout le comté. Dans sa jeunesse, elle s'amusait à dessiner. Elle voue un véritable culte à sa demeure de famille et à ses ancêtres, et elle s'est toujours attachée à perpétuer la tradition familiale. Une des disparues était à son service.

— Miss Cunningham ? Miss Crewe ? demanda Frank Abbott. L'œil du maître s'est jusqu'alors plutôt porté sur Dower House. Henry rayé de la carte pendant plus de vingt ans, Nicholas qui travaille à Dalling Grange et miss Cunningham qui était l'employeur de Maggie Bell... que nous pouvons, je suppose, considérer maintenant comme feue Maggie Bell.

Miss Silver avait repris son tricot et semblait vouloir rattraper le temps perdu. Elle dit d'une voix résolue :

— Il s'est passé ici la nuit dernière quelque chose d'extrêmement troublant. Je pense que je ferais mieux de vous le raconter.

— Je pense aussi. Quand vous dites ici...

— Je ne veux pas dire dans cette maison.

Il se sentit soulagé et ne le dissimula pas.

— Ouf ! Je préfère cela. Alors, que s'est-il passé ?

— C'est à propos de miss Cunningham.

Et elle commença à lui faire le récit clair et succinct de ce que Mrs. Hubbard avait remarqué et des conclusions qu'elle en avait tirées.

Cela provoqua un froncement de sourcils et une moue de scepticisme.

— Cela revient à dire que miss Cunningham a brûlé un bout de ficelle qui traînait — et sur lequel elle a probablement trébuché et que Mrs. Hubbard a trouvé un petit bout qui avait été oublié.

Il se sentit immédiatement dans la peau d'un élève qui n'a pas su donner la bonne réponse. Elle posa sur lui un regard empreint d'un doux reproche.

— Pas de la ficelle, Frank... de la corde goudronnée pour le jardin. » Elle posa son tricot et sortit de son sac en chintz une enveloppe ouverte qu'elle lui tendit. « Voici les débris de corde que Mrs. Hubbard a trouvés. Vous remarquerez que la corde a été enduite de goudron, sans doute pour la protéger, et que cela la rend impropre à être utilisée à l'intérieur de la maison. Mais si, par contre, on l'avait tendue en travers de l'escalier, sa couleur sombre l'aurait rendue fort peu visible. Par ailleurs, Mrs. Hubbard a remarqué que les balustres au niveau de la sixième marche à partir du palier portaient des marques comme si on avait solidement attaché quelque chose autour, et que la peinture était légèrement écaillée.

— Mais ce sont des témoignages de troisième main, fit-il avec plus de modération.

Elle tricotait avec une vivacité qu'il avait souvent observée.

— Pas vraiment, Frank. Je suis passée à Dower House avec Mrs. Merridew cet après-midi et miss Cunningham a eu la gentillesse de nous faire visiter. Il y a des choses fort intéressantes sur le plan historique, et j'ai d'autre part eu l'occasion de vérifier les assertions de Mrs. Hubbard. L'escalier, qui part du hall jusqu'au premier étage, est bordé d'une rampe de chaque côté. Le bois a été peint d'une couleur chocolat. Miss Cunningham le déplore amèrement, mais le mal était déjà fait quand ils sont arrivés et comme l'escalier n'est pas en chêne, mais d'un bois beaucoup plus tendre, ils n'ont pas voulu courir le risque de l'endommager en le décapant. Pendant que se déroulait cette conversation, j'ai pu regarder de près les barreaux et vérifier l'exactitude des dires de Mrs. Hubbard. La peinture était fraîchement écaillée sur les deux barreaux dont elle avait parlé et les arêtes portaient des marques distinctes d'écrasement. D'autre part, j'ai pu voir par moi-même qu'il y avait une enflure au-dessus de la cheville droite de miss Cunningham et l'on distinguait nettement la marque d'un coup à travers le nylon de ses bas. Il sautait également aux yeux qu'elle était sous l'effet d'un choc. Elle avait pris le thé chez Mrs. Merridew hier et elle était dans son état normal. Cet après-midi, elle donnait l'impression de ne pas avoir fermé l'œil de la nuit et elle était visiblement préoccupée. Elle s'est montrée charmante et nous a fait visiter toute la maison et je pense même qu'elle a été ravie de trouver un dérivatif à ses préoccupations, mais elle éprouvait des difficultés à être à ce qu'elle faisait et à plusieurs reprises, elle a rectifié ce qu'elle venait de dire.

— Vous croyez que quelqu'un a essayé de l'estropier ?

— Je crois qu'il s'agit de quelque chose de plus grave que cela. L'escalier est très raide et le hall est pavé de dalles de pierre. Si elle avait perdu l'équilibre sur la sixième marche, elle aurait dégringolé les quatorze autres marches et elle se serait fracassé le crâne sur les dalles du hall.

— Qui y avait-il dans la maison ?

— Son frère Henry Cunningham, et son neveu Nicholas.

— Personne d'autre ?

— Personne d'autre.

Après un bref silence, il demanda :

— Qu'est-ce qui vous fait croire que c'était miss Cunningham qui était visée ? Et si Henry avait voulu se débarrasser de Nicholas ou Nicholas se débarrasser d'Henry ? Ce genre de chose n'a rien d'invraisemblable.

— Je suis convaincue que miss Cunningham croit que c'est elle-même qui était visée et sa détresse provient de ce qu'elle est persuadée que soit son frère soit son neveu a essayé de la tuer. Il reste également à savoir ce qui aurait pu la pousser à descendre l'escalier avec une précipitation telle qu'elle n'aurait pas remarqué la corde et aurait trébuché dessus. Je ne pense pas qu'on ait couru le risque de l'appeler d'en bas. L'hypothèse suivante est celle d'un appel téléphonique. L'appareil se trouve dans le hall. J'ai appris par Mrs. Merridew qu'Henry Cunningham refuse de répondre au téléphone et que Nicholas n'accepte que lorsque l'appel lui est personnellement destiné. C'est donc toujours miss Cunningham qui se précipite pour aller décrocher. Mais si l'on admet l'hypothèse d'un coup de téléphone, cela suppose l'existence d'un complice et les risques s'en trouvent grandement accrus. Il paraît beaucoup plus simple et beaucoup moins risqué de placer un réveille-matin tout à fait ordinaire dans le hall. Il suffit de le régler pour qu'il sonne à n'importe quelle heure de la nuit, et du premier étage la sonnerie ne serait pas distinguable de celle du téléphone.

— Vous pensez à tout, n'est-ce pas ? fit-il avec une inflexion légèrement sarcastique. Mais peut-être pouvez-vous me dire pourquoi quelqu'un voudrait estropier ou tuer miss Cunningham ?

Elle répondit avec la plus extrême gravité :

— Quel mobile y avait-il pour faire disparaître Maggie Bell et miss Holiday ? Miss Cunningham en sait trop. Je pense que cette explication est valable dans les trois cas. Chacune d'elles savait, ou avait appris par hasard, quelque chose qui était dangereux pour quelqu'un. Il est possible, et même peut-être probable, qu'en ce qui concernait Maggie Bell et miss Holiday, elles n'avaient pas réalisé, ou tout au moins pas pleinement, toute la portée de ce qu'elles savaient. Dans les deux cas, des mesures rapides et définitives ont été prises pour s'assurer de leur silence. En ce qui concerne miss Cunningham, elle fut une des dernières personnes à avoir vu miss Holiday vivante. Elle l'a rencontrée dimanche soir, au moment où elle quittait Crewe House, et elle a échangé quelques mots avec elle. Elle n'a pas répondu lorsque je lui ai demandé ce que miss Holiday avait dit et elle a éludé la question en la répétant d'un ton vague. Je n'ai pas insisté sur le moment — elle était venue prendre le thé chez Mrs. Merridew — mais je pense qu'il est temps maintenant de la presser de questions sur ce sujet.

— Mais, ma chère miss Silver, on l'a pressée de questions. Je ne vous l'avais pas dit ?

— Je ne pense pas, Frank.

— J'ai été complètement débordé, s'excusa-t-il. Mais nous l'avons fait. Denning a ratissé tout le village dans l'espoir de mettre la main sur quelqu'un qui aurait pu voir ou rencontrer miss Holiday après son départ de Crewe House. Et il a déniché une jeune fille du nom de Mary Tufton qui revenait à Melbury à bicyclette après avoir rendu visite à des gens qui habitent dans une ferme de l'autre côté d'Hazel Green. Elle déclare avoir vu miss Cunningham à proximité de l'allée de Crewe House vers cinq heures et demie. Elle la connaît fort bien de vue, parce que Mrs. Tufton faisait un peu de couture pour elle. En tout cas, elle déclare qu'une femme vêtue d'un imperméable a débouché des piliers de Crewe House et que miss Cunningham s'est arrêtée pour lui parler. Une des deux a laissé tomber quelque chose qui ressemblait à une lettre et miss Cunningham s'est baissée pour la ramasser. L'autre femme avait sorti son mouchoir et était en train de se moucher. Elle a vu tout cela en s'approchant d'elles — il y a une longue ligne droite à cet endroit-là — et au moment où elle passait à leur hauteur, elle a vu miss Cunningham monter l'allée et l'autre femme s'éloigner en direction du village. Toute la scène n'avait duré que quelques secondes. Elles se sont rencontrées, miss Cunningham a ramassé la lettre et a poursuivi son chemin. Denning a interrogé miss Cunningham là-dessus et elle a confirmé ce témoignage. Miss Holiday a fait tomber une lettre en sortant son mouchoir et elle l'a ramassée. Elle venait de s'arrêter pour lui dire bonjour. Et comme la lettre était ouverte et était adressée à miss Crewe, elle a proposé de la porter à Crewe House.

— Elle n'a pas dit de quoi elles avaient parlé ?

Il éclata de rire.

— Oh, je ne pense pas qu'elles aient parlé de grand-chose. Denning a bien fait son boulot, vous savez. Il lui a demandé si miss Holiday lui avait paru inquiète, et elle a répondu que non, qu'elle avait l'air tout à fait dans son état normal. A propos, il a également interrogé la cuisinière de Crewe House... quel est son nom, déjà... oui, Mrs. Bolder, et elle a dit la même chose. Je crains qu'il ne se soit fait quelque peu égratigner. Elle voulait savoir ce qui avait pu lui faire croire qu'elle prenait plaisir à vexer les gens. Ils se sont séparés très froidement et il n'était pas mécontent d'échapper à sa langue de vipère.

Miss Silver tricotait à une cadence beaucoup moins vive. Après quelques instants, elle dit :

— Je vous remercie, Frank, mais je ne peux pas dire que je suis satisfaite. Si miss Holiday a été assassinée, il doit y avoir eu un mobile à ce meurtre. Quelqu'un qui était en contact avec elle a dû décider qu'elle était devenue ou qu'elle devenait dangereuse et qu'il fallait se débarrasser d'elle. Mais cela semble s'être déclenché très vite. Si c'est le cas, tous les contacts qu'elle a eus pendant les dernières heures de sa vie doivent être considérés comme importants et analysés avec le plus grand soin. Miss Cunningham est peut-être au courant de quelque chose dont elle n'a pas estimé utile d'informer la police.

— Vous suggérez donc que miss Holiday avait appris quelque chose qui pouvait se révéler dangereux et qu'elle avait pu en faire part à miss Cunningham, ou que l'on a cru que c'est ce qu'elle avait fait. Mais dans ces conditions, qu'advient-il de Mrs. Maple et de Mrs. Selby ? N'oubliez pas qu'elles aussi l'ont vue ce soir-là et qu'en ce qui concerne Mrs. Selby, elle a eu tout le temps de lui faire des confidences.

Miss Silver acquiesça de la tête.

— Tout à fait d'accord. Mais je pense que l'on peut considérer Mrs. Maple comme quantité négligeable. Le contact entre miss Holiday et elle-même fut très bref et je pense que l'on peut exclure toute possibilité de confidences qu'il eût fallu hurler dans l'oreille de Mrs. Maple.

— Et Mrs. Selby... elle aurait plus vraisemblablement été choisie, non ? Mais personne ne semble avoir essayé de se débarrasser d'elle.

Miss Silver inclina légèrement la tête sur le côté, ce qui lui évoquait toujours un oiseau, et répondit.

— L'immunité dont bénéficie Mrs. Selby me paraît fort intéressante, mon cher Frank.

Chapitre XXVI

Rosamond et Jenny avaient terminé leur thé. Jenny s'était déjà replongée dans son Gloria Gilmore qui atteignait maintenant l'apogée du romanesque et de la sentimentalité. Rosamond, savourant un de ses rares instants de repos, s'était renversée dans son fauteuil et considérait avec surprise le peu d'enthousiasme qu'elle manifestait à prendre le plateau et à s'atteler à la tâche fastidieuse qui consistait à le porter à l'office et à faire la vaisselle. Malgré la résolution qu'elle avait prise de rester éveillée la nuit précédente, elle avait dormi d'un sommeil si lourd et si profond qu'elle n'avait pas l'impression d'être encore totalement réveillée maintenant. Son cerveau ne fonctionnait que lentement et avec effort et son corps aurait refusé de bouger si elle ne l'y avait forcé.

Le tintement de la sonnette de Lydia Crewe la fit se lever péniblement. Jenny fronça les sourcils, fit un geste d'agacement et s'écria : « Que le diable l'emporte ! »

— Jenny !

Jenny lui adressa une grimace espiègle.

— Ce ne serait pas merveilleux si cela se passait comme ça. Abracadabra... et hop, plus de sonnette ! Je crois que pendant que j'y serais, je ferais aussi disparaître tante Lydia.

— Jenny... *je t'en prie !*

Jenny pouffa de rire.

— Oh, allons ! Je vais dire quelque chose de bien pire que ça si elle n'arrête pas de sonner.

Rosamond pénétra dans la pièce encombrée de meubles avec un malaise encore pire qu'à l'accoutumée... il y avait tellement de choses là-dedans... l'air était si chaud et si lourd qu'elle avait l'impression d'avancer à contre-courant dans une rivière. Elle sentait une lourdeur dans tous ses membres et pendant quelques secondes la tête lui tourna.

Lydia Crewe était assise dans son fauteuil droit. Son visage était composé. Un vieux châle pourpre flottait autour d'elle et lui tombait aux pieds. La lumière du lustre faisait briller de mille feux les pierres précieuses de ses bagues. Des flots de lumière envahissaient la pièce.

— Que voulez-vous, tante Lydia ?

La vieille dame répondit de sa voix rauque :

— Viens t'asseoir. J'ai à te parler.

Rosamond fut parcourue d'un frisson d'alarme. On ne parlait pas avec tante Lydia. Elle vous interrogeait et elle donnait ses ordres. Elle se souvint avec une angoisse rétrospective d'un entretien qu'elles avaient eu à l'époque où tout le monde croyait que Jenny était condamnée, et d'un autre où toute la trame de ce qui allait être leur existence ici avait été tissée et où il lui avait fallu accepter avec toutes les marques de gratitude qu'elle avait pu manifester. Elle entendit Lydia Crewe dire : « Je veux te parler de Jenny », et la peur envahit la pièce.

— Oui, tante Lydia ?

— Elle est en bonne voie de guérison. A vrai dire, nous pouvons considérer qu'elle est virtuellement guérie. Il nous faut maintenant envisager son avenir.

— Oui...

Le mot avait été prononcé lentement et d'une voix hésitante. Elle aurait voulu ajouter quelque chose, mais Lydia Crewe ne lui en laissa pas le temps et poursuivit avec sa décision habituelle :

— Nous n'avons pu faire autrement, mais personne ne pourra prétendre que Jenny a mené une vie normale. Cette éducation négligée ne peut qu'avoir de graves conséquences dans les années à venir. Elle a besoin de discipline, de compagnie et de suivre des études régulières. Je ne pense pas qu'il y ait de discussion possible sur ces différents points. En fait, ce dont elle a besoin maintenant, c'est d'aller à l'école.

C'était ce que Craig lui avait dit... c'était ce dont elle-même était persuadée, mais venant de Lydia Crewe, cela lui avait fait l'effet d'un coup en plein visage. Avant qu'elle ait pu trouver les mots qui convenaient, la voix dominatrice avait repris :

— Je me suis donc livrée à une petite enquête. L'école de miss Simmington à Brinton me paraît idéale pour ce que nous cherchons. Elle n'est ni trop grande ni trop petite, l'air est vivifiant et les enfants en sortent avec un bagage qui leur permet de gagner leur vie. Les renseignements que j'ai pris auprès de lady Westerham sont très satisfaisants aussi bien en ce qui concerne l'école que miss Simmington. Elle s'est trouvée avec les enfants d'une cousine sur les bras et elle a eu la bonté d'accepter de prendre la responsabilité de leur éducation, comme je suis prête à le faire pour Jenny.

Les yeux profondément enfoncés dans les orbites étaient fixés sur le visage de Rosamond. Ils attendaient de la gratitude. Ils la forçaient. Rosamond fit de son mieux pour la satisfaire.

— C'est très gentil à vous, tante Lydia...

Le « mais » qui aurait dû suivre ne franchit jamais ses lèvres.

Miss Crewe avait repris la parole.

— Je suis heureuse que tu le reconnaisses. Les jeunes gens aujourd'hui n'ont que trop tendance à s'imaginer que tout leur est dû. Je suis prête à payer la pension de Jenny et à lui fournir le trousseau exigé par l'école. En échange, j'attendrai de toi que tu continues à accomplir ta tâche dans cette maison, et comme tu n'auras plus à t'occuper de Jenny, j'espère que tu t'en acquitteras avec un peu plus d'efficacité que ce n'est le cas à présent. Je suis sûre que tu seras d'accord avec moi pour estimer que plus tôt Jenny pourra profiter de ces dispositions, mieux cela vaudra. En l'occurrence, miss Simmington a accepté de l'accueillir immédiatement. Elle m'a informé que l'on pouvait lui fournir le trousseau sur place.

Rosamond s'était levée d'un bond.

— Tante Lydia, vous ne voulez pas dire... vous ne voulez pas dire que vous avez pris toutes ces dispositions sans nous consulter !

Un regard imposant l'arrêta.

— Je trouve que tu t'exprimes sur un ton étonnant, Rosamond. Je me suis donné énormément de peine et je suis prête à faire des frais considérables. J'aurais préféré éviter de te rappeler que Jenny et toi êtes absolument sans ressources, mais tu m'obliges à le faire. J'ai pris ces dispositions qui me paraissent tout à fait opportunes et adéquates et j'attends de toi que tu t'y conformes.

Rosamond se tordait les mains.

— Je sais... il faudra que Jenny... aille à l'école. J'y ai pensé... moi aussi. Mais je croyais que peut-être... le trimestre prochain. Je croyais que peut-être... je pourrais trouver un poste... près d'elle...

— Tu n'as aucune qualification pour trouver un poste dans une école, rétorqua miss Crewe de sa voix rauque. Ta place est ici, où tu pourras te rendre utile et me remercier, même imparfaitement, pour ce que je suis prête à faire pour vous. Elle prit quelques papiers et les lui tendit.

— Voici un prospectus de l'école et la dernière lettre que j'ai reçue de miss Simmington. Tu verras qu'elle te propose d'y emmener Jenny vendredi.

Rosamond ne fit pas un geste pour prendre les papiers.

— Oh, non... non !

— Je te prie de te contrôler ! fit sèchement miss Crewe. Je t'accorde toutefois que cela semble t'avoir prise au dépourvu, bien que, d'après le dernier rapport du spécialiste, tu aies dû t'y attendre. En fait, tu l'as déjà reconnu toi-même.

Les mots avaient de la peine à franchir les lèvres de Rosamond.

— Oui, je sais... il faudrait qu'elle aille à l'école. Mais il est encore trop tôt. Il me faut un peu de temps... pour l'habituer à cette idée. Tout le monde vous dira... qu'il ne faut pas la bousculer comme ça. Elle va être complètement... bouleversée.

Lydia Crewe poussa un soupir d'agacement.

— Vraiment, Rosamond, il faudra faire attention à tes tendances hystériques. Si tu adoptes cette attitude avec Jenny, il est bien évident qu'elle sera bouleversée. J'espère que tu sauras insister sur les avantages que je lui offre et sur la compagnie que cela lui procurera. Toute cette agitation est absolument déplacée. Assieds-toi, je te prie, et contrôle-toi ! Si tu vas voir Jenny dans ton état d'esprit actuel, il est hors de doute qu'elle va se braquer contre ce projet. Maintenant je voudrais te demander tout à fait sérieusement si tu estimes qu'il serait souhaitable de prolonger le mode de vie actuel de Jenny.

Rosamond se rassit. Elle ne devait pas se laisser bousculer par Lydia Crewe. Ce projet était déraisonnable et il fallait qu'elle s'y oppose de manière raisonnable.

— Non, bien sûr que non. Il faut qu'elle aille à l'école, mais pas du jour au lendemain comme ça. Et avant de la laisser partir quelque part, j'aimerais rendre visite à la directrice et voir l'école et les autres filles. Jenny ne réagirait pas de la même manière si je pouvais aller voir sur place et tout lui raconter à mon retour.

Miss Crewe s'était absorbée dans la contemplation de ses bagues. Les pierres précieuses chatoyaient sous la lumière du lustre. Il y avait un gros rubis taillé en table et entouré d'un cercle de brillants, un saphir qui avait été offert à son arrière-grand-mère par le Régent et l'émeraude rapportée des Indes par un Crewe qui avait navigué avec Drake. Lorsqu'elle releva la tête, ses yeux jetaient un éclat plus froid que celui des bijoux. Elle dit d'une voix changée... plus calme... plus lente... glaciale :

— Ainsi tu veux que ce soit toi qui donnes le signal. Et tu veux prendre ton temps. Tu ne vois vraiment pas la moindre raison qui fait que le temps est la seule chose que ni Jenny ni toi ne pouvez vous permettre de prendre ?

Rosamond sentit son cœur pris comme dans un étau de glace.

— Que voulez-vous dire ?

— Soit tu sais ce que je veux dire, soit tu es encore plus stupide que je ne le croyais. N'es-tu vraiment pas au courant du fait que Jenny sort de la maison la nuit ?

Le sang afflua au visage de Rosamond, mais se retira aussitôt et la laissa blême.

Miss Crewe eut un petit rire méchant.

— Je vois que tu es au courant. Puis-je te demander depuis combien de temps dure ce manège ?

— Tante Lydia, je ne le savais pas. Quelqu'un m'a dit — aujourd'hui même — qu'on l'avait vue...

— Qui t'a dit cela ?

— Craig Lester.

— Et qui lui a dit ?

— Il l'a vue... lui-même.

— Au milieu de la nuit ?

— Il était sorti se promener... il n'arrivait pas à dormir...

— Où l'a-t-il vue ?

Les questions et les réponses s'étaient enchaînées tellement vite qu'elle n'avait pas eu le temps de réfléchir. Ce ne fut pas la réflexion qui l'arrêta, ce fut une sorte d'instinct de protection, un besoin de diminuer la portée de l'escapade nocturne de Jenny.

— Elle remontait l'allée.

— Et que faisait là-bas Mr. Lester ?

— Il passait par là, mais quand il a vu Jenny, il l'a suivie jusqu'à ce qu'elle rentre à la maison.

Miss Crewe l'interrompit d'un ton sinistre.

— Par la porte latérale. Je suis sûre que c'est par là qu'elle entre et qu'elle sort. Elle a eu de la chance de ne pas la trouver fermée en revenant. La prochaine fois que je la trouverai ouverte, c'est ce que je ferai. Bon, maintenant que tu as reconnu les faits, vas-tu encore soutenir que l'on peut laisser se perpétuer cet état de choses ? Penses-tu qu'il soit prudent et convenable de laisser Jenny se balader Dieu sait où au milieu de la nuit ? Tu n'as ni beaucoup de jugeote ni beaucoup d'expérience, mais je présume que tu lis les journaux. Tu dois quand même avoir une idée de ce qui peut arriver à une jeune fille qui se promène seule la nuit. Elle n'est pas somnambule, je suppose ?

Rosamond secoua la tête.

— Craig dit que non.

— Jusqu'où était-elle allée ?

— Je ne sais pas.

— Qu'avait-elle à dire pour sa défense ?

— Je ne lui ai rien demandé... pas encore. Cela m'a donné un choc. J'avais besoin d'un peu de temps.

Miss Crewe la gratifia d'un sourire méprisant.

— Oh, oui, bien sûr... il te faut beaucoup de temps. Mais maintenant que tu l'as eu, vas-tu encore prétendre qu'il y en a à perdre ? C'est aujourd'hui mercredi. S'il n'avait tenu qu'à moi, j'aurais expédié Jenny aujourd'hui même. A défaut, tu l'enfermeras à clé dans sa chambre cette nuit et la nuit suivante et tu partiras à Brinton avec elle vendredi matin par le train de neuf heures trente au départ de Melbury.

Rosamond se leva. Elle sentait la pression de cette volonté implacable et elle n'avait rien à lui opposer. C'était Jenny elle-même qui lui avait retiré de la main les armes que la raison aurait pu lui fournir. Il suffisait à Lydia Crewe de raconter son histoire et tout le monde s'accorderait à trouver qu'elle agissait sagement. Elle fit un pas en direction de la porte, poursuivie par la voix rauque.

— Tu m'as bien comprise, Rosamond... Jenny quitte cette maison vendredi matin.

— Oui, répondit-elle seulement avant de quitter la pièce. Elle n'avait rien d'autre à dire. C'était un ultimatum et elles le savaient toutes les deux ; Jenny était mise à la porte de Crewe House. Si elles avaient eu un peu d'argent ou bien un endroit où aller, cela aurait été une levée d'écrou. Mais il fallait regarder les choses en face... elles n'avaient rien. Quand Jenny quitterait Crewe House vendredi matin, Rosamond n'aurait pas le choix, il lui faudrait la conduire à l'école que Lydia Crewe avait choisie pour elle. Elle n'aurait absolument pas le choix.

Chapitre XXVII

Elle prit la direction opposée à la chambre de Jenny et courut tout le long du corridor jusque dans le hall.

Elle aurait voulu courir encore plus vite pour fuir Lydia Crewe et sa voix rauque et autoritaire, Lydia Crewe et sa volonté implacable qui la forçait à plier. C'était comme si elle avait su qu'il y avait une bête féroce enfermée dans cette pièce qui, d'une seconde à l'autre pouvait être libérée et se lancer à sa poursuite. Elle prit son vieux manteau dans le placard sous l'escalier, sortit en courant par la petite porte latérale et traversa le jardin jusqu'au bois. Elle n'avait pas peur de se retrouver seule dans l'obscurité du bois. C'était la maison qui lui faisait peur... et Lydia Crewe. Ici, sous le couvert des arbres, elle n'entendrait rien, ni le tintement exaspérant de la sonnette, ni les appels insistants de Jenny. Elle ne se sentait pas encore prête pour lui parler. Il lui fallait un peu de temps pour se calmer et pour persuader Jenny de considérer tout cela comme une aventure. Il fallait qu'elle évite de faire souffrir Jenny et c'était de cette manière qu'elle souffrirait le moins.

Il faisait très sombre dans le bois. A l'extérieur, la nuit n'était pas encore tout à fait tombée, mais ici les arbres et les ombres qu'ils projetaient lui donnaient l'impression d'être enfermée. Cela lui procurait un sentiment de sécurité. Ils formaient les murs de sa tour d'ivoire à elle, de l'endroit où elle pouvait trouver le calme et ordonner ses pensées. Elle marchait de long en large dans la petite clairière qui était au cœur du bois. Tout à l'heure, il lui faudrait penser, mais pour l'instant, tout ce qu'elle voulait, c'était ne plus penser, retrouver son calme, et par-dessus tout, être loin de Crewe House.

Elle eût été incapable de dire combien de temps s'était écoulé lorsqu'elle entendit les pas approcher. C'était des pas d'homme, vifs et énergiques. Elle reconnut la voix de Craig qui l'appelait :

— Rosamond ! Etes-vous là ?

Pendant quelques secondes, elle eut la réaction de n'importe quel animal sauvage. Son instinct lui commandait de rester parfaitement immobile à l'endroit où elle était et de laisser le silence l'ensevelir, mais quand il répéta son nom, elle redevint Rosamond et c'était Craig qui l'appelait. Elle s'avança à sa rencontre.

— Jenny m'a dit que vous seriez peut-être ici.

Il avait parlé d'une voix légèrement voilée. Il avait eu la crainte irraisonnée qu'elle était peut-être partie pour sortir de sa vie à jamais. Il passa le bras autour de ses épaules.

— Mais pourquoi diable vous amusez-vous à partir comme cela toute seule. Je n'aime pas beaucoup ça.

— Il me faut... un endroit où aller...

— Vous n'allez pas me dire qu'il n'y a pas assez de pièces dans cette grande bâtisse !

Elle secoua la tête. Il vit le geste, mais pas l'expression de son visage.

— J'ai besoin... d'en sortir... parfois.

— Et c'était le cas ?

— Oui.

— Rosamond, que s'est-il passé ?

Il était trop proche d'elle pour ne pas sentir son émotion. Il la sentait, mais il en ignorait la cause. Il lui fallait savoir. Il répéta son nom d'un ton insistant.

— Rosamond...

Elle répondit d'une voix haletante :

— Elle veut que Jenny s'en aille...

— Où ?

— A Brinton... dans une école. Elle a tout arrangé.

— Sans vous en avoir parlé ?

— Elle ne m'en a jamais dit un mot, Craig. Je savais qu'il faudrait qu'elle parte un jour ou l'autre. Mais pas comme ça. Même si elle n'avait pas été malade, il aurait fallu que je voie l'école d'abord. Personne ne sait à quoi elle ressemble. Elle connaît une femme qui y a envoyé des petits-cousins dont elle a la charge... c'est comme cela qu'elle en a entendu parler. C'est comme si elle envoyait Jenny n'importe où, et elle a organisé tout cela derrière mon dos.

Il répondit d'une voix posée :

— Il est certain que vous devez d'abord voir l'endroit qu'elle propose avant d'y envoyer Jenny.

Il sentit le tremblement qui agitait son corps.

— Nous n'avons pas le temps... elle a tout organisé de manière que nous n'ayons pas le temps. Elle m'a dit que je devais l'emmener vendredi... c'est après-demain ! Nous devons prendre le train de neuf heures trente à Melbury... elle a tout organisé. Et je ne peux absolument rien faire. C'est elle qui mène la barque et elle le sait bien. C'est toujours elle qui a mené la barque. Nous n'avons pas d'argent. Personne d'autre qu'elle ne peut nous héberger et elle ne veut plus garder Jenny. Elle va aller à l'école et moi je dois rester ici pour compenser par mon travail les frais que tante Lydia fera pour Jenny.

— Mais non, cela ne va pas se passer comme ça, répondit-il d'une voix forte, alors ne vous en faites pas. Il doit être possible de faire comprendre, même à miss Crewe, qu'elle n'a pas le droit d'expédier ainsi Jenny sans cérémonie et du jour au lendemain. Pourquoi n'essayez-vous pas de lui tenir tête ?

Il la sentit se raidir.

— Vous croyez que j'ai peur d'elle. Eh bien, c'est vrai, mais ce n'est pas cela qui m'arrêterait. Si j'étais toute seule, je ferais mes bagages et je partirais. Je l'aurais fait depuis longtemps. Et en fait, je ne serais jamais venue ici. C'est comme une prison. Mais avec Jenny, que puis-je faire ? Le spécialiste a dit qu'il faudrait l'entourer de beaucoup de soins pendant encore quelque temps. Je ne sais pas ce que je pourrais gagner... pas grand-chose, sans doute, parce que je n'ai aucune qualification particulière. Je travaillerais comme femme de ménage, ou comme vendeuse... et comment pourrais-je laisser Jenny seule toute la journée ? J'avais espéré que si je pouvais trouver une école vraiment bien, ils accepteraient peut-être de prendre moins cher pour Jenny et de me laisser travailler sur place. J'ai entendu dire que cela se faisait. Mais nous n'avons plus le temps maintenant. Et puis, Craig, vous me dites qu'elle n'a pas le droit de précipiter les choses ainsi, mais ce n'est pas vrai... et elle aura l'approbation générale. Parce que, voyez-vous, elle sait que Jenny sort de la maison la nuit.

— Comment le sait-elle ?

— Elle ne me l'a pas dit, mais elle le sait. Et, vous comprenez, elle se sent justifiée. Elle m'a dit que c'était très dangereux et que cela ne pouvait pas durer. Tout ce qu'elle m'a dit était raisonnable et c'était ce que n'importe qui aurait dit à sa place. Mais ce n'est pas pour cela qu'elle l'a dit. C'était juste un argument qu'elle tenait en réserve pour que je me soumette à sa décision. Comprenez-vous maintenant pourquoi il fallait que je sorte de la maison ? je ne me sentais pas capable de parler à Jenny avant d'avoir repris mes esprits. Je ne pouvais pas lui annoncer qu'elle allait être expédiée loin d'ici... et je ne sais toujours pas comment m'y prendre pour lui annoncer.

Pendant toute cette conversation, il avait laissé son bras autour de ses épaules et elle n'avait rien fait pour se dégager. Il se demanda si elle avait seulement réalisé que son bras était là. Il appuya avec force les deux mains sur ses épaules.

— Rosamond, arrêtez de parler ! Si vous continuez à répéter qu'il n'y a rien à faire, il n'y aura effectivement rien à faire. Tout cela est stérile. Si vous voulez bien cesser de paniquer et m'écouter, je vais vous proposer une solution extrêmement simple pour échapper à tout cela. Mais avant de vous expliquer, j'aimerais simplement avoir l'assurance que vous allez m'écouter.

— Je vous écoute.

— Bon, pour commencer, je ne sais pas si vous vous souvenez que je vous ai demandé de m'épouser. Vous n'avez répondu ni oui ni non, et je n'ai pas voulu vous bousculer. Je ne veux toujours pas le faire... j'aimerais que vous en soyez persuadée. Mais les événements semblent se précipiter et ce serait un excellent moyen de les prendre de vitesse. Si nous étions mariés, il n'y aurait plus aucun problème à régler... nous partirions en emmenant Jenny. J'ai une maison et j'ai une bonne place. C'est simple comme bonjour. Maintenant, cela dépend de ce que vous ressentez. Je ne sais pas si j'ai mentionné que je vous aimais, mais je ne pense pas que cela vous ait échappé. Je suis tombé amoureux de votre photographie, et à chaque fois que je vous vois, ce sentiment ne fait que croître. Je me connais assez bien, et je peux vous assurer que cela va continuer ainsi. Je ne suis pas en train de faire du sentiment, car il nous faut garder la tête froide. Maintenant, j'aimerais bien connaître votre point de vue. Je pense vous avoir déjà donné un aperçu de mes défauts, et vous savez sans doute à quoi vous en tenir maintenant. Je ne peux que répéter ce que je vous ai déjà dit, je prendrai soin de vous et je prendrai soin de Jenny. Et je serai plus facile à vivre que Lydia Crewe, ça, j'en mettrais ma main au feu. Alors, qu'en pensez-vous ?

Rosamond avait de la peine à comprendre pourquoi elle était

sur le point d'éclater de rire, mais depuis leur première rencontre, alors même qu'il lui tenait les propos les plus outrageants, alors même qu'il la mettait en colère, elle avait senti des envies de rire monter en elle et menacer de lui faire perdre la maîtrise de soi. Si elle s'était laissé aller, cette vague de rire aurait englouti tous les sentiments de dignité et de fierté dans le respect desquels elle avait été élevée. On ne peut pas éclater de rire au nez de quelqu'un et conserver sa dignité en même temps. Les deux choses sont absolument incompatibles. Quand il lui demanda : « Alors, qu'en pensez-vous ? » elle réalisa à quel point il serait facile de répondre simplement : « Oui » et d'oublier tous ses ennuis.

Soudain il se pencha et appuya sa joue contre la sienne. Il resta quelques instants immobile dans cette position, sans essayer de l'embrasser. Quand il prononça son nom d'une voix tremblante, elle le repoussa.

— Il ne faut pas ! Il ne faut pas ! Ce ne serait pas honnête !

— Pour vous ou pour moi ?

— Pour vous, bien sûr !

— Je vous remercie, je peux prendre soin de moi-même. Vous savez, nous ne sommes pas en train de conclure un marché. Nous sommes en train de parler mariage... unis à partir de ce jour, pour le meilleur et pour le pire, jusqu'à ce que la mort nous sépare. Et cela change tout. Car cela signifie qu'on est deux pour affronter la vie, et s'il y a des moments pénibles, on est deux pour les traverser, et s'il y a de bons moments, on est deux pour les partager. La question n'est pas d'être honnête ou pas. Je suis partant pour cette aventure, et vous ne pourrez pas m'arrêter. Tout ce que vous pouvez faire, c'est rester sur la ligne de départ, mais je vous préviens, je ferai tout ce qui est en mon pouvoir pour vous entraîner avec moi.

— Oh, je suis partante aussi, répondit-elle d'une voix étranglée, et elle sentit ses bras se refermer sur elle. Ils n'avaient plus besoin de parler. Elle leva la tête et ils s'embrassèrent, et ce fut la chose la plus naturelle du monde. C'était comme le retour au foyer après avoir longtemps marché sous la pluie et dans le vent, c'était comme une chambre où flambe un feu de bois alors qu'on a très froid. C'était de la nourriture quand la faim vous tenaille et de l'eau pour étancher la soif.

Il s'aperçut qu'il avait le visage humide de larmes.

— Rosamond, pourquoi pleures-tu ? demanda-t-il. Tout ira bien... tu n'as plus de raison de pleurer.

— C'est bien pour cela...
— Petite idiote chérie !
— Oui... tu as raison. Mais cela fait tellement longtemps... qu'il n'y a personne...
Elle se palpait à la recherche d'un mouchoir, mais sans succès.
— Tiens... prends le mien.
C'était un grand mouchoir, sec et propre. C'était très joli de verser des pleurs dans un roman de Gloria Gilmore, mais dans la vie de tous les jours les larmes vous faisaient une tête épouvantable et vous forçaient à vous moucher.
— Ça va mieux ?
Elle enfouit le mouchoir dans la poche de son vieux manteau de tweed. Elle acquiesça d'un signe de tête qu'il eut de la peine à distinguer.
— Eh bien, ma douce, si nous passions maintenant aux choses sérieuses. Tu n'es pas le genre de fille à t'évanouir quand tu reçois un choc, j'espère ?
— Non, ce n'est pas mon genre.
— Parce que ce serait très désagréable... et le sol doit être mouillé.
— Craig... qu'y a-t-il ?
— Oh, pas grand-chose... en tous cas, il n'y a pas de quoi s'affoler. Simplement que je veux que l'on se marie demain.
Ce ne fut pas un choc pour elle... Cela lui convenait parfaitement. Mais elle s'entendit dire :
— Ce n'est pas possible !
— C'est là où tu te trompes, chérie. Hier matin, je suis allé voir le notaire de mon oncle à Melbury et j'ai eu tous les tuyaux. Je suis majeur, tu es majeure, et l'état civil ne demande que vingt-quatre heures de préavis. J'y suis allé et nous pouvons nous marier demain matin à dix heures et demie. Nous pourrons faire le mariage religieux plus tard si tu le désires. Cela prend un peu plus de temps, c'est pourquoi je ne me suis occupé que de l'état civil.
— Craig...
— Chérie, tu ferais mieux de me laisser parler. Depuis notre première rencontre ici, je deviens tous les jours un peu plus furieux. Non seulement tu es maltraitée et débordée de travail, mais il se passe des tas de choses qui ne me plaisent pas du tout. Dans le village, deux personnes ont disparu. L'une d'elles a été assassinée et il est probable qu'il en est de même pour la seconde. Jenny sort de la maison et va se balader seule en pleine nuit. Et

maintenant, miss Crewe qui se met dans la tête d'expédier Jenny dans une école dont personne n'a jamais entendu parler. Or, dans l'état actuel des choses, l'opinion publique la soutiendrait, et tu ne peux pas lutter contre elle toute seule. Je n'ai aucune autorité légale et je ne pourrais en rien t'être utile, mais si nous étions mariés, cela pourrait devenir une tout autre paire de manches. Miss Crewe n'est pas la tutrice de Jenny, ni quoi que ce soit, j'espère ?

— Oh, non.

— Donc, nous pouvons tout simplement l'emmener avec nous sans que personne y trouve à redire. Mais nous serons impuissants aussi longtemps que je ne pourrai pas légalement t'emmener avec moi. Je n'ai pas l'intention de te bousculer après et je ne veux pas te bousculer maintenant, mais il faut que tu me donnes le droit de prendre soin de vous deux. Une fois que je l'aurai, ça ira tout seul. Rosamond, il faut que je t'arrache de là !

Elle s'était si souvent promenée dans ce bois et y avait si souvent trouvé sa seule consolation qu'elle fut étonnée de découvrir soudain que l'endroit était froid et désert. Elle avait envie d'être là où il y avait des lumières et des gens. Elle avait envie d'être n'importe où dans le vaste monde, mais loin de Crewe House et de Lydia Crewe. Elle n'était pas capable de s'occuper de Jenny toute seule, mais Craig allait s'occuper d'elles deux.

Chapitre XXVIII

A deux heures et demie ce même après-midi, Nicholas leva les yeux du plan qu'il était en train de dessiner. Howard, qui était le secrétaire particulier de Mr. Burlington et qu'il n'aimait guère, venait de s'interposer silencieusement entre la lumière et lui. Comme l'échelle à laquelle il travaillait était extrêmement réduite et exigeait une précision absolue, il fut très ennuyé et ne chercha pas à cacher son mécontentement. Ce genre de secrétaire privilégié qui se coulait furtivement dans les bureaux et jaillissait soudain dans le dos des gens pouvait difficilement s'attendre à jouir d'une grande popularité. Non seulement Howard n'était pas populaire, mais il était exécré. Il baissa vers Nicholas un visage au teint jaunâtre et dit : « Mr. Burlington voudrait vous voir, Cunningham. » Puis il fit un pas en arrière et, prenant une attitude qui évoquait celle d'un geôlier, il attendit que Nicholas se lève. Pourtant il ne l'accompagna pas plus loin que la porte du bureau de Mr. Burlington, laissant percer une désapprobation muette et se retirant pour le laisser entrer seul.

La pièce était petite et agréable. Les maîtresses de maison successives de Dalling Grange avaient joué de la musique ou s'étaient assises à leur broderie devant les trois hautes fenêtres qui laissaient entrer obliquement le jour et qui avaient eu, à cette époque, des rideaux de brocart qui avaient maintenant disparu, les laissant nues. Les lambris vert pâle avaient l'air poussiéreux. Deux carpettes fonctionnelles avaient remplacé le tapis ancien qui avait accompagné la majeure partie du mobilier à la salle des ventes pour laisser la place à un bureau, des étagères, des fichiers et quelques sièges purement utilitaires.

Mr. Burlington était assis au bureau... homme mince au regard sévère et au ton cassant. Il était intelligent, sinon il n'aurait pas occupé ce fauteuil. Mais il n'était jamais venu à l'esprit de Nicholas d'en dire plus en sa faveur.

— Entrez et fermez la porte ! fit-il sèchement.

En s'exécutant, Nicholas réalisa qu'il y avait une seconde personne dans la pièce. L'homme avait jusqu'à présent regardé par la fenêtre. Il se retourna et s'avança. Il avait vraiment été très facile de ne pas le remarquer. Il était de taille et de corpulence moyenne. Il portait des lunettes à monture claire et de toute sa personne émanait une impression de banalité... le cheveux gris souris coupé court et bien coiffé ; un visage aux traits tout à fait ordinaires ; des vêtements parfaitement anonymes. Mr. Burlington se tourna vers lui et dit :

— Voici Nicholas Cunningham. Je vais lui demander de vous donner sa version de l'entretien que j'ai eu avec lui ce matin.

Nicholas trouva cet accueil plutôt réfrigérant. Il en conclut que ce monsieur resté anonyme devait être un important personnage ou même un très important personnage. Il eut la sensation que cela tenait beaucoup plus d'un tribunal que de présentations mondaines.

Toujours drapé dans l'anonymat, l'important personnage prit un siège. Nicholas fut invité à s'asseoir. Il prit la chaise qui lui avait visiblement été destinée, face à la lumière entrant par les trois hautes fenêtres.

— Alors, Cunningham... fit Mr. Burlington.

— Je ne sais pas très bien où vous voulez que je commence, monsieur.

Mr. Burlington fronça les sourcils.

— Je veux que vous repreniez tout ce qui s'est passé entre nous ce matin à partir du moment où vous êtes entré dans cette pièce et où vous avez refermé la porte derrière vous. Qu'avez-vous dit et fait ?

Tout cela avait l'air bien étrange. Il supposa qu'on le soumettait à une sorte de test de mémoire.

— Vous étiez assis à votre bureau en train d'écrire. Je me suis approché et je vous ai dit « Cela s'est reproduit, monsieur. »

— Et qu'entendiez-vous par-là ?

— Voulez-vous que je revienne sur ce qui s'était passé auparavant ?

— Certainement.

— Il y a environ un mois, j'ai trouvé un morceau de papier dans une de mes poches. Il donnait l'impression d'y avoir séjourné quelque temps, mais je n'ai pas compris comment cela avait pu se faire. Il était froissé et on avait écrit au crayon dessus, mais l'écriture était très lisible, et ni les mots ni les caractères n'étaient anglais.

L'important personnage à l'air si extraordinairement banal ouvrit enfin la bouche.

— Qu'avez-vous cru qu'ils étaient ?

— J'ai pensé que c'était peut-être du russe ou une autre langue d'Europe de l'Est.

— Qu'est-ce qui vous a fait croire cela ?

— L'alphabet n'était pas le même.

— Vous connaissez le russe ?

— Non, monsieur.

— Quelles langues connaissez-vous ?

— Le français... un peu d'allemand... et le peu de latin qu'on apprend à l'école.

— Vous n'avez pas pu lire ce qui était écrit sur le papier ?

— Non, monsieur.

— Qu'en avez-vous fait ?

— J'ai pensé qu'il valait mieux le montrer à Mr. Burlington.

— Pourquoi avez-vous pensé cela ?

— J'ai cru que c'était peut-être du russe. Je n'aimais pas l'avoir trouvé dans ma poche. J'ai estimé qu'il valait mieux lui montrer.

L'important personnage inclina très légèrement la tête. Mr. Burlington lui demanda de poursuivre son récit.

— Mais quand cela s'est reproduit, je n'ai plus du tout aimé. Quand je suis descendu prendre mon petit déjeuner ce matin, ma tante est arrivée avec un autre morceau de papier froissé à la main. Elle avait recousu la poche de ma veste hier soir. Elle m'a dit que le papier avait dû passer à travers le trou. Elle m'a dit qu'il était coincé entre le tissu et la doublure. Elle a cru que je pouvais en avoir besoin.

La voix calme reprit son interrogatoire.

— L'a-t-elle lu ?

— Jamais elle ne lirait quelque chose de personnel.

— Peut-être n'a-t-elle pas cru que c'était personnel. L'a-t-elle lu ?

— Je ne sais pas.

— Vous ne lui avez pas demandé ?

Le sang afflua au visage de Nicholas.

— Non.

— Et pourquoi ?
— Je ne voulais pas qu'elle pense que c'était important.
— Cela pouvait être une excellente raison si ce n'était pas une raison personnelle. Etait-ce le cas ?
Les derniers mots n'avaient pas été prononcés d'une voix très forte, mais il les reçut comme une gifle. Il en fut surpris. « Non, monsieur », répondit-il. Il souhaita ne pas avoir attendu trop longtemps avant de répondre.
— Peut-être pouvez-vous développer un peu cela.
— Je ne savais pas ce qu'il y avait sur ce papier. Je me souvenais du premier. J'ai cru que c'en était un autre du même genre. Mr. Burlington m'avait demandé de ne pas en parler.
— Vous ne l'avez pas lu tout de suite ?
— Pas avant d'être seul. Je l'ai juste glissé dans ma poche en espérant que ma tante penserait qu'il s'agissait d'un papier sans importance.
— Vous aviez déjà estimé que c'était important ?
— J'ai pensé qu'il fallait le montrer à Mr. Burlington.
— Quand avez-vous décidé de le lui montrer ?
— Dès que je l'ai lu.
Sans changer de ton, la voix tranquille poursuivit :
— Je vais le lire maintenant.
Le morceau de papier fut sorti d'un agenda. Les lunettes se fixèrent dessus. La voix commença à lire :
« ... vous devez bien comprendre cela. Si vous ne pouvez nous fournir des documents plus intéressants, vous êtes inutile, et quand quelque chose n'est plus utile, il vaut mieux s'en débarrasser. »
— Quand vous avez lu ces mots, quelle a été votre réaction ?
— J'ai pensé que c'était un coup monté.
— Et vous avez décidé d'aller voir Mr. Burlington. Très sage décision, mais que vous auriez facilement pu prendre si vous aviez souhaité vous protéger contre un employeur extérieur devenu mécontent de vos services et résolu à se débarrasser de vous.
Nicholas repoussa sa chaise et se leva d'un bond.
— Monsieur... je proteste !
Derrière les lunettes à monture pâle, les yeux restaient tranquillement fixés sur lui.
— Certes. Mais dans ce cas, il faudrait s'y attendre... non ? Et que vous protestiez d'autant plus si c'était la vérité.
Nicholas fit un gros effort pour se contenir. Il était facile de

s'emporter. Et satisfaisant le temps que cela durait. Mais il fallait payer les pots cassés. Très peu pour lui. Il releva la tête et dit :

— Je ne suis pas en mesure de prouver quoi que ce soit. Je peux seulement vous dire ce qui s'est passé. J'ai montré les deux papiers à Mr. Burlington dès que je les ai trouvés. Je pense être victime d'une machination. Si je savais qui est derrière tout cela, je ne serais pas ici. Je serais en train de m'expliquer avec lui...

Le regard de Burlington se porta sur l'autre homme puis revint se poser sur Nicholas.

— Asseyez-vous, Cunningham, ordonna-t-il.

Chapitre XXIX

Il était près de dix heures ce même soir quand Craig Lester sortit de « La Feuille de Houx » et traversa la rue d'un pas nonchalant. En approchant du White Cottage, il vit que la lumière était allumée dans les deux pièces qui donnaient sur la façade. Comme les deux dames étaient les seules occupantes de la maison, il se demanda pourquoi les deux pièces étaient utilisées. Avant d'avoir pu s'aviser qu'il n'avait guère perdu de temps à s'imprégner de la mentalité du village, la porte d'entrée s'ouvrit et Frank Abbott sortit.

Pendant les quelques instants où sa silhouette se découpa sur le fond lumineux du couloir, Craig prit sa décision. Il distingua la silhouette de miss Maud Silver à l'arrière-plan, et alors que Frank se tournait vers elle pour lui faire ses adieux, il s'engagea sous l'arcade des ifs et remonta l'allée dallée d'un pas vif. Miss Silver, qui s'était reculée pour fermer la porte, s'immobilisa et fouilla l'obscurité du regard. Frank Abbott se retourna en entendant le bruit de pas et faillit heurter le visiteur. Puis, l'ayant reconnu, il s'exclama :

— Tiens, c'est toi ! Lequel de nous deux veux-tu voir ? J'étais sur le point de partir.

— J'aurais aimé dire quelques mots à miss Silver. S'il n'est pas trop tard, bien sûr.

— Bon, si vous n'avez pas besoin de moi, je vais m'en aller.

Pendant que Frank Abbott s'éloignait, Craig demanda en s'excusant :

— Vous êtes sûre qu'il n'est pas trop tard, miss Silver ?

La lumière était derrière elle, mais il crut la voir sourire.

— Absolument pas, Mr. Lester. Entrez, je vous prie.

Elle le précéda jusqu'à la salle à manger et lui indiqua la chaise que Frank Abbott venait de quitter. Quand ils furent installés et qu'elle eut repris son tricot, elle lui adressa un sourire d'encouragement.

— Que puis-je faire pour vous, Mr. Lester ?

— Une très grande faveur, si vous y consentez.

— Voulez-vous me dire de quoi il s'agit ?

— Eh bien, auparavant, je devrais peut-être vous dire que j'ai une idée assez précise de la raison de votre présence ici.

— Je rends visite à ma vieille amie d'école, Mrs. Merridew, répondit-elle avec une pointe de reproche dans la voix.

— Et Frank Abbott rend visite à l'un de ses innombrables cousins ! Je présume qu'il vous a dit que nous nous connaissons depuis un bon bout de temps.

— En effet, Mr. Lester.

— Bon, ce que j'aimerais vous faire comprendre, c'est que je suis au courant de vos activités professionnelles. Frank m'a laissé entendre qu'il valait mieux ne pas donner trop de publicité à tout cela... je suppose qu'il vous l'a également dit.

Elle le gratifia d'une charmant sourire.

— C'est le genre de choses qui fait énormément jaser dans un village.

Il acquiesça de la tête.

— En ce qui me concerne, vous êtes l'amie de Mrs. Merridew et rien d'autre.

Les aiguilles à tricoter cliquetaient en cadence.

— Cela n'a plus autant d'importance qu'au début. Dites-moi, je vous prie, en quoi je puis vous être utile.

Un sourire de bonheur illumina son visage.

— Vous n'auriez pas, par hasard, envie de venir à mon mariage ? C'est pour vous demander cela que je suis venu. Mais avant de refuser, aurez-vous la gentillesse de me laisser vous en dire un peu plus ?

— Certainement, Mr. Lester.

Il prit une voix juvénile qui le faisait rajeunir de dix ans.

— Vous êtes vraiment très gentille ! Et c'est ce dont Rosamond a besoin. Elle n'a jamais été environnée de gentillesse et cela lui manque terriblement.

Miss Silver lui jeta un regard empreint d'une vive sympathie.

— Elle est on ne peut plus charmante, fit-elle.

Craig poursuivit avec une grande simplicité :

— Je suis tombé amoureux de sa photographie avant même de

l'avoir vue... une photo jointe à des manuscrits que Jenny avait envoyés à ma maison d'édition. Et puis quand je l'ai vue... j'ai su que j'étais pris au piège. Mais, bien entendu, je n'espérais pas qu'il en soit de même pour elle. Je ne voulais pas la bousculer. Je pensais que cela prendrait un certain temps. Et puis j'ai commencé à comprendre que le temps était justement la seule chose qui nous manquait. Elle se tuait de travail pour miss Crewe et Jenny était prête à marcher sur les traces de sa tante. Et puis, il y avait quelque chose qui ne me plaisait pas du tout. Mais je vous dis tout cela en confidence, bien entendu.

— Certainement, Mr. Lester.

La nuance de reproche ne lui échappa pas.

— Je n'aurais pas dû dire cela... oui, *je sais*. Vous ne m'en voulez pas, n'est-ce pas ? Eh bien voilà, j'ai découvert dimanche que Jenny sortait de la maison la nuit. Je n'arrivais pas à dormir — il y avait trop de choses qui me trottaient dans la tête — et je suis sorti me promener. Au moment où j'approchais de l'entrée de Crewe House, une voiture est arrivée. Et à la lueur des phares, j'ai vu Jenny au bord de la route. Vous savez qu'à cet endroit il y a un échalier qui donne sur un sentier partant à travers champs. Elle venait d'arriver par-là et dès que la voiture s'est éloignée, elle est passée devant moi en courant et elle a remonté l'allée. Je l'ai vue entrer par une petite porte. J'ai raconté cela à Rosamond qui a été bouleversée. Et il paraît que miss Crewe l'a entendue ou l'a vue rentrer. Elle a pris ses dispositions derrière le dos de Rosamond pour envoyer Jenny à l'école et cet après-midi elle lui a annoncé que tout était arrangé et qu'elle n'avait plus qu'à l'y emmener vendredi matin. C'est la goutte d'eau qui a fait déborder le vase. Seulement, j'avais pris mes précautions, vous comprenez. Les pauvres, elles n'ont pas un sou vaillant et il n'y a personne en ce bas monde sur qui elles puissent compter, à part moi, et légalement je ne pouvais rien faire. Je suis donc allé au bureau de l'état civil de Melbury... on peut se marier un jour franc après avoir donné un préavis. Nous pouvons nous marier dès demain. J'ai tout arrangé pour dix heures et demie. Et en fait, je voudrais que quelqu'un accompagne Rosamond. C'est le genre de choses qui fait jaser... et je veux couper court aux rumeurs autant que possible. Je suis venu vous voir pour vous demander si vous acceptez de nous accompagner à Melbury et d'être témoin de notre mariage. Nous ne pouvons demander à personne à Hazel Green, parce que miss Crewe leur rendrait l'existence impossible, et d'autre part... je ne vois personne d'autre dont la présence me ferait plus plaisir.

Elle le gratifia de son plus doux sourire.

— Vous pensez que cela est vraiment nécessaire, Mr. Lester ?

— Oui, j'en suis persuadé. Si je deviens le mari de Rosamond et le beau-frère de Jenny, je pourrai les emmener loin d'ici. Il se passe des choses... qui ne me plaisent pas du tout. Je pense qu'elles ne sont pas en sécurité.

Elle inclina lentement la tête.

— J'assisterai à votre mariage, Mr. Lester.

CHAPITRE XXX

Lucy Cunningham se demandait comment elle avait fait pour arriver au bout de cette journée. Tant que Mrs. Hubbard était restée ici et qu'elle avait vaqué à ses diverses occupations dans la maison et alentour, tout s'était bien passé. Tout le temps qu'elle avait consacré à faire les lits et le ménage, à vider les bouillottes — Henry aimait bien en avoir une, et pour sa part, elle ne s'en serait passée pour rien au monde — à préparer une pâtée et à la porter aux poules, toutes ces occupations quotidiennes et rassurantes s'étaient dressées comme un mur entre les événements de la nuit précédente et elle. A l'abri de ce mur, il lui était possible de considérer ces événements comme participant de l'irréalité commune à tous les rêves. En remontant jusqu'à son enfance, elle se souvenait avoir rêvé qu'elle était poursuivie par des loups et par des Peaux-Rouges, qu'elle essayait de faire tenir toutes ses possessions dans un petit sac à main avant de prendre un train pour l'Australie qu'elle ne devait manquer sous aucun prétexte, faute de voir s'abattre sur elle elle ne savait quelle irrémédiable catastrophe. Elle avait également rêvé qu'elle tombait d'une falaise, une chute lente et interminable, et ne s'était réveillée que juste avant de s'écraser au sol. Toutes ces choses s'étaient passées la nuit et l'avaient terrorisée sur le moment, mais lorsque revenait la rassurante lumière du jour, elles perdaient toute consistance et s'envolaient en fumée.

Elle s'affairait sans trêve et trouvait que le poids qui pesait sur elle avait tendance à s'alléger. Il y avait même des moments où elle cessait d'en être consciente pendant plusieurs minutes d'affilée. Le chat de Mrs. Parson avait de nouveau franchi le mur et elle avait dû le chasser... un gros chat tigré à l'œil sournois. Il faudrait qu'elle parle à Lydia de faire abattre l'arbre qui poussait entre le poulailler et le mur, un vieux noyer dont l'affreux matou n'avait qu'à se laisser tomber pour s'emparer des poussins à chaque nouvelle couvée. Lydia n'aimerait pas que l'on coupe cet arbre. Elle n'aimait pas que l'on change ou que l'on supprime quoi que ce soit. Bien sûr, elle n'avait pas *besoin* de lui demander, car son père avait acheté Dower House et elle était parfaitement en droit de couper tout ce qu'elle avait envie de couper. Seulement elle ne pouvait pas arguer de son droit... pas face à Lydia Crewe.

Henry était sorti pendant la majeure partie de la matinée, et elles en profitèrent pour faire sa chambre. Il y avait une grenouille morte dans un tiroir de sa commode et des plantes d'aspects visqueux dans la cuvette de faïence. Elle était en train de se demander si elle pouvait les jeter quand elle s'aperçut qu'il y avait également des têtards en incubation. Elle y renonça donc et posa la grenouille sur le bord du lavabo où il pouvait difficilement manquer de la voir.

Derrière elle, Mrs. Hubbard faisait de petits claquements de langue réprobateurs ponctués de reniflements. « Mais comment miss Cunningham pouvait-elle supporter cela ? Vraiment elle ne comprenait pas. Personne ne pouvait lui reprocher de ne pas être un monsieur bien tranquille, mais c'était quand même heureux qu'il ne se soit jamais marié, car il n'y avait pas beaucoup de femmes capables de supporter ce que sa sœur supportait. »

Quand la chambre d'Henry fut aussi propre et aussi bien rangée qu'il était possible de la ranger sans jeter quoi que ce soit, Lucy se sentit vraiment beaucoup mieux. Toutes les années pendant lesquelles il avait rapporté à la maison des œufs, des papillons, des chenilles et toutes les cochonneries imaginables s'étaient interposées entre elle et la pensée torturante qui l'avait assaillie pendant la nuit. « Pas Henry qui se désolait de la mort d'un simple scarabée... oh, non, pas Henry ! »

Pendant que Mrs. Hubbard redescendait, elle entra dans la chambre de Nicholas pour y faire le ménage. Cette chambre était la sienne depuis sa petite enfance, depuis que George et Ethel, qui étaient en Inde, l'avaient renvoyé au pays. Ils étaient tous deux morts là-bas et c'était elle qui s'était chargée de son éducation. Il y avait encore une bibliothèque pleine de livres sur les avions et les sous-marins et de romans d'aventures. Elle en prit un ou deux et les feuilleta.

Il y avait une page couverte de dessins de poules, très

ressemblants et très amusants. Nicholas avait toujours su dessiner. Il y avait une caricature de Lydia, grande, sévère, tout de noir vêtue, et une autre d'elle-même, toute en rondeurs.

Elle reposa le livre sur l'étagère et se souvint de Nicholas passant le bras autour de ses épaules et disant d'une voix taquine : « Mais, Lu chérie, à quoi bon se boucher les yeux... tu es rondouillarde, il faut voir les choses en face ! »

Elle sentit son cœur déborder de tendresse. Il l'avait taquinée, il s'était moqué d'elle, il l'avait aimée.

Ce n'est qu'après le départ de Mrs. Hubbard qu'elle sentit le poids recommencer à peser sur elle. Henry avait été complètement absent pendant le déjeuner. Il posa un livre devant son assiette et n'ouvrit la bouche que pour demander une autre part de pudding, et quand il l'eut terminée, il se leva et alla s'enfermer dans le bureau. Il n'y avait rien de bien nouveau dans cette manière d'agir, mais Lucy Cunningham se dit qu'il eût été agréable de prendre le café ensemble au salon et que cela ne lui eût pas coûté grand-chose de lui raconter à quoi il avait employé son temps toute la matinée.

Elle fut donc plus que ravie de recevoir la visite de Mrs. Merridew et de l'amie qui passait quelques jours chez elle. Elle leur fit faire le tour de la maison, s'excusant au passage pour les têtards et la grenouille morte.

— Mon frère est en train d'écrire un livre, vous comprenez, et il lui déplaît que je range les choses ou que je les jette.

Miss Silver se montra intéressée au plus haut point et lui parut fort sympathique. Elle admira la broderie sur canevas réalisée en l'an 1755 par Georgiana Crewe dont elle put également admirer un gracieux portrait dans le salon.

— Bien entendu, tous les portraits de valeur sont à Crewe House, mais celui-ci, comme vous pouvez le constater, a été peint directement sur la boiserie, et Mr. Crewe l'a laissé partir avec la maison. Mon père a acheté la majeure partie de l'ameublement qui était sur place. Mr. Crewe et lui-même ont estimé qu'il serait dommage de tout bouleverser, et ils en avaient plus qu'ils n'avaient besoin à Crewe House... mais sur le moment, cela a fortement déplu à miss Crewe.

Elle ne savait pas pourquoi elle avait dit cela à propos de Lydia. Elle avait simplement très envie de parler, et cela lui avait échappé. Cela n'avait pas vraiment d'importance, dans la mesure où Marian Merridew était au courant et où cette miss Silver n'était que de passage ici. Elle continua à leur raconter l'histoire de la maison.

Mais quand elles montèrent et redescendirent l'escalier, son regard se porta machinalement sur le sixième barreau à partir du haut, à l'endroit où une corde goudronnée avait été liée si solidement que les arêtes s'étaient aplaties et qu'un peu de peinture s'était écaillée.

Elle retint les deux amies aussi longtemps qu'elle le put, mais elles finirent par se retirer et elle se retrouva seule. Puis, pendant que la maison s'assombrissait lentement et s'emplissait de silence, ce mur qu'elle avait érigé pour se défendre s'effondra tout d'un coup et elle se retrouva face à face, non pas avec un rêve, mais avec ce fait têtu et implacable : quelqu'un avait essayé de la tuer dans sa propre maison, la nuit dernière. Et ils n'étaient que tous les trois — tous des Cunningham, tous du même sang — Henry, Nicholas et elle-même.

L'un d'eux avait essayé de la tuer. Allait-il en rester là où allait-il recommencer ?

La soirée approcha lentement. Le plafond des nuages était bas et il y avait de l'humidité dans l'air. Nicholas téléphona pour l'avertir qu'il serait en retard.

— Ne t'occupe pas de me faire à manger... je n'en aurai pas besoin.

Elle ne parvenait pas à se défaire de sa vieille sollicitude quasi maternelle à son égard. Elle la retrouva soudain et curieusement, cela la rassura.

— Cela veut dire que tu restes dîner dehors ? Il faut que tu manges...

— Ne t'inquiète pas, répondit-il d'un ton détaché, je mangerai quelque chose ici. Et il raccrocha.

Elle eut un serrement de cœur. Encore un de ces épouvantables repas en tête à tête avec Henry qui ne desserrait pas les dents. Cela ne l'avait guère dérangée jusqu'à présent. Elle entrevit la morne succession de ces repas silencieux, et cette pensée lui fut insupportable. Puis soudain, comme un coup de poignard, l'idée lui vint qu'elle avait failli ne plus avoir d'avenir à redouter. Si elle avait trébuché sur la corde la nuit précédente, elle ne serait pas là en train d'appréhender son dîner en tête à tête avec Henry. Et s'il devait y avoir une autre tentative. Maintenant, peut-être. Ou peut-être plus tard. Peut-être serait-ce le dernier repas qu'elle prendrait avec Henry. Peut-être ne se passerait-il rien avant la fin du repas. Henry allait vouloir dîner… et puis il y aurait la vaisselle…

Quelle idiote, quelle idiote elle était de laisser de telles pensées lui venir à l'esprit. Il fallait les en empêcher. Elle devait se concentrer sur son dîner à préparer et sur la vaisselle à faire ensuite. Elle avait des harengs à faire frire et elle ne devait pas oublier qu'Henry les aimait bien croustillants. Comme ses toasts. C'était à ce genre de choses qu'elle devait s'occuper l'esprit. Et puis Nicholas rentrerait, et puis… et puis… « je peux toujours donner un tour de clé à la porte de ma chambre ».

Chapitre XXXI

A Crewe House, Rosamond se déplaçait comme dans un rêve. La nuit s'étendait devant elle comme les eaux sombres du Jourdain. Il lui suffisait de traverser le fleuve et Jenny et elle seraient libérées de leurs chaînes. Plus que ces douze heures à supporter et elles aborderaient la Terre promise. A certains moments ses pensées étaient si aériennes et si joyeuses que les quelques heures d'attente lui paraissaient dérisoires. A d'autres moments, le lever du jour lui paraissait quelque chose de très lointain. Elle n'avait encore rien dit à Jenny, ni à propos de son départ pour l'école ni à propos de Craig. Et puisque Jenny n'irait plus à l'école que Lydia Crewe lui avait choisie, il était devenu superflu de l'ennuyer avec cette histoire. Si cela ne lui avait pas fait peur, elle se serait mise en colère, et en tout cas, elle aurait été fortement perturbée. Rosamond voulait qu'elle dorme bien pour être prête à faire ce qu'on lui dirait le lendemain matin. Et elle ne serait pas perturbée, au contraire, elle serait très excitée, mais il lui fallait une bonne nuit de repos.

Ses efforts pour la faire coucher tôt ne furent guère courronnés de succès. Jenny voulait écouter la radio, elle voulait finir son livre, elle voulait parler, elle rejetait avec véhémence l'idée qu'elle avait sommeil. Ses yeux pétillaient de vie et elle n'avait jamais eu la langue aussi bien pendue.

— Il y a des nuits où on a envie de sauter dans son lit, de s'enfouir sous les couvertures et de se laisser entraîner dans de beaux rêves, et il y en a d'autres où on a envie de sortir et de danser en se laissant caresser par le vent. Il y a un joli vent tourbillonnant ce soir et je l'entends galoper tout autour de la maison comme un troupeau de chevaux sauvages. Je suppose que c'était quand le vent soufflait comme ça que les sorcières enfourchaient leurs balais et s'envolaient par la cheminée. Qu'est-ce que ça devait être chouette ! J'aurais adoré être une sorcière et raser les toits des maisons à toute vitesse !

— Jenny, il est tard.

Jenny lui tira la langue. Elle avait les yeux pétillants et les cheveux brillants.

— Mais non, il n'est pas tard. Tu sais, Rosamond, que tu es toujours sur mon dos. Viens prendre ton petit déjeuner... viens dîner... viens déjeuner... va te coucher... toute la journée, tous les jours ! Et si tu t'imagines que je n'en ai pas marre, eh bien tu te trompes ! C'est comme si j'étais enlisée dans un marécage avec rien d'autre à faire que me demander au bout de combien de temps un alligator viendrait me dévorer. Tu ne trouves pas, Rosamond, que tante Lydia ferait un charmant alligator ?

Rosamond allait encore s'exclamer : « Jenny ! » quand la sonnette de Lydia Crewe commença à tinter. « Au diable ! » s'écria Jenny et Rosamond prit juste le temps de lui adresser un hochement de tête réprobateur avant de sortir en courant.

Lydia Crewe n'aimait pas qu'on la fasse attendre. De plus, elle était de très mauvaise humeur. Elle était assise, droite comme un I dans son fauteuil dont elle tapotait nerveusement l'accoudoir de ses doigts osseux.

— Je voulais te demander si tu avais parlé à Jenny.

— Pas encore, tante Lydia.

— Et pourquoi, je te prie ?

Rosamond fit quelques pas en avant.

— Je ne voulais pas la perturber.

— Pourquoi en serait-elle perturbée ? Il est grand temps de cesser de la gâter et de la dorloter. T'imagines-tu que Jenny va passer toute sa vie dans un cocon ?

— J'ai pensé qu'il valait mieux lui laisser une bonne nuit de sommeil.

— Comme si elle profitait de ses nuits pour dormir ! fit sèchement Lydia Crewe. Heureusement qu'il ne lui est pas possible de sortir par la fenêtre. Vous avez été toutes deux fort ennuyées quand j'ai fait installer les barreaux. Mais comme je vous l'avais dit à l'époque je ne trouvais pas correct que deux jeunes filles dorment au rez-de-chaussée sans aucune protection. J'espère que tu reconnaîtras maintenant que j'avais raison.

— Tante Lydia...

— Eh bien ?

— Elle... elle sera terriblement contrariée d'être enfermée à clé dans sa chambre.

— Mais elle n'est pas obligée de le savoir. Elle ne s'en apercevra pas à moins d'essayer de sortir, et si elle essaie, elle aura mérité d'être traitée ainsi. Tu ne vas pas sérieusement me dire qu'il faudrait la laisser courir à travers champs en pleine nuit ?

— Non, bien sûr que non.

— Alors tu feras ce que je te dis ! Tu peux fermer la porte quand elle s'est endormie et l'ouvrir le matin avant son réveil. Tout cela est extrêmement simple et je compte sur toi pour le faire. Tu peux aller préparer mon lait chaud maintenant, et je pense qu'ensuite je n'aurai plus besoin de toi.

Le temps qu'elle fasse chauffer le lait et qu'elle le monte, miss Crewe s'était retirée dans sa chambre. Elle passa la main par la porte de communication pour prendre la tasse et referma immédiatement la porte. L'entretien ne se prolongerait pas. Et c'était la dernière fois que Rosamond s'acquittait de cette mission et recevait pour tout remerciement ce « bonne nuit » très sec. Cette pensée la stupéfia. Elle n'avait pas du tout le sentiment de toucher enfin au terme de sa servitude. Elle ramassa le plateau avec les deux autres tasses de lait et suivit le couloir jusqu'à la chambre de Jenny.

Quand elle entra, il n'y avait plus de Jenny... Juste une bosse dans le lit et un rire étouffé qui provenait de sous l'édredon. Puis, au moment où elle se retournait pour poser son plateau, les couvertures s'envolèrent et Jenny jaillit du lit comme un diable de sa boîte.

— Tu vois comme j'ai été vite ! C'est vrai, non ? Et toutes mes affaires sont bien pliées ! « La vertu récompensée ou le morceau de chocolat », c'est le titre que je donnerais si c'était une histoire que j'écrivais ! Comme tous ces merveilleux bouquins qui appartenaient à la mère de tante Lydia quand elle-même était une fillette bien sage ! Rosamond... arrives-tu à t'imaginer tante Lydia en fillette bien sage, ou en petite polissonne, ou emmitouflée dans des tas de vêtements, comme on faisait pour les bébés à l'époque ? Et ils avaient des sortes de voiles en laine sur le visage pour les protéger de l'air frais ! J'en ai vu un dans l'album de photos que tante Lucy a apporté pour me montrer, et je n'ai pas compris comment le bébé pouvait respirer ! C'est pas étonnant qu'il y en ait eu tant qui mouraient !

Jenny but son lait chaud et au beau milieu de son babillage elle commença soudain à bâiller et elle parut ravie de se faire border et de souhaiter bonne nuit à Rosamond en l'embrassant.

Rosamond partit dans sa chambre et se demanda s'il fallait fermer cette porte à clé. Elle n'avait rien promis à tante Lydia. C'était une chose qu'elle n'avait jamais faite auparavant et elle n'avait pas envie de le faire ce soir. Si Jenny se réveillait dans l'obscurité et s'apercevait qu'elle ne pouvait pas sortir, cela pourrait lui être très néfaste. Quand on se trouvait enfermé dans une pièce, on pouvait avoir la sensation d'être dans une prison. Elle décida de ne pas fermer la porte. Maintenant que Jenny était couchée, elle pouvait commencer à s'occuper de ses affaires... pas déjà faire ses bagages, mais commencer à trier ses affaires. Elle commença à aller et venir dans la chambre. Quand elle n'eut plus rien à faire, elle se déshabilla et s'allongea. Elle ne pensait pas pouvoir dormir, mais à peine avait-elle posé la tête sur l'oreiller qu'elle ne pensa plus rien du tout.

Chapitre XXXII

Jenny n'avait jamais eu la moindre intention de dormir. Elle se sentait extrêmement alerte et éveillée. Depuis le retour de Rosamond du petit bois, elle était absolument persuadée qu'il se tramait quelque chose. C'était très bête de sa part de lui faire des cachotteries.

Elle aurait certes pu arracher le secret de Rosamond en versant au bon moment quelques larmes de crocodile, mais elle estimait, dans l'ensemble, qu'elle aurait plus de plaisir à jouer aux devinettes et à prendre Rosamond sur le fait. Elle avait peut-être eu le dos tourné à sa commode, mais elle était tout à fait consciente qu'un certain nombre de ses affaires avait disparu. Ses pensées, profondément influencées par les œuvres romanesques de Gloria Gilmore, partirent dans une direction qui n'était pas très éloignée de la vérité.

Elles allaient se faire enlever par Craig Lester et cela signifiait qu'elles ne seraient plus obligées de vivre avec tante Lydia. Cette perspective était trop mirobolante pour qu'elle perde une seule minute à dormir. Elle accordait à Rosamond une demi-heure après l'arrêt de ses allées et venues dans la chambre voisine, puis elle s'occuperait de ses trésors à elle. Elle n'allait certainement pas laisser quelqu'un d'autre s'occuper de ses manuscrits ou de ses livres. C'était justement les choses pour lesquelles on était prêt à mourir plutôt que de les laisser derrière soi que les autres risquaient d'oublier, et elle allait faire en sorte de ne pas les laisser.

Elle entendit sonner onze heures, puis le quart, puis la demie. Parfois la cloche de l'église sonnait très fort et parfois on l'entendait à peine. Cela dépendait de la direction du vent.

Quand elle n'eut plus entendu de bruit provenant de la chambre de Rosamond pendant un temps qu'elle estima suffisamment long, elle se leva et enfila sa robe de chambre bleue. Jenny avait tellement grandi qu'elle ne dépassait guère le genou, mais elle parvenait encore à la croiser sur sa poitrine. Elle noua la cordelière autour de sa taille et entreprit de rassembler ses manuscrits dans le tiroir du haut de sa commode. Il n'aurait pas dû y avoir de place pour les y mettre, mais puisque Rosamond avait enlevé tant d'affaires, il y en avait.

Quand elle eut réuni toutes les feuilles, elle ouvrit le tiroir de droite. Il contenait ses crayons à bille et des bonbons à la menthe qui avaient parfumé tout l'intérieur, un gant troué qu'elle avait oublié de raccommoder, un compas, une règle, un stylographe, une bouteille d'encre, un ruban à cheveux marron, un cache-col, une boîte à bijoux et quelques autres bricoles, enfin ce que les gens qualifient méchamment de cochonneries. Mais Jenny se fichait pas mal de ce que disaient les gens. Tout le contenu de ce tiroir était précieux à ses yeux et elle allait l'emporter avec elle. Mais le plus précieux, c'était la boîte à bijoux. C'était une boîte à secrets. Si l'on ne savait pas comment faire jouer le mécanisme, il était impossible de l'ouvrir. Elle l'ouvrit. Il y avait une broche ornée d'une perle que sa marraine lui avait offerte pour son baptême, après quoi elle était partie en Australie et n'avait plus jamais donné de ses nouvelles. Il y avait une épingle avec un oiseau bleu en verre et un collier de graines rouge vif avec un point noir à une extrémité. Il y avait un dé à coudre en argent, qui avait appartenu à sa grand-mère et une pièce de monnaie avec un paon gravé dessus. Il y avait une grosse perle bleue en verre de Venise.

Elle ne voulait pas la regarder, mais ses yeux ne pouvaient s'en détacher. Elle ne l'avait pas oubliée, elle l'avait simplement mise en lieu sûr. Et maintenant elle était devant elle, avec les filaments d'or et d'argent qui réfléchissaient la lumière. Elle approcha un doigt et la toucha. Elle était là, dure et bien réelle. Pourquoi ne l'avait-elle pas laissée sur le bas-côté herbeux du chemin du presbytère ? Pourquoi ne s'en était-elle pas débarrassée dans les champs ou ne l'avait-elle pas jetée sur la route ? Elle eut la sensation affreuse qu'il y avait des choses auxquelles on ne pouvait échapper. Cette perle exerçait une véritable fascination sur elle. Lentement et comme à regret, elle la saisit et la déposa sur la paume de sa main. En se retournant pour l'orienter vers la lumière, elle vit que la porte était ouverte et que Lydia Crewe, debout sur le seuil, la regardait.

Il n'y avait pas eu le moindre bruit. La porte avait été fermée, et maintenant elle était ouverte. Et Lydia Crewe était là, grande, tout de noir vêtue, avec son foulard noir sur la tête et son manteau qui lui descendait aux chevilles. Ce fut un moment horrible, de ceux que l'on vit dans les pires cauchemars. Mais Jenny se raidit pour y faire face. Sous le coup de la peur, il y a ceux qui s'effondrent et il y a ceux qui réagissent par un mouvement de colère. Chez Jenny ce fut la colère qui l'emporta. Sous le regard de glace de miss Crewe, le sang lui monta violemment au visage et ses yeux lançèrent des éclairs.

— Que voulez-vous ? hurla-t-elle.

Lydia Crewe s'avança dans la pièce et referma la porte.

— Que fais-tu debout à cette heure ?

— Je me suis levée.

— C'est bien ce que je vois.

Lydia s'était exprimée d'un ton froid et mesuré. Son regard était dur.

— Où as-tu trouvé cette perle ?

— Je l'ai trouvée.

— Où ?

Jenny recula d'un pas. Elle referma la main sur la perle et la mit derrière son dos.

— Je l'ai trouvée, c'est tout.

— Je t'ai demandé où ?

— Pourquoi voulez-vous le savoir ?

— Pourquoi ne veux-tu pas me le dire ? Tu veux que je te dise pourquoi ? Tu refuses de dire où tu l'as trouvée parce que tu sors de la maison la nuit pour aller te promener.

Jenny affronta son regard sans détourner les yeux. Elle était d'une autre étoffe que Rosamond. Quand quelqu'un essayait de la rudoyer, elle se rebiffait et plus rien ne lui importait. Elle regardait Lydia Crewe avec bravade et pendant un moment très fugitif celle-ci en ressentit une sorte de fierté. A défaut d'en avoir le nom, Jenny avait le sang des Crewe dans les veines. Quelque chose vibra en elle l'espace d'un instant puis elle poursuivit d'une voix dure :

— Tu dois bien comprendre que ce genre de chose ne peut pas continuer. Mon intention est d'y mettre un terme. J'ai pris toutes les dispositions nécessaires pour que tu ailles à l'école. Rosamond t'y emmènera très bientôt.

— Je ne vous crois pas !

— Rosamond aurait dû t'en informer, répliqua froidement miss Crewe. Mais elle s'imagine, bien entendu, qu'elle sait tout mieux que tout le monde. Je te conseille de faire preuve de bon sens et de tirer le meilleur parti des avantages que je t'offre. Comme il te faudra gagner ta vie, il est essentiel pour toi de rattraper le temps perdu. Et maintenant, donne-moi cette perle !

La forme noire s'avança vers elle et Jenny ne pouvait plus reculer. Elle avait la commode dans le dos et le mur sur sa droite. Elle fit la seule chose qui lui restait à faire. La main serrant toujours la perle, elle esquiva le bras tendu vers elle et courut vers la fenêtre. Quand elle n'en fut plus qu'à un mètre, elle leva le bras et lança la perle au loin. Toute la scène n'avait duré que quelques secondes. Lydia Crewe fut prise d'une rage aveugle.

Mais elle n'explosa pas. Elle fit appel à son implacable volonté pour se contrôler et elle y réussit. Il y eut un silence terrible. Jenny se pencha sur l'appui de la fenêtre et sentit l'air froid de la nuit la baigner. Son cœur battait à se rompre. Lydia Crewe se dirigea vers la porte et enleva la clé. Puis elle sortit en refermant la porte sans bruit ni précipitation. Le bruit ne vint que plus tard... le bruit léger de la clé tournant dans la serrure et enfermant Jenny.

Chapitre XXXIII

Lucy Cunningham était assise sur son lit derrière sa porte de chambre fermée à clé. Elle était montée tôt, mais elle ne s'était pas déshabillée. Elle attendait qu'il se passe quelque chose, mais elle ne savait pas quoi. Cette sensation de devoir attendre lui pesait et lui glaçait le cœur. Ce n'était pas une pensée rationnelle, c'était quelque chose qu'elle ressentait et qu'il lui fallait supporter. Comme la peur ou le chagrin. Et c'était bien de peur qu'il s'agissait. Avec le peu de pensée consciente qui lui restait, elle essayait de l'habiller autrement. Nicholas allait arriver... elle ne serait plus seule avec Henry. Quand elle entendrait Nicholas entrer et refermer la porte, elle se coucherait et peut-être pourrait-elle dormir. Et le lendemain matin, tout serait différent.

Il y a ceux pour qui le matin n'arrive jamais. Elle aurait presque cru que quelqu'un venait de prononcer ces mots à voix haute... ici, dans sa chambre. Mais il n'y avait personne, bien sûr. C'était son imagination soumise à la peur qui lui jouait des tours. Elle se leva et commença à marcher dans la pièce. C'était une erreur de rester assise et d'écouter ce silence. La cloche de l'église sonna onze heures... puis le quart... puis la demie.

Nicholas était en retard. Elle se demanda ce qui pouvait bien le retenir. Jamais il n'était rentré aussi tard, quand il restait à Dalling Grange. Enfin, tout le monde devait être rentré chez soi depuis des heures. Elle se sentit incapable de rester plus longtemps à attendre. S'il devait se passer quelque chose, autant que cela se passe maintenant et en avoir fini une bonne fois pour toutes. La Lucy Cunningham réfléchie de tous les jours lui demanda de sa voix réfléchie de tous les jours de quoi elle avait peur. Ou de qui. Comme il n'y avait qu'une seule autre personne dans la maison, la réponse s'imposait d'elle-même...

Henry.

Exprimé de cette manière, cela provoqua en elle un sursaut de courage. Elle ne pouvait pas avoir peur d'Henry... pas sérieusement. Elle avait laissé ses nerfs prendre le dessus et l'entraîner dans ce cauchemar. Et la seule solution pour se réveiller complètement était de descendre et de faire ce qu'elle aurait dû faire depuis des heures — en parler franchement avec Henry — lui raconter que quelqu'un avait essayé de la faire trébucher sur une corde dans l'escalier, et voir comment il réagissait.

Elle se dirigea vers le lavabo, se passa de l'eau sur le visage et se sentit beaucoup mieux. L'affreux sentiment d'impuissance avait disparu. Elle alluma toutefois la lumière du palier et s'arrêta en haut de l'escalier pour regarder les marches avant de descendre. Elle alluma également la lumière du hall. Puis elle se dirigea vers le bureau et ouvrit la porte. Rien de plus normal que le spectacle du bureau encombré d'objets divers, de la puissante suspension et d'Henry lui tournant le dos et penché sur les spécimens étalés devant lui. Le bureau était si large qu'il prenait près de la moitié de la pièce, mais il n'y avait pas un centimètre carré de libre. Il y avait un plateau avec des instruments de précision et une rangée de petits flacons, il y avait des feuilles de carton sur lesquelles étaient exposés des cadavres de phalènes, de papillons, de chenilles et d'araignées. Les araignées semblaient être en majorité par rapport aux autres insectes. Elles étaient grosses pour la plupart et quelques-unes étaient velues. Malgré leur immobilité, Lucy ne put retenir un frisson d'horreur. Toutes les créatures dotées de plus de quatre pattes lui faisaient cet effet... elle n'aimait pas cela et elle ne s'y ferait jamais. Mais Henry ne paraissait pas en être incommodé le moins du monde. Tenant à la main un des instruments tranchants, il était penché sur le bureau et était en train d'inciser le cadavre de la plus grosse et de la plus répugnante des araignées. Cette scène aurait pu s'être déroulée n'importe quel soir et le spécimen sur lequel il travaillait aurait pu être un papillon ou une chenille, ou même un lézard ou une grenouille, le tableau d'ensemble aurait été le même et il y aurait eu la même odeur d'antiseptique.

Au bruit de la porte qui s'ouvrait, Henry Cunningham éleva son habituelle protestation.

— Si cela ne t'ennuie pas... je suis occupé...

Cela avait souvent ennuyé Lucy dans le passé, mais cette fois elle n'y alla pas par quatre chemins.

— Je suis désolée, Henry, mais il faut vraiment que je te parle.

— Une autre fois, tu ne veux pas? répondit-il d'une voix légèrement agacée.

— Non, Henry... maintenant.

Il soupira, reposa son instrument et s'enfonça dans son siège, puis il remonta ses lunettes et se frotta les yeux.

— Je croyais que tu étais couchée.

Elle contourna le bureau et attira une chaise vers elle.

— Eh bien, non, tu vois.

Il poussa un nouveau soupir.

— Oui, je vois. Mais il est très tard, et je suis vraiment très occupé. Il faut que j'expédie tous ces spécimens à un correspondant en Belgique. Il fait une conférence sur les araignées et je peux lui fournir les spécimens dont il a besoin. Ils vont préparer des diapositives qui seront projetées sur un écran géant. Toute la série illustrera la théorie de Lelong... mais cela ne doit pas t'intéresser.

— Non, répondit Lucy Cunningham.

Comme il semblait être sur le point de se replonger dans sa concentration sur l'araignée, elle répéta ce qu'elle avait dit, mais d'une voix plus forte et plus ferme.

— Henry, il faut que je te parle.

Il se redressa à nouveau.

— Tu sais, je suis vraiment très occupé. De quoi s'agit-il?

— Henry, quelqu'un a essayé de me tuer hier soir.

Ses lunettes étaient remontées sur son front. Il plissa les yeux pour la regarder et battit des paupières.

— Quelqu'un a essayé de te tuer! Qu'est-ce que ça veut dire?

Elle se pencha vers lui en prenant appui d'une main sur le bureau. Ils virent tous les deux que cette main tremblait.

Elle la retira d'un geste brusque et dit d'une voix qu'il avait de la peine à reconnaître :

— Quelqu'un a tendu une corde en travers de l'escalier. Puis il y a eu une sonnerie dans le hall. J'ai cru que c'était le téléphone, mais cela aurait aussi bien pu être un réveil ou n'importe quelle autre sonnerie électrique. Je descendais l'escalier en courant pour y répondre et la corde m'a prise juste au-dessus de la cheville. J'ai encore la marque. Si je n'avais pas eu la main sur la rampe, jamais je n'aurais eu la vie sauve. Si j'avais dégringolé tête la première sur les dalles, je me serais probablement tuée. Tu ne crois pas ?

Henry paraissait totalement abasourdi.

— Ma chère Lucy !

— Tu ne crois pas, Henry ?

Il avait repris l'instrument tranchant. Il le reposa et s'assouplit les doigts. Peut-être s'étaient-ils engourdis à force de se refermer sur l'instrument.

— Quelqu'un a dû laisser traîner un bout de ficelle et tu t'es pris le pied dedans... c'est peut-être Nicholas... ou Mrs. Hubbard. C'est d'une négligence... et cela peut être très dangereux. Tiens, je me souviens, à Constantinople...

Elle l'interrompit sèchement.

— Nous sommes à Hazel Green ici. Ta ficelle était de la corde goudronnée. On ne l'a pas laissé traîner. Elle avait été tendue en travers de l'escalier et attachée aux barreaux. Elle n'y était pas quand je suis montée me coucher. Après cela, il n'y avait que deux personnes dans la maison... toi et Nicholas. Je veux savoir lequel de vous deux a attaché cette corde dans l'escalier.

— Lucy...

— C'est l'un de vous qui l'a attachée. Si ce n'est pas toi, c'est Nicholas. Si ce n'est pas Nicholas, c'est toi. Je veux savoir pourquoi.

— Tu ne te rends pas compte de ce que tu dis !

— Je devrais... j'ai eu toute la journée pour y réfléchir. Quelqu'un a essayé de me tuer.

— Lucy, tu ne vas pas bien ! Tu ne crois pas que si tu allais te coucher... peut-être qu'une tasse de thé et une aspirine...

Soudain la peur revint en force. Bien sûr, ce n'était qu'Henry qui s'occupait avec ses bestioles, mais dans certains de ces flacons, il y avait du poison... Elle l'entendit dire :

— Tu ferais beaucoup mieux d'aller te coucher. Je vais te faire du thé et je te le monterai.

L'inquiétude perçait dans sa voix. De quoi était-il inquiet ? Elle ne le savait pas. Jamais de sa vie il n'avait fait une tasse de thé pour quelqu'un d'autre que lui. Il oubliait ses propres repas si on ne l'appelait pas à table. Elle se souvenait d'un jour où elle avait pris un livre dans une librairie de gare. Le livre était intitulé *La mort est dans la tasse.* La rangée de flacons se mit à vaciller devant ses yeux. Elle s'accrocha au bord du bureau et se leva.

— Oui, je vais aller me coucher. Mais je n'ai pas sommeil. Je ne vais pas prendre de thé... cela pourrait m'empêcher de dormir... je vais juste me mettre au lit.

Mais avant d'atteindre la porte, elle se retourna.

— Pourquoi Nicholas est-il tellement en retard ?

Henry Cunningham était déjà en train d'ajuster ses lunettes. Il avait ramassé son long instrument tranchant. Il répondit d'un ton vague :

— Nicholas... il rentre souvent plus tard que ça...

— Mais il a téléphoné de Dalling Grange pour dire qu'il était retardé.

— Eh bien alors, il sera parti ailleurs.

Il se pencha sur son bureau et elle quitta la pièce.

Alors qu'elle traversait le hall, elle se dit qu'il lui suffisait de soulever le récepteur du téléphone pour pouvoir parler à qui elle avait envie... à Mrs. Stubbs à « La Feuille de Houx »... à Marian Merridew et à son amie, cette petite miss Silver... à Lydia Crewe. Elle pouvait leur dire tout ce qui lui passait par la tête... qu'elle était malade, qu'elle se sentait nerveuse... ou qu'elle avait fait une chute, ou même qu'elle s'était évanouie. Elles habitaient toutes à peine à quelques centaines de mètres d'ici... n'importe laquelle viendrait aussitôt... et Lydia, viendrait-elle ? Puis elle abandonna cette idée. Elle allait être la risée du village... réveiller une amie en pleine nuit sous prétexte qu'elle-même n'arrivait pas à dormir. Il était trop tard, beaucoup trop tard pour faire cela. Minuit sonna au clocher de l'église tandis qu'elle montait lentement l'escalier.

Chapitre XXXIV

Miss Silver, consciente d'avoir quelque peu négligé son hôtesse, était résolue à faire tous les efforts nécessaires pour se faire pardonner. Mais à son grand soulagement, elle s'aperçut en retournant au salon que Mrs. Merridew était plongée dans un sommeil béat dont elle ne voulut pas la tirer. Quand elle ouvrit enfin les yeux et se redressa, elle n'avait aucune idée de l'heure qu'il était, et ce ne fut qu'une bonne demi-heure plus tard qu'elle regarda la pendule et poussa une exclamation de surprise. Même après cela, elles s'attardèrent encore à discuter un peu. Et lorsqu'elles eurent fait le tour de la maison pour vérifier que portes et fenêtres étaient bien closes, il n'était pas loin de minuit.

Revigorée par son petit somme, Mrs. Merridew se sentait toute émoustillée par l'événement. Elle ne se souvenait plus depuis combien de temps elle ne s'était pas couchée aussi tard. De son passé hautement répréhensible elle parvint à dénicher une petite fête dans le dortoir de l'école lors de laquelle Cecilia avait vraiment failli se faire prendre.

— Tu te souviens, Maud ?

Miss Silver se souvenait parfaitement — réprobation tempérée d'indulgence.

— Tout cela est bien loin déjà.

— Eh, oui... tu as raison, soupira Mrs. Merridew. Mais parfois on ne le dirait pas. Nous n'avons pas vraiment changé tant que cela... si ? Pas intérieurement. Bien sûr, nous n'avons plus la même allure... mais nous changeons si graduellement que nous ne nous en apercevons pas. Tu sais, je t'aurais vraiment reconnue n'importe où... et c'est la même chose pour Cecilia, même si on ne l'appelle plus Cissy et si elle a pris pas mal d'embonpoint.

Puis elles se séparèrent et miss Silver monta dans sa chambre dont elle referma la porte et se prépara à la routine immuable du déshabillage. Elle retira la montre qu'elle portait épinglée sur le côté gauche de sa robe, la remonta et la posa sur la table de nuit. Dans un second temps, elle aurait dû enlever la résille qui contenait ses cheveux pendant la journée et la remplacer par un filet beaucoup plus résistant. Si bien que même en cas d'alerte ou d'échauffourée — et au cours de sa carrière elle en avait vécu de fort violentes — et quelle que soit l'heure, jamais personne ne pouvait prétendre avoir vu miss Silver décoiffée. Elle arrangeait ses cheveux différemment pour la nuit, avec un chignon plus serré, mais sa coiffure était toujours irréprochable. Elle venait donc de lever le bras pour retirer les épingles à cheveux qui tenaient la résille, quand soudain elle interrompit son geste. Elle laissa retomber le bras et les épingles à cheveux restèrent où elles étaient.

Elle resta immobile plusieurs minutes, absorbée dans ses pensées. C'était peut-être l'évocation de Marian Merridew de l'époque où elles bravaient encore les règles, mais ce pouvait également être quelque chose de beaucoup plus important que cela. Elle ressentait une inquiétude diffuse et la nécessité d'agir vite. Elle tourna les yeux vers le lit confortable qui l'attendait, mais elle sut qu'elle ne pourrait y trouver le repos tant qu'elle n'aurait pas été rassurée. Elle entrevit une solution, ne présentant pas de difficulté particulière, et qui pourrait lui apporter ce soulagement. Mrs. Merridew était loin d'être dure d'oreille, mais elle n'avait certes pas l'ouïe aussi fine que miss Silver. Sa fenêtre donnait sur le derrière de la maison. Elle jouissait d'une très belle vue sur le jardin. Il ne devrait pas être très difficile de descendre précautionneusement l'escalier et d'ouvrir la porte d'entrée sans faire de bruit. Il devait lui être tout à fait possible de quitter la maison sans avoir à rendre compte de ses faits et gestes.

Arrivée à ce stade de ses réflexions, miss Silver reprit sa montre et l'épingla sur sa robe. Après quoi elle enfila son manteau, mit son chapeau et se chaussa. Elle agrafa son écharpe de fourrure vieillotte, compagne appréciée de bien des hivers, éteignit la lumière de sa chambre et, dans l'obscurité, descendit l'escalier et sortit de la maison sans faire le moindre bruit.

L'air était froid, mais il ne semblait pas y avoir de risque de pluie. Miss Silver fut ravie d'avoir son écharpe de fourrure et de ce que la nuit était belle, mais même s'il avait plu des hallebardes, elle savait maintenant qu'elle aurait bravé la pluie pour remplir sa mission. Avant de pouvoir dormir, il lui fallait au moins passer devant Dower House et regarder les fenêtres. Elle ne savait pas ce qu'elle ferait en arrivant là-bas. A cette heure, toute la maison devait être plongée dans l'obscurité. Mais obscurité n'était pas synonyme de sécurité. Une citation de la Bible lui revint en mémoire : « Ceux qui sont ivres vivent dans les ténèbres. »

Mais il y avait plus d'une forme d'ivresse. L'homme pouvait être ivre d'orgueil, de passion, de puissance. L'ivresse pouvait provenir de la haine ou de l'appât du gain.

Elle descendit la rue sombre et silencieuse sans plan préconçu. Si elle pouvait faire quelque chose, elle saurait ce que c'était le moment venu. Elle n'était plus qu'à quelques mètres de l'entrée de Dower House quand elle entendit un pas derrière elle. C'était une nuit sans lune, mais relativement claire. Elle distingua une haute silhouette qui approchait. Elle crut reconnaître cette haute taille et cette corpulence et prit le risque de prononcer un nom.

— Mr. Lester...

Aussi surpris qu'il ait été, il reconnut la voix.

— Miss Silver ! Mais que faites-vous ici ?

Elle répondit tranquillement :

— Je pourrais vous demander la même chose, n'est-ce pas ?

Il éclata de rire.

— Je n'arrivais pas à m'endormir. J'ai eu envie de sortir faire un tour.

Il se demanda si elle se doutait qu'il pouvait être assez bête pour monter à Crewe House et se plonger dans la contemplation béate du rectangle noir de la fenêtre de Rosamond agrémentée de ses barreaux de protection puisque miss Crewe n'avait pas considéré, à juste titre, qu'il était prudent de la laisser dormir au rez-de-chaussée sans avoir pris toutes les précautions requises. En fait, cela lui était égal que miss Silver le prenne pour un grand benêt. Un futur marié ne craint pas le ridicule. D'ailleurs, il avait envie de crier le nom de Rosamond à tous les vents et de le graver dans l'écorce des arbres. C'était leur heure à tous les deux. Il entendit miss Silver qui disait :

— Je me sens très inquiète à propos de miss Cunningham.

Il fut pris totalement au dépourvu. Rosamond et lui... Jenny et miss Crewe... sur ces sujets, sa réponse eût été instantanée, mais miss Cunningham... Il ouvrit de grands yeux dans l'obscurité et demanda :

— Pourquoi ?
— Je pense qu'on a essayé d'attenter à sa vie la nuit dernière. Je ne me sentais pas capable de dormir avant d'être au moins venue jusqu'ici.
— Mais que pouvez-vous faire ? demanda-t-il.
— Je ne sais pas. J'aurais au moins le sentiment d'avoir fait ce que je pouvais.
Ils s'étaient arrêtés dans l'ombre du bas-côté de la route. Ils étouffaient leurs voix, le dernier cottage était derrière eux et tout le village était plongé dans le sommeil.
— Que voulez-vous dire ? demanda-t-il vivement. On a essayé de la tuer ?
Elle lui raconta toute l'histoire avec précision et simplicité.
— Mais ce doit être quelqu'un de la maison...
— Oui, Mr. Lester.
Il étouffa un petit rire.
— Cette chiffe molle d'Henry ! Je veux bien croire qu'il ait l'esprit tortueux. C'est tout à fait le genre à se laisser glisser sur une mauvaise pente, mais je ne l'aurais jamais cru capable de faire du mal à une mouche. Il reste donc Nicholas. C'est elle qui l'a élevé. Ce n'est pas très joli.
— Le crime l'est très rarement, Mr. Lester.
— Et qu'avez-vous l'intention de faire ?
— Miss Cunningham m'a très gentiment fait faire le tour de la maison cet après-midi. Sa chambre donne sur l'arrière. Elle a deux fenêtres. Elle m'a signalé qu'elle dormait toujours avec les fenêtres ouvertes. Si elles sont ouvertes maintenant et si sa lumière est éteinte, cela nous fournira l'indication que tout est normal. A priori, je ne m'attends pas à ce qu'une seconde tentative ait lieu si peu de temps après la première, mais peut-être y a-t-il une raison particulière pour la réduire au silence sans perdre de temps, et je ne puis négliger ce malaise que je ressens.
Ce malaise semblait s'être communiqué à Craig. Il avait d'abord été surpris, puis sceptique, mais l'inquiétude commençait à le gagner.
— Je peux vous accompagner si vous m'y autorisez.
Il y eut un silence bref mais lourd de signification. Elle était en train de le jauger. Il poursuivit avec un soupçon d'amusement dans la voix :
— Je ne ferai pas de bruit. Je peux être léger comme un papillon quand il le faut.
— Alors, je serai ravie de votre compagnie.

Il n'y avait pas d'allée qui menait à Dower House. Le bâtiment faisait face à la route, protégé par un mur de pierre, avec une galerie vitrée d'inspiration victorienne couvrant les quelques mètres séparant le portail de la porte d'entrée. Au moment où Craig soulevait le loquet et s'écartait pour laisser le passage à miss Silver, le clocher de l'église sonna le quart de minuit.

CHAPITRE XXXV

Le bâtiment paraissait totalement plongé dans l'obscurité. De chaque côté de la galerie vitrée, les rangées de fenêtres des deux étages ne laissaient filtrer aucune lumière. Sur la gauche, une étroite porte vitrée donnait dans le jardin. Elle était fermée de l'intérieur. Miss Silver sortit une torche électrique de la poche de son manteau, localisa la clé et la tourna. Craig, qui se sentait tout à fait dans la peau d'un cambrioleur, la précéda et se retrouva sur le gravier d'une allée bordée de deux rangées d'arbustes. Miss Silver referma la porte derrière elle et le suivit. Elle éteignit sa torche et la remit dans sa poche, puis elle commença à suivre l'allée avec l'assurance d'un invité faisant une promenade.

Arrivé à l'angle du bâtiment, le chemin faisait un coude et les arbustes s'écartaient. On distinguait derrière la ligne sombre des arbres. Il n'y avait de lumière nulle part. La masse de la maison les dominait comme une falaise. Craig se pencha pour murmurer : « Est-ce que nous faisons le tour complet ? » et crut distinguer un hochement de tête affirmatif.

C'est à ce moment-là qu'ils entendirent le bruit. Juste devant eux et sur la gauche... le bruit sec et ténu d'une brindille brisée. Il sentit la main de miss Silver sur son bras qui l'écartait de l'allée et l'entraînait vers la maison. Ils firent deux pas et s'immobilisèrent sous les arbustes, aux écoutes. Quelqu'un marchait à travers les arbustes de l'autre côté de l'allée. S'il n'y avait eu le bruit de la brindille brisée, ils se seraient rencontrés un peu plus loin.

Miss Silver, parfaitement immobile, cherchait à se souvenir de la configuration des lieux. Le mur de la maison n'était pas rectiligne. Il formait à un endroit une petite cour pavée, triste et humide à cette époque de l'année. Elle se souvenait parfaitement y avoir vu un vieux magnolia, une profusion de vigne vierge et deux cyprès plantés beaucoup trop près de la maison.

Quelqu'un déboucha des bosquets sur leur gauche et entra dans la cour. La main de miss Silver exerça une pression sur le poignet de Craig. Puis il réalisa que, sans faire le moindre bruit, elle avait disparu. Il ne faisait aucun doute qu'on lui avait demandé de rester où il était... un lourdaud que ses grands pieds allaient naturellement trahir s'il s'avisait de faire un pas. Comme il avait fait la guerre comme parachutiste et maintes fois joué sa vie, et beaucoup plus, sur son aptitude à se déplacer silencieusement, il se permit un petit sourire ironique. Il resta toutefois où il était, car ce n'était pas lui qui tenait les rênes et, de toute façon, deux personnes faisaient plus de bruit qu'une seule.

Le temps ne s'écoule pas vite dans l'obscurité. Il s'écoule d'autant plus lentement lorsqu'on attend en se demandant ce qui se passe. Quand il vit quelque chose remuer vaguement devant lui, il s'avança à sa rencontre. La main tendue de miss Silver se posa sur son bras. Il se pencha vers elle et elle murmura d'une voix presque inaudible :

— Quelqu'un qui arrivait de Crewe House vient d'entrer dans Dower House par une porte dérobée. Je pense que nous devrions le suivre.

— Comment entre-t-on ?

S'il s'agissait de fracturer la porte et de commettre une violation de domicile, il était fermement résolu à refuser énergiquement. Pour une bonne cause, une femme est prête à se mettre en marge de la loi avec une conscience sereine, mais lui ne tenait aucunement à fêter son mariage en se faisant arrêter.

Mais la réponse de miss Silver arriva, précise et succincte.

— Elle avait la clé pour ouvrir la porte, mais je ne l'ai pas entendue la refermer.

Elle... qui diable peut être ce elle ? se demanda-t-il. Lucy Cunningham ? Mais pourquoi cette porte dérobée qui fleurait bon le mélodrame ?

Jenny ? Elle en était bien capable. Mais comment se serait-elle procuré la clé ?

Ce n'était ni l'une ni l'autre... oh, non. Ce ne pouvait être que Lydia Crewe. Et ce nom fit retentir un tel signal d'alarme qu'il ne trouva rien à dire.

La main de miss Silver restait posée sur son bras. Les pavés de la cour étaient glissants et couverts de mousse. A l'endroit où la masse noire du cyprès s'écrasait contre le mur du bâtiment, elle passa devant lui. Elle tâtonna le long du mur, trouva ce qu'elle cherchait et d'un geste de la main l'invita à la suivre. Il y avait à peine la place de passer. Il frottait contre le mur et était giflé par des branches et des brindilles. Il flottait une odeur aromatique. Puis ils pénétrèrent dans un passage étroit, très étroit. Il devait apprendre par la suite qu'il avait été ménagé entre deux pièces dans l'épaisseur d'un mur. Il le touchait des épaules de chaque côté. Il se demanda combien de toiles d'araignées il allait entraîner avec lui avant d'atteindre l'extrémité du passage. Tout sentait la poussière et le moisi.

Devant eux, ils voyaient un rai lumineux. Il tranchait sur l'obscurité comme un filament incandescent — aussi fin et aveuglant. En s'approchant, il vit qu'il y avait une porte... non, pas une porte, un panneau coulissant. Quelqu'un était passé par-là mais l'avait mal refermé, laissant cette fente lumineuse. Et où passe la lumière, un bruit de voix peut passer. La voix rauque et profonde de Lydia Crewe s'éleva derrière le panneau.

— Mais enfin, Henry... quelle histoire ! Lucy est en train de perdre la boule.

La voix d'Henry Cunningham répondit, à la fois nerveuse et revêche.

— Elle dit qu'il y avait une corde tendue dans l'escalier. Elle dit qu'elle a failli trébucher dessus. Elle croit qu'il n'y avait que Nicholas à la maison... et moi.

La voix de Lydia Crewe claqua comme un coup de fouet.

— Et je présume que tu lui as dit que j'étais ici !

Elle avait dû s'avancer vers lui. Ils entendirent le raclement sur le sol d'une chaise qu'on repoussait. Craig eut l'image d'un homme se protégeant le visage pour éviter un coup, puis il se dit que cette menace ne devait pas être physique. Et en même temps que le raclement de la chaise, la voix nerveuse que la précipitation faisait trébucher sur les mots reprit :

— Non, non... bien sûr que non. Je n'ai pas dit un mot. Elle ne sait pas que tu viens ici. Jamais je ne lui ai parlé de ça. Ni de quoi que ce soit.

— Tu serais bien avisé de continuer, répliqua sèchement Lydia Crewe. Ce serait la fin si tu lui en parlais.

— Je ne vois pas pourquoi.

— Elle en sait déjà trop.

— Elle n'a rien appris de moi.

Lydia Crewe manifesta son agacement.

— Quelle importance de savoir de qui elle l'a appris ! Si elle sait quelque chose, c'est trop dangereux !

— Je ne comprends pas ce que tu veux dire. Qu'as-tu manigancé hier soir ? Tu t'es promenée dans la maison. Qu'as-tu fait exactement ? Et cette histoire de Lucy... pourquoi aurais-tu essayé de la faire tomber dans l'escalier ?

— Peut-être ai-je estimé qu'il valait mieux la faire disparaître de la circulation... pendant quelque temps. Peut-être ai-je estimé qu'un long repos lui serait profitable.

Il avait dû la regarder bizarrement, car elle poursuivit avec un petit rire méprisant :

— Ne me regarde pas comme ça ! Mon cher Henry, tu ferais beaucoup mieux de t'en remettre à moi pour tout cela. Garde la tête dans les nuages et ne me pose pas de questions. Tu excelles dans ton travail et tu ferais mieux de t'y tenir. Continue à coudre les rubis des Melbury à l'intérieur de tes répugnantes bestioles et nous les ferons sortir du pays au nez et à la barbe de tout le monde. Ce correspondant en Belgique est une véritable aubaine. Il pourra donner une nouvelle conférence après un intervalle raisonnable et nous pourrons expédier les diamants par la même filière. C'était ces gros rubis qui me préoccupaient. Je dois reconnaître que tu as eu une idée de génie en pensant aux araignées.

— Oui, oui, grogna Henry. Puis il demanda avec une énergie soudain retrouvée : « Pourquoi voulais-tu te débarrasser de Lucy ? »

Ils entendirent le bruit d'une chaise qu'on déplaçait. Miss Crewe devait en avoir assez de rester debout. Elle répondit avec détachement :

— Je croyais t'avoir dit de ne pas me poser de questions.

— Celle-là, il faut que je te la pose.

— Eh bien, tu l'auras voulu, je te donne la réponse. Et tu ne te plaindras pas si elle ne te plaît pas. Lucy en sait trop. Elle en sait peut-être suffisamment pour nous perdre.

— Que sait-elle exactement ?

— Mrs. Bolder a découvert cette miss Holiday dans mon salon dimanche après-midi. Elle avait dû y ramasser une enveloppe... une enveloppe de la plus haute importance. Lucy s'est trouvée en possession de cette enveloppe un peu plus tard et me l'a rapportée. Quiconque a pris connaissance du contenu de cette enveloppe peut nous perdre. Et tu connais Lucy.

— C'est ma sœur, fit Henry Cunningham.

— C'est une idiote qui ne sait pas tenir sa langue. Il lui suffit de dire une parole de trop et c'en est fait de nous.

— Mais pourquoi en parlerait-elle ? C'est ton amie, non... c'est ton amie de toujours ?

Lydia Crewe fit grincer sa chaise.

— Henry, c'est *toi* l'idiot ! Elle ne le ferait pas volontairement... je n'ai pas dit cela. De même que je ne pense pas que miss Holiday ait pris volontairement l'enveloppe. Elle avait dû glisser sur le côté de mon fauteuil. Mrs. Bolder l'a surprise en train de fouiner par-là, et je présume qu'elle la tenait à la main et qu'elle l'a juste glissée dans une poche.

Elle s'interrompit quelques instants et poursuivit calmement :

— Oui, cela a dû se passer ainsi, parce que quand Lucy l'a rencontrée au bas de l'allée, elle a tiré son mouchoir de sa poche, sous son manteau, et l'enveloppe est venue avec et est tombée entre elles deux. Lucy l'a ramassée, a vu qu'elle m'était adressée et lui a dit qu'elle allait me la rapporter. Et c'est ce qu'elle a fait. Ce fut...

Elle prit une longue inspiration.

— Ce fut un drôle de choc.

— Pourquoi ?

— Si tu tiens vraiment à le savoir, il y avait dans cette enveloppe une esquisse du collier des Melbury. Je travaille à l'échelle, mais je fais toujours un premier jet. Et cette enveloppe était ouverte. C'était une vieille enveloppe dans laquelle j'avais glissé l'esquisse parce que quelqu'un venait d'entrer... je crois que c'était Rosamond. Un malheureux concours de circonstances !

— Je ne vois pas ce que tout cela a à voir avec Lucy.

Elle répondit avec un calme glacial.

— Tu ne vois jamais grand-chose, hein ? Alors, écoute ! L'enveloppe était ouverte. Si Lucy a jeté un coup d'œil, un seul coup d'œil à l'intérieur...

— Jamais elle n'aurait fait ça !

— Es-tu prêt à miser là-dessus ? Moi pas ! As-tu déjà pensé à la prison, Henry ? Tu aimes te promener — quand tu en as envie, où tu as envie — et ramasser tes papillons, tes chenilles et tes cocons. Et cette araignée dont tout le monde croyait que l'espèce était disparue... quel plaisir quand tu as trouvé deux individus et qu'ils se sont reproduits. Tu es très attaché à ta vie facile... personne sur ton dos, et rien à faire en échange, si ce n'est passer un peu de temps à faire la seule chose que tu saches vraiment faire. C'est tout ce qu'on te demande et tu n'as pas besoin de savoir autre chose.

— Miss Holiday..., fit-il d'une voix tremblante.

— Oui, Henry ?

— Elle est morte... » Puis, après un silence inquiétant, « comme Maggie... »

— Vraiment, Henry... quelle idée ! Maggie en a eu assez d'Hazel Green et des exigences de ses parents, et elle est partie, comme elle te l'aurait dit elle-même, pour essayer d'améliorer sa condition. Quant à miss Holiday, elle a toujours eu le cerveau un peu fêlé, et je crains que dimanche elle n'ait reçu un bon savon de Mrs. Bolder. Voilà une femme dévouée, et qui était proprement scandalisée de trouver quelqu'un en train de fureter chez moi. On peut, bien entendu, regretter que miss Holiday ait été bouleversée au point de se suicider ; faut-il le regretter, d'ailleurs ? Je ne sais pas.

— Lydia...

— Mon cher Henry, ne crois-tu pas avoir posé suffisamment de questions ? Chacun son métier, les vaches seront bien gardées, dit un excellent proverbe. Occupe-toi donc de tes charmantes bestioles ! Miss Holiday s'est suicidée. Un point, c'est tout.

Chapitre XXXVI

Nicholas longea l'allée dallée et s'arrêta devant la porte d'entrée. Il était très tard et il était revenu à pied de Dalling Grange, mais ce ne fut qu'à ce moment-là, sur le seuil de sa porte et pendant qu'il glissait la clé dans la serrure, qu'il réalisa à quel point il était exténué. C'était une sensation purement physique et totalement distincte de lui-même, du Nicholas qui venait de vivre un véritable cauchemar. Pendant toute la durée de l'épreuve, il ne s'était pas relâché, n'avait pas dévié de sa ligne de conduite, ne s'était pas laissé distraire par quoi que ce fût. Et ce n'était que maintenant, alors que la tension s'était relâchée, qu'il pouvait se laisser aller à penser à Henry et à avoir honte de ne pas avoir osé y penser plus tôt. Si Brown n'avait pas craqué — longtemps drapé dans ses inébranlables certitudes, il avait soudain abandonné la partie — il supposait que son cauchemar se poursuivrait encore. Il réalisa à quel point les chances d'un coupable soumis à ce genre d'interrogatoire étaient minces et comment la moindre erreur était fatale. Seule la sincérité absolue ne peut être ébranlée.

Il comprit à quel point il avait eu peur. Peur pour Henry. A chaque phrase de Brown, il avait attendu le nom de Henry Cunningham. Mais il n'était pas venu. Il n'était pas venu. La responsabilité des fuites devait être imputée à Nicholas, mais Henry restait complètement en dehors de tout cela. La situation était devenue intenable et il avait fallu trouver un bouc émissaire. Et le rôle avait été dévolu à Nicholas. Les notes compromettantes n'étaient qu'un coup monté. S'il avait agi d'une quelconque autre manière que celle dont il avait agi, il n'aurait pu échapper au désastre. Mais il s'était immédiatement adressé à Burlington.

Et cette pauvre vieille loque d'Henry n'avait pas été mentionnée. Il se demanda soudain comment il avait pu penser qu'il pourrait l'être. Peut-être était-ce dû à la manière dont il se laissait dériver dans la vie qui pouvait faire de lui un instrument docile... et à ces vingt années d'absence.

Telles étaient les pensées qu'il remuait en tournant la clé dans la serrure. La porte s'ouvrit et il la referma beaucoup plus bruyamment qu'il n'aurait voulu. Il y avait encore de la lumière dans le hall. Il se retourna pour mettre le verrou.

Dans le bureau, Lydia releva brusquement la tête.

— Qu'est-ce que c'est ?

Henry Cunningham lui jeta un regard vague.

— Ce doit être Nicholas. Lucy a dit... qu'il n'était pas rentré.

— Cette porte est-elle fermée à clé ?

— Oh, non... je ne la ferme jamais.

Elle réagit si vite qu'elle parut avoir retrouvé ses vingt ans. La clé tourna dans la serrure avant même qu'il eût terminé sa phrase. Sa respiration s'était précipitée. Il lui fallut quelques instants pour la contrôler. Elle revint vers le bureau et lui dit d'une voix à peine audible :

— Je n'aurais jamais cru que tu puisses faire preuve de tant de bêtise.

Il la regarda d'un air doux.

— Il ne viendra pas ici... il ne vient jamais.

— Imagine qu'il le fasse ?

— Il trouverait très étonnant que j'aie fermé la porte à clé.

— Parle bas, veux-tu !

Elle repartit vers la porte, la rouvrit, l'entrebâilla et regarda dans le hall. Il y avait de la lumière dans la salle à manger. La porte était ouverte. Elle dit par-dessus son épaule :

— Est-ce que Lucy lui laisse un plateau ?

— Quand il rentre tard, oui.

Lydia Crewe tira la porte et la referma à clé.

— Ce n'est pas la peine de faire ça, fit Henry. Il ne viendra pas ici.

— Je ne veux pas prendre de risque. Et tu ferais bien de suivre mon exemple. Où sont les rubis ?

— Oh, dans un des tiroirs.

— Je suppose qu'ils traînent n'importe où !

— Non, je ne crois pas. Je pense... en fait, je suis sûr... de les avoir mis... Tiens, où les ai-je mis ? Non, ce n'est pas dans ce tiroir... ce doit être dans un des autres...

Tout en parlant, il ouvrait et refermait des tiroirs en les forçant. Elle n'avait plus qu'un filet de voix.

— Un tiroir qui n'est même pas fermé à clé ! Mais tu sais ce qu'elles valent, ces pierres ?...

Henry Cunningham répondit d'un ton irrité :

— Je ne ferme jamais rien à clé. C'est beaucoup plus sûr. Et j'aurais toutes les chances de perdre mes clés. Ah, les voilà ! Je me souviens maintenant. Je les avais mis dans la ouate qui va me servir à envelopper les araignées. C'est une excellente cachette. Ni Lucy ni Mrs. Hubbard ne toucheraient à un de mes tiroirs pour tout l'or du monde. Une fois j'avais gardé une couleuvre vivante, et Mrs. Hubbard a refusé de faire ma chambre pendant plusieurs semaines. Alors, je crois que les pierres sont parfaitement en sécurité.

Debout, les sourcils froncés, elle le regardait. Le vague dans lequel il se complaisait l'avait toujours irritée. C'était un danger permanent, mais il y avait des moments où elle réalisait que ce pouvait être aussi un gros avantage. Qui irait soupçonner quelqu'un qui s'adonnait aussi complètement à ses travaux scientifiques et accordait si peu d'attention à ses objets personnels ? Tout traînait n'importe où... pas un tiroir n'était fermé. Mais l'an dernier déjà, trop de choses avaient traîné, et Maggie Bell avait dû disparaître. Elle ne voulait pas faire la délicate, mais tout cela présentait un risque et c'était la négligence d'Henry qui l'avait forcée à prendre ce risque.

Elle continua à garder le silence. Elle n'était pas pour l'instant en position de lui adresser des reproches. Elle-même avait fait preuve de négligence, ce qui l'avait obligée à courir de nouveaux risques avec miss Holiday. Et cette fois avec des conséquences beaucoup plus ennuyeuses, car cela l'avait privée d'une femme de journée. Et les candidates à sa succession ne se bousculaient pas. Si bien qu'elle avait dû se rabattre sur Winnie Taylor, cette simple d'esprit qui avait l'air de sortir tout droit de l'asile, mais qui, il fallait le reconnaître, ne travaillait pas si mal.

Elle referma le tiroir qui contenait les rubis des Melbury reposant sur leur couche informe de ouate et se décida enfin à parler.

— Bon, il faut que je parte. Laisse-moi le temps d'arriver au bout du passage avant d'ouvrir la porte. Et tu ferais mieux d'aller te coucher aussi. Tu as l'air épuisé.

Il passa le dos de sa main sur son front.

— Oui… tu as peut-être raison. Lydia, pour Maggie, tu es tout à fait sûre ?

— Naturellement que je suis sûre ! Elle en était arrivée au stade où il lui fallait absolument changer de vie. C'est elle-même qui me l'a dit, et je lui ai donné l'argent pour partir. Mais il vaut mieux garder cela pour toi. Voilà… tu te sens mieux maintenant ?

Il enleva ses lunettes et les essuya. Il avait les larmes aux yeux et elle trouva cela ridicule.

— Oui… oui… je crois que cela me fait du bien. Et, Lydia, tu m'as bien dit que ce serait la dernière opération ?

— Bien sûr. Mais surtout, ne t'inquiète pas. Ce n'est pas bon pour toi.

— Non, c'est vrai. Parfois… je me sens… malade…

Elle posa la main sur son épaule et la lui pressa.

— Va te coucher et fais-moi confiance. La seule chose à laquelle tu dois penser, c'est à tes araignées.

De l'autre côté du panneau, miss Silver s'était déplacée centimètre par centimètre. Le passage continuait au-delà de l'ouverture donnant dans le bureau. Il eût été intéressant de savoir où il débouchait, mais ce n'était ni l'endroit ni le moment de se préoccuper d'autre chose que de la situation présente. Craig à sa suite, elle s'écarta du panneau de manière à laisser la voie libre à Lydia Crewe. Leur marge de sécurité était vraiment fort réduite, car presque immédiatement le panneau coulissa et un rectangle de lumière se découpa sur le sol du passage. Si Lydia Crewe avait regardé sur sa droite, elle aurait pu les voir. Elle tenait une torche électrique. Si elle l'avait tournée dans leur direction, elle n'aurait pu les manquer. Mais pendant qu'Henry refermait le panneau derrière elle, elle s'engagea, précédée du faisceau lumineux, dans le passage par où elle était entrée.

Quand le silence se fut rétabli après son départ, Craig se pencha pour murmurer quelque chose à l'oreille de miss Silver.

— Et maintenant, que faisons-nous ?

Pour toute réponse elle exerça une légère pression sur son bras. Docilement, il commença à rebrousser chemin dans le passage en la précédant. Mais lorsqu'ils atteignirent la porte par laquelle ils étaient entrés, ils la trouvèrent refermée de l'extérieur. Craig étouffa un petit rire.

— Alors… que se passe-t-il maintenant ? Je suppose que nous faisons demi-tour pour voir où débouche le passage. Avez-vous une idée de l'endroit où cela peut être ? Vous connaissez mieux que moi la disposition des lieux.

Miss Silver répondit avec son calme habituel :

— A mon avis, ce doit être dans le hall ou dans le salon. Les deux salles ont des boiseries tout à fait semblables à celles du bureau.

Ils rebroussèrent chemin. En approchant du panneau qui avait été entrouvert, ils furent surpris de constater que de la lumière filtrait encore. Henry Cunningham l'avait refermé... ils avaient entendu distinctement le bruit du pêne s'engageant dans la gâche, de l'endroit où ils se tenaient, à deux mètres à peine du panneau. Mais à la seconde où Craig allait toucher miss Silver pour l'avertir, ils virent que la lumière ne provenait pas du bord du panneau mais d'un nœud dans le bois qui avait été enlevé, et dont la raison d'être ne faisait aucun doute. Le trou se trouvait à environ un mètre cinquante du sol et il permettait à ceux qui empruntaient le passage de s'assurer que la voie était libre avant d'entrer dans le bureau. Miss Silver dut se hisser sur la pointe des pieds pour pouvoir utiliser ce judas. Elle eut une excellente vue sur Henry Cunningham penché sur son bureau. Devant lui, sur une feuille blanche, était posée l'araignée qu'il venait de disséquer, spectacle qu'elle trouva répugnant à l'extrême. De la main droite, il tenait une petite pince avec laquelle il insérait avec un soin méticuleux une grosse pierre rouge dans la cavité ménagée à cet effet dans le corps de l'araignée. Elle ne douta pas un seul instant d'avoir devant les yeux l'un des rubis disparus de Lady Melbury... probablement, à en juger par sa taille, le rubis en table du collier. Il disparut dans le corps de l'araignée et Henry Cunningham reposa sa pince. Puis il prit un autre petit instrument qu'il plongea dans une soucoupe contenant un liquide noirâtre et visqueux dont il recouvrit la pierre goutte à goutte avant de refermer le corps de l'araignée. La main d'Henry Cunningham ne tremblait pas et il était complètement absorbé par sa tâche.

Après quelques instants, miss Silver céda sa place à Craig. Tous deux eurent la même impression. Pour le moment tout au moins, Henry Cunningham était dans un monde bien à lui. Un monde où il n'était hanté ni par le doute ni par la maladresse, un monde d'où toute loi morale était absente et, par voie de conséquence, où le crime n'existait pas. Il n'y avait plus que sa dextérité et le moyen de l'exercer. Le moment où le souvenir de Maggie Bell l'avait perturbé, le moment où il avait dit de Lucy

Cunningham : « C'est ma sœur », appartenaient tous les deux à un tout autre monde, un monde auquel il se dérobait et auquel il lui fallait à tout prix échapper.

Miss Silver commença à avancer dans le passage. Il débouchait, comme elle avait supposé que ce pouvait être le cas, dans un des recoins les plus sombres du hall, et le panneau coulissa aussi silencieusement que l'autre. On pouvait faire confiance à Lydia Crewe pour ce genre de choses.

Il y avait encore une lumière dans le hall, qui, au sortir du passage, paraissait beaucoup plus forte qu'elle ne l'était en réalité. La pression de la main de Craig sur le bois du panneau cessa brusquement. La lumière de la salle à manger venait de s'éteindre et Nicholas Cunningham apparut. Par l'ouverture du panneau, ils le virent, l'air serein et confiant, traverser le hall et monter l'escalier à pas de loup. Une porte s'ouvrit puis se referma à l'étage.

Chapitre XXXVII

Miss Silver suggéra de sortir par la porte de derrière. Dans l'état d'esprit probable où était miss Cunningham, elle ne se souviendrait pas avec précision si elle l'avait fermée à clé ou non. D'autre part, d'ici à ce qu'elle se pose éventuellement la question, il se serait passé beaucoup d'autres choses autrement plus importantes.

Ils se retrouvèrent dans la cour pavée et suivirent une allée de gravier qui menait à une porte du jardin. Au moment où Craig la refermait derrière lui, le clocher de l'église sonna quatre coups pour annoncer l'heure, puis un coup unique. L'air nocturne était frais et plaisant. Après le passage poussiéreux et l'atmosphère confinée de la cuisine et de l'arrière-cuisine, il leur parut très vivifiant. Craig aspira à pleins poumons. S'introduire furtivement dans une maison inconnue en pleine nuit n'avait pas été une expérience qui l'avait enchanté et il ne souhaitait pas la renouveler. Et où cela allait-il les mener ? Il aurait bien voulu le savoir. Pour ce qui le concernait, il avait la sensation réconfortante de se trouver exactement à mi-chemin entre Charybde et Scylla. Si miss Silver se mettait en quête d'un téléphone pour informer Frank Abbott ou la police du comté qu'elle avait retrouvé les rubis de Melbury, les choses allaient se précipiter. Cela n'aurait pas eu d'importance si Lydia Crewe n'avait pas dû en pâtir, car dans ce cas, il voyait bien qu'il allait avoir des difficultés avec Rosamond dont il était pratiquement certain qu'elle allait refuser de l'épouser le lendemain. Non, pas le lendemain... ils étaient déjà au lendemain. C'était aujourd'hui qu'il devait se marier et il voyait déjà Rosamond lui filer entre les doigts pour aller vivre dans un satané pays de cocagne où elle n'aurait plus aucune intention de l'épouser. S'il pouvait seulement persuader miss Silver de retarder sa décision jusqu'à dix heures et demie, en ce qui le concernait, il n'en demandait pas plus et elle pourrait alors faire arrêter qui bon lui semblait.

Ils se mirent en marche dans l'air frais de la nuit.

— Qu'allez-vous faire ? demanda-t-il.

Elle s'arrêta et se retourna pour le regarder.

— Je ne sais pas. Je crois qu'il faudrait y retourner.

— Dans la maison ?

— Non... ce n'est probablement pas nécessaire. Mais je ne me sens pas rassurée à propos de miss Cunningham. Je crains que sa vie ne soit en danger.

— Sa vie !

— Mr. Lester, vous avez entendu la conversation entre miss Crewe et Mr. Cunningham. Vous reste-t-il un doute sur les intentions de miss Crewe à l'égard de Lucy Cunningham ?

— Je ne pense pas. Mais cela paraît tout de même incroyable.

Miss Silver toussota.

— Un meurtre paraît incroyable à un être normal. Un assassin est quelqu'un qui ne jouit plus de son équilibre mental. Préoccupé uniquement par ses propres désirs, ses propres desseins, sa propre sécurité, il perd son contrôle et tout sens de la loi morale. A chaque pas en avant, il se justifie un peu plus à ses propres yeux, devient un peu plus infatué de sa personne et se persuade un peu plus d'être en mesure de réaliser ses projets. Cela n'est certainement pas le premier pas de miss Crewe sur la voie du crime. Qu'elle ait ou non personnellement pris part à la suppression de Maggie Bell et au meurtre de miss Holiday, il ne fait pour moi pas l'ombre d'un doute qu'elle ait été au courant des deux forfaits. Peut-être ne saurons-nous jamais exactement ce qui est arrivé à Maggie, mais comme elle travaillait à Dower House, il paraît probable qu'elle a vu quelque chose qui aurait pu se révéler dangereux si on lui avait laissé le temps d'additionner deux et deux et de réfléchir au résultat. Il est hors de doute que c'est ce qui s'est produit pour miss Holiday. En l'absence de miss Crewe, elle est allée fureter chez elle. Surprise par Mrs. Bolder, elle a glissé dans la poche de sa blouse une enveloppe sur laquelle elle venait de tomber fortuitement. Comme miss Crewe elle-même l'a suggéré, elle avait probablement glissé entre les coussins et le dossier du fauteuil. Tout cela n'était dû qu'à une vague curiosité et au geste instinctif d'une femme de ménage en train de nettoyer une pièce, qui secoue les coussins et passe la main autour des sièges qui ont été occupés. Mais vous savez ce que contenait l'enveloppe... une esquisse du collier de diamants et de rubis de lady Melbury. Une esquisse qui devait servir à réaliser une copie du collier.

— Oui, j'ai entendu cela. Mais je n'étais pas au courant pour le collier. A-t-il été volé ?

— Oui, Mr. Lester. Il y a quelques semaines, lady Melbury s'est aperçue que le collier qui était en sa possession n'était qu'un faux. Ni elle ni personne n'avait la moindre idée de l'époque à laquelle la substitution avait été opérée. Je pense que s'il n'avait tenu qu'à elle, l'affaire n'aurait pas été ébruitée, mais lord Melbury ne s'est guère montré discret et c'est devenu un secret de polichinelle. Et le résultat en est que la moitié du comté est persuadée que lady Melbury a vendu elle-même le collier.

Craig émit un long sifflement.

— Je vois. Eh bien, c'est du joli, tout ça ! Et la pauvre miss Holiday risquait de tout mettre par terre.

— Très exactement. L'enveloppe qu'elle a ramassée était ouverte. Elle était adressée à miss Crewe et elle contenait une esquisse du collier des Melbury... le premier jet d'un dessin à l'échelle sur lequel le bijoutier allait travailler. Il était trop dangereux de courir le risque que miss Holiday l'ait vu et parle de ce qu'elle avait vu. La pauvre femme à laissé tomber l'enveloppe en sortant son mouchoir, et miss Cunningham l'a ramassée et est allée la rendre à son amie. Mais en faisant cela, elle a également représenté un danger potentiel. Peut-être ne soupçonne-t-elle pas son frère ni son amie. Elle n'irait pas volontairement les dénoncer, mais c'est un esprit sans artifice et une femme affectueuse et facilement gaffeuse. Elle pouvait commettre un impair à tout moment... alors on a tendu une corde dans l'escalier.

— Et maintenant ?

— Je crains que miss Crewe ne revienne. Pas dans l'immédiat, mais un peu plus tard dans la nuit. Elle laissera suffisamment de temps à Henry et Nicholas Cunningham pour être sûre qu'ils se sont endormis, puis je pense qu'elle fera une autre tentative d'homicide sur la personne de miss Cunningham. C'est, en tout cas, une possibilité qu'il ne faut pas négliger. Croyez-moi, je comprends fort bien votre position dans cette affaire. Vous préféreriez naturellement emmener miss Maxwell avant qu'il ne soit procédé à une arrestation, mais je pense que vous devez comprendre qu'étant donné les circonstances, il est de notre devoir d'informer la police sans délai.

— Naturellement, répondit-il.

— Il ne faudrait pas laisser sans protection l'entrée du passage, reprit miss Silver. Il ne faut pas permettre à miss Crewe de s'approcher de miss Cunningham. Si vous voulez bien garder l'entrée, je vais retourner au White Cottage et appeler l'inspecteur Abbott.

Chapitre XXXVIII

Lydia Crewe revint en empruntant le sentier qui sinuait entre les deux propriétés. Elle n'avait nul besoin de sa torche. Ses pieds avaient si souvent foulé ce sol... à la lumière du jour, au crépuscule, par des nuits de pleines lunes ou au cœur de la nuit comme en ce moment. Elle connaissait le moindre coude du sentier, le moindre buisson qui lui caressait l'épaule, la moindre branche qui l'obligeait à courber la tête, la moindre racine traîtresse. Elle l'avait parcouru portée par l'espoir, à l'époque où elle caressait encore les illusions de la jeunesse. Elle l'avait arpenté alors que tout espoir s'était évanoui, mue seulement par son implacable volonté qui l'avait entraînée sur une autre voie d'où l'on ne revenait pas.

Elle traversa l'ouverture qui séparait les deux jardins et, plongeant sous la voûte des arbres, elle atteignit l'esplanade gravillonnée devant la maison. La porte qu'elle utiliserait pour entrer était devant elle, mais les chambres de Rosamond et Jenny ainsi que la sienne étaient de l'autre côté du bâtiment. Elle traversa toute l'esplanade de la façade à grands pas et sans prendre de précautions particulières. Toutes les pièces donnant sur la façade étaient vides, alors qu'elles avaient jadis été remplies de fils, de filles et d'invités, pendant que sous les combles logeaient tous les domestiques à leur service. Nul besoin de prendre des précautions pour les fantômes d'une splendeur évanouie.

Elle contourna le bâtiment et arriva devant les fenêtres grillées du rez-de-chaussée... la sienne, celle de Jenny, puis celle de Rosamond. Elle s'immobilisa près de la fenêtre de Jenny et écouta. Pas le moindre bruit. Elle avait largement eu le temps de se calmer en pleurant et de s'endormir. C'était de cette fenêtre que Jenny avait lancé la perle bleue en verre de Venise. Elle alluma sa torche et le faisceau lumineux commença à balayer le sol.

Juste au-dessous de la fenêtre, il y avait un parterre de giroflées et de tulipes. La perle ne pouvait pas être là... Jenny l'avait lancée de toutes ses forces. Elle ne devait pas non plus être sur l'allée gravillonnée qui faisait le tour du bâtiment. Mais au-delà de l'allée, commençait une rocaille. C'était là-bas qu'il fallait chercher. Le faisceau lumineux commença à aller et venir sur la mousse qui tapissait les pierres, entre la lavande mal entretenue et le romarin, le ciste touffu, les campanules et le thym. Il glissa sur la surface de la mare qui occupait le centre de la rocaille mais dont l'eau était trop boueuse, trop trouble pour distinguer quoi que ce fût. Elle se dit qu'elle aurait eu de la peine à atterrir si loin, mais ce genre de chose était difficile à estimer. Si elle était dans la mare, elle y était en sécurité.

Elle revint lentement, balayant toujours le sol du pinceau lumineux. Demain, à la lumière du jour, les conditions seraient plus favorables et, au moins, si elle ne pouvait la trouver, personne d'autre non plus... c'était déjà rassurant. Au moment où elle éteignait sa torche, elle entendit une longue plainte s'élever dans l'obscurité.

— Qui est là ? demanda-t-elle sèchement, et ce fut la voix d'une morte qui lui répondit.

— Vous ne la trouverez pas. Elle est à moi... vous ne la trouverez pas. » La voix était si faible qu'elle se dit que ce n'était pas vrai, qu'elle n'avait rien entendu. Mais qu'elle l'ait entendue ou non, elle reconnaissait cette voix et elle savait ce qu'elle disait. Elle se retrouva plaquée contre la fenêtre de Jenny, accrochée aux barreaux, le cœur lui martelant la poitrine. Le sang battait dans ses oreilles. Si la voix avait continué, elle ne l'aurait pas entendue. Mais la voix s'était tue.

A l'intérieur de la chambre, Jenny était allongée, le dos tourné à la fenêtre, mordant son oreiller pour étouffer les vagues de rire qui menaçaient de la submerger. Elle l'avait vraiment bien réussi. Elle avait bien failli faire s'évanouir tante Lydia de peur. La pauvre vieille Holiday n'était pas difficile à imiter avec ses intonations maniérées et sa voix geignarde. Jenny se dit qu'elle-même aurait sans doute aussi failli s'évanouir si elle avait entendu cette voix dans le noir alors qu'elle cherchait quelque chose ayant appartenu à la pauvre morte.

Et puis, tout d'un coup, elle eut vraiment peur. Le faisceau de la torche avait pénétré dans la chambre. Il éclaboussa le mur juste derrière elle, puis il alla scintiller sur la vitre d'un tableau. Le petit disque lumineux se promena ensuite sur le lit. C'était vraiment affreux, mais le pire était qu'elle avait commencé à avoir peur avant même que le disque lumineux ne commence à virevolter dans la pièce. Peut-être était-ce l'effet du bon tour qu'elle venait de jouer ou bien peut-être était-ce la haine de tante Lydia qui lui était parvenue à travers les barreaux. Mais elle avait eu peur avant même que la torche n'émette la moindre lueur. Elle avait ri et son envie de rire s'était évanouie d'un coup. Elle étouffa un sanglot et ne put retenir de grosses larmes qui allèrent s'écraser sur l'oreiller.

La torche s'éloigna. Le pas de tante Lydia s'éloigna. Tout était sombre et calme et rassurant. Et d'un seul coup l'obscurité et le calme cessèrent d'être rassurants et commencèrent à la remplir de terreur. Elle se glissa hors de son lit et courut jusqu'à la porte, très vite pour le cas où il y aurait eu quelque chose prêt à bondir sur elle... un chat noir aux ailes déchiquetées, avec toute la haine de tante Lydia dans l'œil ou miss Holiday toute blanche et dégoulinante d'eau revenue chercher sa perle bleue.

Et la porte était fermée à clé. Ce fut le moment le plus affreux de la vie de Jenny. Pire que les quelques secondes qui avaient précédé l'accident alors qu'elle savait que cela allait se produire. Pire que lorsqu'elle était revenue à elle dans son lit d'hôpital et qu'elle s'était sentie broyée de partout. Car chez Jenny, ce qui se passait dans sa tête serait toujours pire que tout ce qui pourrait arriver à son corps. Elle s'aplatit contre la porte et se raidit pour résister à l'envie de tambouriner dessus et d'appeler Rosamond à grands cris. Si elle faisait cela, tante Lydia allait venir et alors elle saurait que c'était Jenny qui lui avait joué ce sale tour.

Et puis, tout à coup, la clé tourna dans la serrure, puis la poignée et la porte commença à s'ouvrir. Elle s'était aplatie contre elle, mais dès le premier bruit, elle avait reculé centimètre par centimètre, pieds nus, les deux mains croisées sur la gorge pour retenir le cri qui ne demandait qu'à s'en échapper. La porte continua à tourner lentement sur ses gonds, et soudain, miracle, elle vit Rosamond en chemise de nuit blanche, avec la lumière du couloir derrière elle. Elle découvrit Jenny, les cheveux ébouriffés formant un halo autour de sa tête, les yeux écarquillés. Quand elle ouvrit les bras, Jenny courut s'y jeter en hoquetant, puis elle se fit inerte et il fallut la porter jusqu'au lit et l'allonger. Quand

Rosamond eut refermé la porte, elle revint s'agenouiller près du lit et entendit d'abord des sanglots furieux puis des mots à demi-articulés. Quelques-uns devaient lui revenir par la suite. Mais sur le moment elle fut incapable de penser à autre chose qu'à l'étreinte des bras de Jenny et au tremblement qui agitait le petit corps. Elles étaient serrées l'une contre l'autre dans l'obscurité de la chambre. Un geste pour allumer la lumière avait provoqué un frisson angoissé et un cri étouffé : « Non... elle va venir ! »

Quand les sanglots se calmèrent, les paroles de réconfort de Rosamond, à peine articulées, commencèrent à prendre forme.

— Jenny, écoute-moi ! Mais si, tu peux, essaye. Il va se passer quelque chose de merveilleux et je vais tout te raconter. Tu n'as pas à avoir peur de quoi que ce soit. Nous allons partir d'ici.

Jenny renifla de manière déchirante.

— Attends que je te trouve un mouchoir et je vais tout te raconter.

Elle se dirigea vers la commode et revint s'asseoir sur le lit.

— Tiens, prends-le. Et arrête de pleurer, sinon tu ne pourras pas m'écouter.

— Je ne pleure pas... je suis en train de me moucher.

Puis après un silence, elle demanda d'une voix légèrement serrée :

— Où partons-nous ?

— Nous partons avec Craig. Je vais l'épouser.

— Quand ?

— Demain... non, je suppose qu'à l'heure qu'il est, on peut dire aujourd'hui.

— Et je pars avec vous ?

— Naturellement ! Oh, Jenny, tu sais bien que jamais je ne t'abandonnerai !

— J'espère que non », répliqua Jenny. Puis elle ajouta : « Tante Lydia m'a enfermée à clé. »

— Je sais, chérie. Plus personne ne te fera jamais cela. Seulement, il ne faut plus que tu sortes la nuit... tu me le promets, n'est-ce pas ?

— Qui a dit que je sortais la nuit ?

— Tante Lydia t'a vue. Craig aussi. Il ne faut plus, chérie... ce n'est pas prudent.

La voix de Jenny se durcit.

— Je ne veux plus le faire.

Puis, avec une énergie soudaine :

— Rosamond...

— Qu'est-ce qu'il y a ?
— Imagine qu'elle revienne !
— Tante Lydia ?
Jenny lui avait agrippé le poignet.
— Oui... *oui !* Elle était dehors ! Elle a regardé dans la chambre et elle l'a éclairée avec sa torche électrique.
— C'est cela qui t'a fait si peur. J'avais cru entendre quelqu'un dans le jardin... quelqu'un qui parlait. C'était tante Lydia ?
— Pas les paroles. Rosamond, elle a allumé sa torche pour voir si j'étais réveillée. Imagine qu'elle revienne dans le couloir pour vérifier que la porte est bien fermée !
— Pourquoi ferait-elle cela ?
— Elle pourrait le faire. Allons dans ta chambre. Nous pouvons refermer cette porte à clé, comme ça elle croira que je suis ici, et nous pouvons nous enfermer dans ta chambre. Et puis demain, nous nous enfuyons, nous épousons Craig et nous serons heureux tous ensemble.

Chapitre XXXIX

En arrivant chez elle, Lydia Crewe alluma toutes les lumières... pas seulement le grand lustre aux pendeloques de cristal, mais aussi les appliques dorées qui encadraient le manteau de la cheminée et celle qui était entre les fenêtres, si bien que chaque centimètre de la pièce se trouvait éclairé. Les rideaux sombres tirés sur les fenêtres retombaient en plis droits et lourds, mais c'était la seule note sombre dans toute la pièce. L'éclat impitoyable des lumières avait chassé toutes les ombres. Elle était assise dans son fauteuil, droite et raide, se contrôlant. Son cœur battait encore plus vite qu'il n'aurait dû. Toute sa volonté était tendue pour en ralentir le rythme. Elle avait mis entre elle et le jardin obscur une barrière de murs, une barrière de lumière. Si c'était ses nerfs qui lui avaient joué un tour, ils allaient apprendre qui était le maître. Si c'était Jenny...

Elle contenait sa colère et refusait de la laisser exploser. Jenny pouvait attendre. Elle n'avait pas le temps de prendre un risque supplémentaire. C'était Lucy qui représentait le danger le plus pressant, et non pas Jenny qui n'avait fait que jouer avec une perle bleue qui maintenant était perdue pour tout le monde. Elle avait disparu et demain Jenny partirait dans cette école dont Millicent Westerham lui avait dit qu'elle laissait un peu à désirer, mais que la discipline y était excellente et le coût de la pension vraiment bas. Jenny n'allait certainement pas apprécier l'excellente discipline qui régnait dans l'établissement de miss Simmington. Mais ce n'était pas pour l'instant le problème le plus urgent.

Elle revint à Lucy Cunningham qui représentait le véritable danger. Après cet entretien avec Henry, il eût été plus prudent d'attendre un peu. Mais elle ne pouvait se permettre de courir ce risque. Et dans un sens, ce ne serait peut-être pas plus mal, car il pourrait toujours témoigner avec la plus grande sincérité que la pauvre Lucy était devenue excessivement nerveuse et qu'elle se plaignait d'avoir des insomnies. Mais il fallait qu'il s'en tienne à cela et surtout qu'il n'essaye pas de fournir d'autres explications. Il n'avait ni l'aplomb ni la clarté d'esprit nécessaire pour mentir de manière convaincante.

Donc, il fallait agir cette nuit. A part Henry, bien des gens avaient dû remarquer que Lucy n'avait pas été elle-même toute la journée. Quand on la trouverait demain matin, ce ne serait qu'un exemple parmi tant d'autres d'une vieille femme que le sommeil fuyait et qui avait abusé des somnifères. Elle commença à mettre au point tous les détails de son plan d'action. Il fallait que Nicholas et Henry soient endormis. Lucy lui avait souvent confié qu'une fois endormis, rien ne les réveillait ni l'un ni l'autre. Il fallait leur laisser le temps d'être si profondément endormis que personne ne saurait qu'elle était retournée à Dower House. Personne hormis Lucy, et Lucy ne serait plus en mesure d'en parler à quiconque. Elle ne serait plus en mesure de parler de quoi que ce soit à quiconque.

La voix qu'elle avait entendue dans le jardin chuchota quelque chose aux franges de sa conscience, mais elle fut repoussée. Les morts ne pouvaient pas revenir. Ils n'avaient aucun pouvoir de nuire. On était à l'abri de leur vengeance. Quand Lucy serait morte, elle serait à l'abri...

Le temps s'écoula lentement.

Lorsqu'enfin elle se leva, elle était calme et résolue. Sa chambre était contiguë. On y accédait par une porte de communication. Elle la traversa pour gagner la salle de bains de l'autre côté. La pièce n'avait été aménagée en salle de bains que récemment et elle contenait encore une partie des anciens meubles qui occupaient l'espace qui aurait dû être propre et dégagé. Elle se dirigea vers le petit secrétaire dans l'angle de la pièce et rabattit le panneau. Il y avait plusieurs casiers, tous bourrés de papiers. Des vieilles factures, du courrier... des choses auxquelles elle ne s'était jamais donné la peine de répondre. Après avoir vidé le second casier à partir de la gauche, elle glissa la main à l'intérieur pour chercher le ressort qui faisait jouer le mécanisme d'ouverture d'un petit compartiment intérieur. Il ne contenait qu'une seule chose... un flacon en verre rempli presque à ras bord de pilules blanches.

Elle remit tous les papiers dans le casier, versa quelques pilules dans le creux de sa main et les contempla. Elles avaient plus de vingt ans... pas loin de trente. C'était le vieux docteur Lester qui les avait prescrites à son père lors de la maladie qui devait l'emporter. Une, ou à la rigueur deux si la douleur devenait intenable. En aucun cas plus de deux. Elle se demanda si la drogue avait conservé ses propriétés. Elle n'avait jamais entendu dire le contraire, et elle était obligée de miser là-dessus. Autant que la dose soit massive... disons dix pilules. Elle les compta et les mit dans un verre pour les dissoudre dans un peu d'eau chaude. Il allait lui falloir une petite bouteille pour transporter le liquide. Elle réfléchit quelques instants, puis se dirigea vers un placard où elle choisit une petite bouteille d'extrait d'ipéca aux trois quarts vide. Elle la lava soigneusement et lorsque les pilules furent complètement dissoutes, elle versa le liquide dans la bouteille et la reboucha.

Elle sortit dans le couloir, confiante et résolue et suffisamment détendue pour aller jusqu'à la chambre de Jenny vérifier que la porte était bien fermée. Si elle avait été ouverte, elle l'aurait refermée et aurait emporté la clé. La réponse de Rosamond ne l'avait pas convaincue lorsqu'elles avaient abordé le sujet et elle ne tenait pas à voir ses ordres discutés.

Mais la porte était fermée et la clé engagée dans la serrure. Elle longea le corridor et traversa le hall. Puis elle sortit par la porte latérale et s'engagea sur le sentier obscur et familier qui menait à Dower House.

Chapitre XL

Craig Lester montait la garde. Après avoir reconnu le terrain, il avait choisi comme poste d'observation un vieux pommier qui s'élevait solitaire au milieu des massifs d'arbustes s'étendant entre la maison et l'ouverture qui communiquait avec la propriété voisine de Crewe House. Comme l'arbre était encore dépouillé et enveloppé dans les ténèbres, il ne pouvait savoir qu'il s'agissait d'un pommier, mais Lucy Cunningham aurait pu lui dire qu'il était en pleine floraison au mois de mai et que ses branches se courbaient sous le poids des fruits mûrs en septembre.

Lydia Crewe aurait pu lui en dire beaucoup plus encore. Pendant deux cents ans, c'était un verger qui avait séparé les deux demeures. Et puis la mode avait changé et des bosquets d'arbustes avaient remplacé poiriers et cerisiers, pommiers, mûriers et cognassiers pour satisfaire le caprice de Sophia Crewe qui avait renfloué la famille dont les caisses étaient déjà désespérément vides. Elle était aussi belle que têtue et avait apporté une dot colossale, si bien que Jonathan Crewe lui avait laissé la bride sur le cou. Mais il avait refusé de se séparer de l'arbre qui lui fournissait dix mois par an la pomme de son petit déjeuner. Il s'en enorgueillissait depuis trop longtemps pour ne pas opposer un refus formel et définitif. Il avait disparu depuis bien longtemps maintenant... ainsi que Sophia et sa dot. Mais le pommier existait toujours. Quand Craig était fatigué de rester debout, il s'asseyait confortablement sur une branche basse et quand il était las d'être assis, il se relevait. La seule chose qui lui était interdite, c'était de faire quelques pas. Cela lui évoquait tout à fait le bon vieux temps.

Il commença à penser à Rosamond. Il ne pouvait pas croire, il se refusait à croire qu'un obstacle allait maintenant se dresser devant lui. Qu'il se passe ou non quelque chose cette nuit, il fallait qu'ils se marient comme prévu. Il se prit à souhaiter de tout cœur qu'il ne se passerait rien. Il comprenait que miss Silver n'avait pu éviter de prévenir la police, mais il avait pourtant de la peine à s'imaginer la police du comté débarquant en pleine nuit pour procéder à l'arrestation d'Henry Cunningham sur la foi d'une vieille fille. Il faudrait un mandat de perquisition. Or, un mandat de perquisition ne pourrait émaner que de leurs supérieurs hiérarchiques. Et les supérieurs hiérarchiques n'appréciaient pas outre mesure d'être brutalement réveillés en pleine nuit. Il se dit qu'on pourrait toujours objecter que si les rubis des Melbury se trouvaient effectivement dans le tiroir d'Henry Cunningham, ils pouvaient très bien y rester quelques heures de plus. Pour ce qui était des menaces pesant sur la vie de miss Cunningham, il fallait s'attendre à ce que cela provoque un certain scepticisme.

Il commençait lui-même à se sentir fort sceptique. S'il ne s'était trouvé en personne derrière le panneau et s'il n'avait entendu Lydia Crewe dire : « Lucy en sait trop », son scepticisme eût été total. Mais les choses étant ce qu'elles étaient, les mots lui restaient en travers de la gorge — « Lucy en sait trop ». Et qu'avait-elle dit ensuite — « Elle en sait suffisamment pour nous perdre. » Il avait beau essayer de se persuader qu'elle tentait de convaincre Henry Cunningham et que les gens disent des tas de choses qu'ils ne pensent pas vraiment, les mots étaient toujours là, et la voix qui les avait prononcés. Il réalisa soudain que jamais il n'avait détesté quelqu'un autant qu'il détestait Lydia Crewe.

S'il n'avait eu l'ouïe particulièrement fine, il ne l'aurait peut-être pas entendue arriver. Le sentier passait à proximité de son pommier. En faisant un pas et en étendant le bras, il aurait pu la toucher. Il y eut un frémissement dans l'air et elle était déjà passée. Comme il savait où elle devait aller, il ne se hâta pas de la suivre. Il avait dénoué les lacets de ses chaussures en faisant le guet. Il les enleva et les suspendit à l'arbre. Il arriva en chaussettes au bord de la petite cour au moment où elle se glissait derrière le cyprès qui dissimulait la porte dérobée. La clé tourna dans la serrure, la porte s'ouvrit et elle s'engouffra dans le passage. Il ne vit ni n'entendit rien de tout cela, mais il savait que cela se passait ainsi.

Et puis la voix de miss Silver s'éleva dans l'obscurité :

— Elle vient juste d'entrer, n'est-ce pas ?

— Oui.

— Il faut la suivre. Immédiatement.

La haute silhouette de Frank Abbott jaillit à ses côtés. Il dit du même murmure à peine audible que les autres :

— Il y a un délai pour obtenir le mandat de perquisition. Il faudra attendre un peu avant qu'il ne nous parvienne.

Miss Silver avait déjà pris la direction de la maison. Frank Abbott se lança à sa poursuite.

— Mais, ma chère miss Silver, nous ne pouvons pas entrer comme ça !

Il lui parut que la réponse de miss Silver était symptomatique de l'état d'esprit victorien, quand le sublime transcende le ridicule. Il n'était pas facile d'être solennel sans emphase, mais elle y réussit parfaitement.

— Mon cher Frank, j'ai déjà été reçue chez miss Cunningham, et je n'éprouve aucune gêne à pénétrer chez elle. Mr. Lester et vous ferez, bien entendu, ce que bon vous semblera.

Sur ces mots, elle se glissa à son tour derrière le cyprès et pénétra dans le passage.

Elle s'arrêta quelques secondes pour écouter, mais elle n'entendit rien. Il fallait se hâter, mais sans négliger de prendre toutes les précautions utiles.

Lydia Crewe traversa le bureau, laissant le panneau coulissant ouvert derrière elle. Une petite lumière éclairait chichement le hall. Après quelques instants de réflexion, elle la laissa allumée et commença à monter l'escalier. Si elle se trouvait dans la nécessité d'opérer une retraite précipitée, il serait utile de voir où elle mettait les pieds. La chambre de Lucy Cunningham était la première à droite en haut de l'escalier. Celle d'Henry était sur la gauche et celle de Nicholas était au bout du palier. Elle ne craignait pas qu'ils s'éveillent, mais si jamais cela se produisait, elle dirait que ce qu'Henry lui avait raconté sur Lucy l'avait inquiétée et qu'elle était passée voir si tout allait bien. Elle tourna la poignée de la porte et s'aperçut qu'elle était bloquée, ce qui provoqua un froncement de sourcils. Elle lâcha la poignée et frappa. Au bout de quelques secondes, une voix demanda :

— Qui est là ?

Elle avait à peine reconnu la voix de Lucy, tellement elle était rauque et forcée. Elle adoucit la sienne pour répondre.

— C'est Lydia, ma chère. Henry s'inquiétait à ton sujet. Il m'a dit que tu n'allais pas bien. Cela le tourmentait suffisamment pour qu'il m'appelle.

La surprise de Lucy Cunningham fut telle qu'elle en oublia sa peur.

— Henry t'a téléphoné !

— Oui. Tu vois à quel point il pouvait être inquiet. Mais laisse-moi entrer... nous ne pouvons pas parler comme ça. » Elle entendit Lucy s'approcher de la porte et tourner la clé. Une irrésistible sensation de triomphe s'empara d'elle pendant qu'elle pénétrait dans la chambre et poussait la porte derrière elle. Elle ne prit pas le temps de la refermer. Elle n'en avait pas pour longtemps. Ce qu'elle avait à faire pouvait être fait sans délai. Elle regarda Lucy qui n'avait pas encore enlevé sa robe et fit d'un ton choqué :

— Mais, ma chère, tu n'es pas encore déshabillée. Sais-tu quelle heure il est est ?

Lucy secoua violemment la tête.

— Ça n'a pas d'importance... je n'arrive pas à dormir. Tu m'as dit qu'Henry t'avait téléphoné ?

Lydia Crewe hocha la tête.

— Il est terriblement inquiet. Je lui ai promis de venir et de t'apporter un somnifère.

— *Henry* t'a appelée ?

L'incrédulité le disputait à la fatigue dans sa voix.

— C'est bien ce que j'ai dit.

— *Henry ?*

— Cela te ferait plaisir si je te disais que nous nous sommes réconciliés ?

— *Plaisir ?* Oh, Lydia !

De grosses larmes commencèrent à couler sur ses joues. Elle tendit des mains tremblantes. Lydia Crewe les saisit et la guida vers le lit où elle s'assit à côté d'elle, lui parlant d'une voix rassurante.

Le son de cette voix rassurante mêlé au bruit des sanglots de Lucy Cunningham parvint à miss Silver lorsqu'elle arriva en haut de l'escalier. Cela lui simplifia la tâche pour s'approcher discrètement de la porte restée entrouverte. Elle s'immobilisa et entendit miss Crewe qui disait :

— Allons Lucy, il n'y a pas de quoi pleurer. Henry et moi sommes redevenus ce que nous étions l'un pour l'autre et tu devrais en être heureuse. Mais il s'inquiète terriblement à ton sujet, aussi je voudrais que tu prennes ce somnifère. Ce qu'il te faut c'est une bonne nuit de repos. Henry demandera à Mrs. Hubbard de te laisser dormir demain matin, et quand tu te réveilleras, toute fraîche, tu nous diras combien tu es contente que nous soyons tous redevenus amis. Bien sûr, toi et moi, nous l'avons toujours été. Il n'y a jamais rien eu pour nous séparer et il n'y aura jamais rien.

Pendant tout ce discours, Lucy continua à pleurer, pas très fort, mais comme quelqu'un qui est épuisé, qui est arrivé à la limite de ses forces et qui ne peut pas aller plus loin. Lydia et Henry s'étaient réconciliés — Lydia était pleine de gentillesse — il n'y avait plus à s'inquiéter. Mais elle se sentait trop exténuée pour être heureuse. Tout ce qu'elle voulait, c'était s'allonger et dormir. Elle fut consciente que Lydia retirait son bras, se levait et se dirigeait vers le lavabo. Elle perçut un cliquetis de verres s'entrechoquant. Puis Lydia revint et resta debout devant elle, lui tendant un verre.

— Tiens, Lucy, bois-le. Et puis je t'aiderai à te déshabiller et tu dormiras.

Miss Silver poussa la porte de quelques centimètres. Lucy Cunningham était assise sur le bord du lit, le visage baigné de larmes, les yeux rougis. Le dos tourné à la porte, Lydia Crewe était debout, la dominant de toute sa taille. Elle tenait un verre à la main. Elle le tendit à Lucy et lui ordonna :

— Allez, bois ça !

Lucy poussa un long soupir d'épuisement et dit :

— Non... je n'en veux pas, Lydia. Maintenant que tu es venue... je vais pouvoir dormir.

La voix se fit un peu plus autoritaire.

— Tu vas boire ça immédiatement et pas d'histoires ! Tu as besoin d'un long repos !

Lucy Cunningham étendit lentement le bras et saisit le verre. Elle vit en même temps miss Maud Silver entrer dans sa chambre avec son manteau de drap noir, son écharpe de fourrure, son feutre noir et ses gants de laine ; ce fut une vision si surprenante que cela la réveilla brutalement. La puissance de persuasion de la volonté de Lydia se trouva émoussée. Son visage se transforma, elle retira sa main.

Miss Silver toussota en guise d'avertissement et dit :

— Je pense que vous agissez sagement en refusant de prendre un sédatif, miss Cunningham. Le sommeil naturel est toujours préférable.

Lydia Crewe pivota tout d'un bloc sur ses talons. Elle avait déjà eu un choc ce soir. Elle avait réussi à le surmonter. Et maintenant, ceci. Dans un instant elle allait pouvoir penser, réagir, savoir ce qu'il fallait faire. Mais là, dans l'immédiat, elle restait debout, les yeux écarquillés.

D'un geste purement instinctif, Lucy Cunningham se pencha derrière le dos de Lydia Crewe et posa le verre sur la table de nuit. Nul dessein particulier dans ce geste. Elle avait un verre à la main, elle s'en débarrassait. Quelque chose avait amené miss Silver jusqu'à sa chambre en plein milieu de la nuit. Elle se leva, passa près de Lydia, puis s'écarta, car d'un seul coup la pièce fut parcourue d'ondes haineuses. Elle ne comprenait pas pourquoi, mais elle les sentait. Lydia, qui avait été si gentille, n'était plus gentille du tout. Elle demanda d'une voix où vibrait quelque chose que Lucy connaissait bien et craignait plus que tout :

— Que voulez-vous ?

Miss Silver ne parut pas le moins du monde impressionnée. Elle répondit du ton calme qui lui était coutumier :

— Je veux que vous repartiez chez vous, miss Crewe. Je crois que cela vaudrait mieux pour vous. Miss Cunningham a besoin de repos.

Lydia Crewe fit un grand effort sur elle-même. Elle contrôla la rage qui la secouait. Elle contrôla sa voix pour dire :

— J'ai vu qu'elle avait dissous des somnifères... des cachets qu'elle avait. J'attendais seulement qu'elle les prenne pour l'aider à se coucher.

Et que pouvait répondre d'autre Lucy, la gaffeuse, l'imbécile que : « Lydia, je n'ai jamais eu de somnifères. Je n'en prends pas... je n'en ai pas besoin. C'est toi... »

Il y eut un silence. Lydia Crewe rassembla les forces qui lui restaient.

— Très bien, je m'en vais, fit-elle. Puisque tu n'as pas besoin de cette drogue, nous pouvons la jeter. » Puis soudain, avec violence : « Mais qu'en as-tu fait ? Ah ! »

Elle ne s'était pas retournée assez vite. Miss Silver s'était placée entre elle et la table de nuit. Voyant cela, elle perdit tout contrôle. Elle poussa un cri horrible et lança les mains vers la gorge de miss Silver.

Lucy Cunningham se mit à hurler de toutes ses forces, et un instant plus tard, la chambre était pleine de monde... Frank Abbott, Craig Lester, Nicholas. Henry Cunningham n'arriva que bien après, ses mains tremblantes plaquées sur les oreilles, car maintenant c'était Lydia Crewe qui hurlait... horriblement.

Chapitre XLI

Rosamond rêvait. Elle marchait dans un jardin avec Craig. Le bois obscur faisait partie d'un passé dont elle ne semblait plus se souvenir. Elle était dans un jardin au printemps. Il y avait des pommiers couverts de fleurs roses et un cerisier en fleurs. L'allée sur laquelle ils marchaient était bordée de chaque côté de jonquilles et de primevères de toutes les couleurs. Le ciel était bleu et le soleil brillait. Elle se réveilla dans l'obscurité. Quelqu'un l'appelait.

— Rosamond ! Réveille-toi !

C'était la voix de Craig. Des lambeaux de son rêve s'accrochaient encore à son esprit. Elle se redressa près de Jenny dans le grand lit et demanda doucement :

— Qu'y a-t-il ?

— C'est Craig. Viens à la fenêtre. Il faut que je te parle. Ils s'embrassèrent entre les barreaux. Il la prit par les épaules.

— Chérie, je suis désolé de te réveiller comme ça, mais nous allons devoir précipiter les choses.

— Que se passe-t-il ?

— Je te raconterai après. Ecoute, il est bientôt six heures. Je veux que tu réveilles Jenny et que vous vous habilliez toutes les deux. Si tu peux me faire entrer par la petite porte, je vous préparerai un thé. Je n'ai pas l'intention d'inaugurer notre vie conjugale en te laissant mourir d'inanition. J'espère qu'il y aura des œufs ?

— Il devrait y en avoir. Mais, Craig...

— Ma douce enfant, il n'y a pas de mais qui tienne... tu fais exactement ce que je t'ai dit ! Enfile ta robe de chambre et ouvre-moi la porte. Je vais me débrouiller pour faire quelque chose à manger pendant que tu feras les bagages.

Elle fit ce qu'il lui demandait. Peut-être était-ce la suite de son rêve... un peu plus sombre que la partie qu'elle venait de quitter et pleine d'interrogations. Mais elles ne franchirent pas ses lèvres. Elle sentait la nécessité de se presser, de peur que Lydia Crewe ne se réveille. Elle fut terrorisée à l'idée de la scène qui s'ensuivrait et des imprécations qui ne sauraient manquer. Toutes ces pensées allaient et venaient. Elle n'avait pas le temps de s'attarder dessus. Elle ressentait toujours l'urgence de la situation. Elle la retrouva dans l'étreinte et dans le baiser de Craig quand elle lui ouvrit la porte du jardin. Et encore dans la hâte avec laquelle il l'envoya s'habiller dès qu'elle lui eut montré le chemin de la cuisine.

Quand elle revint dans la chambre, Jenny était réveillée et la lumière était allumée. Elle eut soudain la vision de Lydia Crewe debout à sa fenêtre et voyant le rectangle lumineux se découper sur l'allée. Elle dormait toujours avec les fenêtres fermées et les rideaux tirés, mais dans cette vision Lydia était debout à sa fenêtre, en train de regarder la lumière venant de la chambre de Rosamond. Peut-être était-elle déjà là à écouter Craig quand il lui parlait de l'autre côté des barreaux. Rosamond ignorait que Lydia Crewe n'écouterait et ne regarderait plus jamais à ces fenêtres. Elle se dépêcha de tirer les rideaux de la sienne.

Jenny s'étirait en bâillant.

— Chérie, on est encore en pleine nuit. Où étais-tu ?

Rosamond répondit calmement.

— Il est six heures passées. Craig veut que nous partions avec lui tout de suite. Dépêche-toi de t'habiller ! Il est en train de nous faire du thé à la cuisine.

Jenny cessa de bâiller et lui envoya un baiser du bout des doigts. Ses yeux étincelaient de plaisir.

— Oh !... Chouette ! Mais il ne faut pas faire de bruit, hein ? Et imagine qu'*elle* nous entende et qu'elle arrive comme une furie et fasse opposition au mariage !...

Rosamond était en train d'enfiler ses vêtements.

— Nous partirions quand même... elle ne pourrait pas nous en empêcher. Mais dépêche-toi !

Au moment où elles quittaient le petit corridor qui desservait leurs chambres et celle de Lydia Crewe, Jenny regarda derrière elle. Elle dit dans un murmure précipité :

— Que faut-il dire quand on quitte un endroit que l'on hait de toutes ses forces ? Certainement pas « au revoir ». Il faut que ce soit « adieu ». Adieu, maison horrible et sinistre, j'espère ne jamais, *jamais, jamais* te revoir !

Elle s'accrocha au bras de Rosamond.

— Cours, avant qu'elle ne nous suive et ne nous tire en arrière !

Rosamond sentait la petite main trembler. Elle assura sa voix pour répondre :

— Je ne peux pas courir en portant deux valises. Et puis, c'est inutile... personne ne courra après nous.

C'est en prononçant ces mots qu'elle sentit pour la première fois que c'était la vérité. Elles traversèrent le hall. Elle avait laissé une lumière allumée qui essayait de repousser l'obscurité mais ne parvenait qu'à montrer les ombres enveloppant l'escalier et le palier du premier étage plongé dans les ténèbres. Quelque part au-dessus d'elles, les portraits des ancêtres les regardaient passer. Ce fut un véritable soulagement lorsqu'elles poussèrent la porte capitonnée au fond du hall et s'engagèrent dans le couloir brillamment éclairé. Craig semblait avoir allumé toutes les lumières qu'il avait pu trouver.

Au moment où elles entrèrent dans la cuisine, il était en train de sortir des œufs d'une casserole d'eau bouillante. Une nappe recouvrait la table, sur laquelle étaient disposés des tasses et des soucoupes, du beurre et une miche de pain.

Il cria par-dessus son épaule :

— Sors le sel et le poivre, et les couteaux ! Oh, le lait aussi... la bouilloire est bientôt prête !

Cela manquait sans doute de romantisme, mais c'était extrêmement rassurant. Quand la porte capitonnée s'était refermée sur elles, elles s'étaient senties à l'abri des ombres menaçantes. Et les fantômes n'élisent pas domicile dans les cuisines. Ils prirent leur petit déjeuner et lavèrent ce qu'ils avaient utilisé. Mrs. Bolder s'apercevrait que les œufs avaient disparu et remarquerait que le pain et le beurre avaient diminué, mais elle ne pourrait pas dire qu'ils l'avaient laissé se débrouiller avec leurs tasses et leurs assiettes.

Sept heures sonnaient quand ils sortirent par la porte du jardin et descendirent l'allée jusqu'à l'endroit où Craig avait laissé sa voiture. C'était un petit matin calme et froid et les premières lueurs du jour commençaient à poindre.

Chapitre XLII

Mrs. Selby se réveilla. Elle avait entendu la cloche de l'église sonner tous les quarts d'heure pendant toute la nuit, puis soudain, elle s'était endormie. En était-elle sûre ? Elle ne savait pas. La cloche ne sonnait plus. Tout était très silencieux et très froid. Elle se sentait très seule… aucun bruit, personne à ses côtés. C'était plus terrifiant que le plus terrifiant des rêves.

Puis, soudain, un bruit déchira le vide et le silence. Elle ne savait pas d'où il provenait, mais il la réveilla. Elle se redressa dans son lit et entendit une voiture qui descendait le chemin du presbytère. Il faisait très sombre dans la chambre. Elle n'aimait pas dormir les fenêtres ouvertes pour que l'air de la nuit entre dans la chambre, et elle tirait toujours les rideaux. L'air de la nuit était épouvantablement humide et froid à la campagne et il n'était pas question de le laisser pénétrer dans sa chambre. De plus, il y avait des chauves-souris, et si jamais une chauve-souris entrait par la fenêtre, elle deviendrait folle. Fred, lui, aimait dormir les fenêtres ouvertes… il prétendait que si elles étaient fermées, la chambre sentait le renfermé et que cela l'empêchait de dormir. Et comme elle ne pouvait pas dormir quand elles étaient ouvertes, ils faisaient chambre à part. Elle n'aurait jamais cru qu'ils en arriveraient là. Quand on est mariés, on doit dormir dans le même lit, cela va de soi. Mais dormir les fenêtres ouvertes au rez-de-chaussée, avec les chats, les chauves-souris et Dieu sait quoi encore qui pouvaient entrer dans la chambre, ça non, elle ne pouvait pas et elle ne voulait pas. Tout cela s'était passé sans pleurs ni grincements de dents… mais elle aurait peut-être préféré qu'il y ait eu une scène. Ce qu'elle n'avait pas du tout apprécié, c'est que Fred n'avait pas eu l'air mécontent que cela se passe ainsi. Il aurait dû être déçu et en faire toute une histoire plutôt que d'avoir ce petit sourire en coin et de répondre : « Ma chère, tu fais comme bon te semble. »

Elle se redressa dans son lit et entendit quatre hommes sortir de la voiture. Elle savait qu'ils étaient quatre, car elle les entendait parler sans même se donner la peine de baisser la voix. Ils avancèrent jusqu'à la porte et elle entendit le bourdonnement de la sonnette. En tout cas, pas question d'aller ouvrir la porte en chemise de nuit... Fred n'avait qu'à se déplacer. Mais elle se leva et se dirigea vers la fenêtre.

Elle écarta légèrement le rideau et vit qu'il ne faisait plus nuit. La lumière grise du petit matin et des nuages si bas qu'il ne pouvait manquer de pleuvoir. C'était drôle de voir comme on s'intéressait beaucoup plus au temps qu'il faisait quand on vivait à la campagne ; lorsqu'ils habitaient en ville, jamais elle ne remarquait rien, sauf quand il y avait de la neige, de la grêle ou un orage, ou une de ces vagues de chaleur pendant lesquelles on avait l'impression qu'il n'y aurait jamais assez d'air pour tout le monde.

Le timbre électrique retentit de nouveau. Cette fois, l'homme laissa son doigt sur la sonnette. Elle le voyait maintenant, avec les trois autres, debout devant la porte, attendant que quelqu'un vienne leur ouvrir. Des policiers ! Elle laissa retomber son rideau et fit un pas en arrière, transie de peur.

Que pouvait leur vouloir la police ? Et puis arriver comme ça chez les gens avant qu'ils ne soient habillés ! C'est Fred qui irait leur ouvrir. Et ils n'avaient qu'à attendre. Elle attrapa son peignoir, le jeta sur ses épaules et se dirigea pieds nus vers la chambre du fond où il dormait. Elle fut surprise par l'air froid qui pénétrait par la fenêtre ouverte. Il dormait, le dos tourné à la porte, les couvertures remontées jusqu'aux oreilles. Il lui fallut les tirer et le secouer avant qu'il ne s'éveille en projetant un bras hors du lit et en grommelant :

— Qu'est-ce qu'il y a ?

— C'est la police, Fred !

— Qu'est-ce que tu racontes ! grogna-t-il.

Puis, avec vivacité :

— Qu'est-ce qu'ils veulent ?

— Je ne sais pas. Je ne peux pas aller leur ouvrir comme ça.

Il repoussa les couvertures avec une telle violence qu'elles retombèrent par terre. On tambourinait contre la porte. Il lui jeta un regard noir et prit le couloir à pas feutrés pour aller ouvrir.

Mrs. Selby resta où elle était. Elle enfila son peignoir et commença à le boutonner. Elle entendait un bruit de voix, mais elle ne distinguait pas les paroles. Il devait être question de miss Holiday. Elle ne voulait pas entendre ce qui se disait. Chaque fois qu'elle pensait à cette pauvre femme, la tête lui tournait et elle se sentait mal.

Il y eut un bruit de pas dans le couloir et Fred entra dans la chambre. Il risquait de prendre froid. Avec la fraîcheur du petit matin, il aurait dû se couvrir. Un des policiers qui l'accompagnait se racla la gorge et dit :

— Il vaudrait mieux regagner votre chambre, madame. Mr. Selby va s'habiller.

Et Fred lui dit :

— C'est vrai, ma chère. Il vaut mieux t'habiller, et puis tu pourras nous faire du thé. La police aimerait simplement procéder à une nouvelle fouille et je leur ai dit que nous n'y voyions aucune objection. Nous n'avons rien à cacher.

Le policier qui l'accompagnait toussa derrière sa main. Comme un coup de poignard, une question s'imposa à Mrs. Selby : « Qu'a donc manigancé Fred ? » Il avait gardé un visage souriant, et pour ceux qui ne le connaissaient pas comme elle le connaissait, sa voix chaude et joviale était la même que celle qu'il avait en société. Mais elle ne se laissait pas abuser. Il y avait quelque chose qui n'allait pas et il était en train de jouer la comédie.

Elle repartit dans sa chambre et mit les premiers vêtements qui lui tombaient sous la main, une jupe et un pull-over bleu roi et un cardigan mauve. Elle se donna un coup de peigne rapide et nettoya l'instrument. Les couleurs vives juraient affreusement, mais elle ne le remarqua même pas. Elle enfila des bas et chaussa ses pantoufles molletonnées qui lui tenaient les pieds au chaud. La chaleur lui apporta un peu de réconfort.

Fred sortit de sa chambre et il y eut à travers la maison un piétinement de souliers ferrés qui sortirent par la porte de derrière. Mrs. Selby alla dans la cuisine et mit une bouilloire sur le réchaud, mais l'eau eut le temps de bouillir, de refroidir et d'être réchauffée à feu doux avant qu'ils ne reviennent. Quand elle alla jusqu'à la porte de derrière pour regarder dehors, il bruinait. Parfois il n'y avait rien d'autre à voir que la pluie tombant sur les poulaillers et les poules, toutes crottées, picorant et grattant dans leur enclos. Parfois les policiers se montraient, passant d'un appentis à l'autre. Il y avait deux grands appentis. Elle ne comprenait pas ce qu'ils pouvaient y chercher.

Finalement les souliers ferrés revinrent à la maison. Un seul des policiers vint jusqu'à la cuisine. C'était l'inspecteur de Melbury. Il s'approcha d'elle, la main refermée sur quelque chose qu'elle ne voyait pas, et s'arrêta de l'autre côté de la table. Puis il posa la main sur la nappe à carreaux et l'ouvrit lentement, et là, dans sa paume, il y avait une des perles de miss Holiday. Il n'y avait pas d'erreur possible... une grosse perle bleu ciel, avec les fils d'or et d'argent entremêlés à l'intérieur du verre. Elle ouvrit la bouche toute grande et ne put retenir une exclamation.

— Oh, mais c'est une des perles de miss Holiday !

— Vous en êtes sûre, Mrs. Selby ? demanda l'inspecteur.

— Oh, oui... naturellement que j'en suis sûre. Mais, elle...

Il y avait une chaise à côté d'elle. Elle se laissa tomber dessus et le regarda avec des yeux ronds.

— Mrs. Selby, lorsque vous nous avez fourni une description de ce que miss Holiday portait dimanche soir, vous avez mentionné un collier de perles bleues. Reconnaissez-vous cette perle comme une de celles qui composaient le collier ?

Elle avait la gorge nouée. Elle s'entendit à peine répondre :

— Oui...

— Quand le corps de miss Holiday a été sorti du puits, poursuivit l'inspecteur, le fil du collier était rompu, mais nous avons retrouvé quelques perles dans ses vêtements. Celle-ci vient d'être trouvée dans le second appentis que nous avons fouillé. Elle avait glissé dans l'ouverture d'un vieux sac. Voyez-vous une explication possible à la présence de cette perle là-bas ?

— Non, répondit-elle.

— Quand vous avez vu miss Holiday pour la dernière fois, elle était vivante ?

— Oh, oui.

— Elle avait son collier de perles ?

— Oh, oui.

— Le fil n'était pas cassé ?

— Oh, non.

— L'avez-vous revue après qu'elle ait quitté cette maison ?

Elle se revoyait dimanche soir — assise avec miss Holiday dans le salon — regardant les perles bleues et se disant que c'était vraiment très joli quand la lumière faisait briller les fils d'or et d'argent — l'accompagnant jusqu'à la porte et la regardant s'éloigner. Tout le reste semblait lui être sorti de l'esprit. Seul cet au revoir du dimanche soir était réel. Elle revoyait miss Holiday s'éloigner et elle-même refermer la porte et donner un tour de clé.

Elle répondit lentement :

— Je l'ai accompagnée jusqu'à la porte et j'ai donné un tour de clé. Je ne l'ai jamais revue.

CHAPITRE XLIII

Quand Lydia Crewe cessa de hurler, elle commença à parler. Elle parla sans arrêt tout le reste de la nuit et elle parlait encore quand on amena Fred Selby au poste de police et qu'on commença à l'interroger après l'avoir averti que tout ce qu'il déclarait serait consigné au procès-verbal et pourrait être retenu contre lui. Lydia Crewe aussi avait été dûment avertie, mais cela n'avait rien changé... elle avait continué à parler. Quelque chose — un frein, une commande quelconque — ne répondait plus. Cela rappelait à Frank Abbott une pendule ayant appartenu à sa grand-mère, la redoutable Lady Evelyn Abbott. Elle s'était mise à sonner au beau milieu de la prière en commun et personne n'avait été capable de l'arrêter. L'étonnement qui s'était peint sur son visage et s'était lentement transformé en un air de reproche outragé lui était resté comme un agréable souvenir.

Mais il n'y avait rien d'agréable dans le spectacle qu'offrait Lydia Crewe. Elle avait visiblement franchi les limites de la démence, tout en restant remarquablement et affreusement lucide. Ce qui frappait tout d'abord et avant tout le reste, c'était la fierté qu'elle tirait de ses méfaits. Préserver Crewe House, trouver de l'argent frais qui permette d'entretenir la propriété, étaient des objectifs qui justifiaient tout ce qu'elle avait fait et dont elle était fière. Quand on l'informa que deux témoins avaient surpris sa conversation avec Henry Cunningham à propos des rubis des Melbury et que les rubis eux-mêmes avaient été récupérés, deux dans des cadavres d'araignées et le reste dans un des tiroirs du bureau d'Henry, elle s'empressa de raconter en détail comment elle avait procédé à la substitution des pierres.

— A quoi cela servait-il à Felicia Melbury de les garder

enfermées dans un coffre-fort ? Combien de fois croyez-vous qu'elle les a portées l'an dernier ? Deux fois, ni plus ni moins... au Bal du Comté et à la Soirée de la Chasse à Melbury ! Donc je lui ai téléphoné et je lui ai demandé si je pouvais passer la voir — vous savez que nous avons de vagues liens de parenté — et quand je suis arrivée là-bas, elle m'a dit qu'elle portait le fameux collier, que je connaissais déjà, et elle a pris grand plaisir à l'exhiber. L'occasion était belle. Je ne sais pas si vous comprendrez le procédé employé, car c'est moi-même qui l'ai inventé — c'est un papier spécialement traité pour prendre une empreinte très précise. Il faut, bien entendu, y ajouter un sens aigu des couleurs et une mémoire photographique, que j'ai la chance de posséder tous deux. Il me suffisait de forger un prétexte pour qu'elle s'absente quelques instants de la pièce. J'ai prétendu avoir oublié mon mouchoir et elle est allée dans sa chambre m'en chercher un. Quand elle est revenue, j'avais l'empreinte du collier et le papier était dans mon sac à main. Le croquis définitif, à partir duquel un joaillier pouvait se mettre au travail, a nécessité beaucoup de temps et d'habileté. Les pierres devant servir à la réalisation de la copie sont venues de Paris. Selby a un ouvrier extrêmement habile dans sa boutique de Garstin Street. Vous ne saviez pas qu'il avait une joaillerie, n'est-ce pas ? Mais on ne doit pas attendre de la police qu'elle fasse preuve d'intelligence. Nous vous avons possédés à chaque fois.

Le commissaire de Melbury n'eut aucune réaction. C'était un homme massif, qui ne se laissait pas facilement décontenancer.

— Pas cette fois, miss Crewe, fit remarquer Frank Abbott.

Elle poursuivit comme si de rien n'était.

— Ce n'est qu'une boutique minable dans une rue minable... ils montent des épingles sur des broches, ils réparent des montres, ils vendent des colliers de quatre sous que les filles du quartier se mettent autour du cou pour avoir l'illusion d'être quelqu'un. Ah, vous ne saviez pas que Selby avait une boutique comme ça, hein ? Il a laissé son affaire à son frère, mais il a conservé sa petite joaillerie et son brillant ouvrier, ce Hirsch... un homme très consciencieux et en qui on peut avoir toute confiance. Quand le collier fut prêt, il me suffisait d'attendre la Soirée de la Chasse et de retourner chez Felicia Melbury. Elle ne m'aime guère, mais elle a peur de ce que je pourrais raconter sur elle. J'y vais quand l'envie m'en prend et elle est toujours très polie avec moi. Je sais pratiquement tout sur tout le monde dans le comté. Alors j'y suis allée, je me suis extasiée devant le collier et je l'ai échangé contre celui que Hirsch avait fait. Elle était dans la pièce à ce moment-là. J'avais attiré son attention sur quelque chose dans le jardin, et la substitution n'a pris que quelques secondes.

La voix rauque semblait ne plus pouvoir s'arrêter. On demanda à miss Crewe d'expliquer ce qui était arrivé à miss Holiday.

Elle répéta toute l'histoire de l'enveloppe glissée maladroitement dans la poche de blouse par une femme agissant sous le coup de la frayeur, de l'enveloppe qui était tombée et que Lucy Cunningham avait ramassée pour la rapporter à Crewe House.

— Donc, vous comprenez bien qu'elle devait disparaître. Elle avait pu regarder à l'intérieur et voir l'esquisse du collier. Selby s'est très bien débrouillé.

Le commissaire intervint.

— Comment s'y est-il pris ?

Elle posa les yeux sur lui sans le voir, aussi ravie qu'un chat jouant avec une souris.

— J'ai coupé à travers champs et je l'ai mis au courant. Il m'a appris qu'elle allait venir voir sa femme dès qu'il aurait pris la direction de « La Feuille de Houx ». Elle avait peur des hommes, vous voyez ! Quelle gourde ! Il m'a dit qu'il pourrait s'esquiver et la surprendre juste avant neuf heures, quand elle rentrerait se coucher. Elle rentrait toujours à la même heure, parce que la vieille fermait la porte à ce moment-là. Il m'a dit que personne ne le remarquerait s'il s'absentait une minute ou deux. C'est juste à côté. Et c'est ce qu'il a fait.

— Il a tué miss Holiday ?

— Oh, non, il l'a simplement estourbie. Et puis nous l'avons mise dans un des appentis derrière le bungalow. Vous comprenez, il fallait attendre que la nuit soit bien avancée pour la jeter dans le puits. Il fallait attendre que tout le monde soit endormi. Il ne fallait pas que Mrs. Selby se doute de quelque chose, ni la vieille Mrs. Maple.

Le commissaire se gratta le menton.

— Miss Crewe, vous avez été avertie que tout ce que vous déclarez pourra être utilisé par la justice. Dois-je comprendre que vous étiez présente quand miss Holiday a d'abord été assommée puis un peu plus tard jetée dans le puits au fond du jardin de Mrs. Maple ?

Elle lui jeta un regard fugace et brillant.

— Oh, oui... il n'aurait jamais pu s'en tirer tout seul. Il y a un passage très pratique à travers champs qui débouche au niveau de l'échalier du chemin du presbytère, à proximité du bungalow des Selby. Je puis vous assurer que tout a été organisé à la perfection. Je me suis donné du mal. Commissaire, il faut bien comprendre que depuis le début, le cerveau de tout cela, c'était moi. Selby a été fort utile, mais il a toujours agi sur mes ordres. Il est parfaitement incapable d'élaborer les plans complexes qui ont été couronnés de tant de succès. Je me permets d'insister sur ce point.

— Et Mr. Cunningham... quel était son rôle ?

— Oh, Henry ! s'écria-t-elle en gesticulant.

Ses bagues brillaient de tous leurs feux sous la lumière.

« Ils vont les lui enlever et elle en souffrira énormément », se dit Frank Abbott. Mais cette remarque inopportune ne fit que lui traverser l'esprit.

— Henry ! répéta-t-elle. Mais enfin, il serait incapable de mettre quoi que ce soit sur pied. Tout ce qu'il était capable de faire, c'était de dissimuler les pierres dans ses spécimens. Et nous ne lui avons jamais dit que ce que nous ne pouvions éviter de lui dire. Il a réussi quelques exemplaires de chenilles absolument remarquables. Certaines étaient très grosses et il était très habile à les bourrer de diamants. Vous savez que l'on peut faire loger pas mal de diamants dans une seule de ces grosses chenilles. Il utilisait une sorte de plasticine, et il les peignait quand elles étaient sèches. On les expédiait à l'étranger où elles étaient supposées servir de matériel pédagogique.

Frank Abbott posa sur elle un regard teinté d'ironie.

— Fort ingénieux, miss Crewe. La mise au point de tout cela a dû vous demander énormément de réflexion. Puis-je vous demander si la disparition de Maggie Bell est un autre témoignage de votre ingéniosité ? Je présume qu'elle a vu à Dower House quelque chose qu'elle n'aurait pas dû voir, et que lorsque Henry Cunningham vous en a informée, vous avez pris les choses en main.

Elle fronça aussitôt les sourcils.

— Que savez-vous sur Maggie Bell ?

Il se renversa sur son siège et, prenant une pose nonchalante, répondit d'une voix détachée :

— Eh bien, si vous me demandez ce que j'en pense, je dirais qu'Henry a dû commettre une imprudence. Voyons... vous vous étiez déjà emparée du collier de lady Melbury. Vous aviez peut-être déjà projeté l'an dernier de faire sortir les pierres du pays, puis vous vous êtes ravisée. Henry en détenait peut-être quelques-unes qui étaient destinées à être introduites dans ses spécimens. Disons, au jugé, qu'il les avait probablement laissé traîner sur son sous-main et qu'il s'était absenté quelques instants, et que lorsqu'il est revenu, il a trouvé Maggie Bell devant les rubis.

— Elle n'avait rien à faire dans son bureau, fit Lydia Crewe d'un ton sévère. On lui avait bien recommandé de ne jamais l'interrompre dans son travail. Si les gens enfreignent les ordres qu'on leur donne, ils doivent en assumer toutes les conséquences.

— Puis-je vous demander comment vous vous y êtes prise pour — hum — les lui faire assumer ? Comment votre brillant cerveau a réagi devant ce qui a dû vous apparaître comme une situation fort périlleuse ?

— J'ai, naturellement, tout de suite réalisé qu'il fallait prendre des mesures d'urgence. Il était peu probable que Maggie parle de ce qu'elle avait vu à ses parents — des gens très désagréables et qui ne s'intéressaient qu'à leurs petites personnes et à leurs petites santés. Par contre Maggie allait souvent voir sa cousine, une nommée Florrie Hunt, qui travaille chez Mrs. Merridew. Lucy Cunningham a mentionné dans la conversation qu'elle devait s'y rendre ce soir-là. Lucy passe son temps à mentionner des détails de ce genre... il n'y a rien de plus assommant, mais c'est parfois bien utile. J'ai donc demandé à Selby de préparer sa voiture et venir me prendre. La maison des Hunt est la dernière à la sortie du village, et nous nous sommes arrêtés un peu plus loin. Quand Maggie est arrivée, je l'attendais. Je lui ai dit que j'avais un message pour Mrs. Hunt, et elle m'a accompagnée jusqu'à la voiture pour le prendre. Elle travaillait bien, mais ce qu'elle pouvait être bête ! Je lui ai dit de monter dans la voiture car il y avait quelque chose que je voulais lui expliquer à propos de ce message. Après que Selby se fut occupé d'elle, nous nous sommes débarrassés du corps et nous sommes rentrés chez nous. Il n'y avait vraiment aucun risque. Selby a posté deux cartes que j'avais rédigées, et tout le monde a cru qu'elle en avait simplement eu assez d'Hazel Green et qu'elle était partie.

— Qu'avez-vous fait du corps ? demanda le commissaire.

Lydia Crewe buvait du petit-lait, cela sautait aux yeux.

— Ah ! s'exclama-t-elle, vous ne l'avez jamais trouvé, n'est-ce pas ? Si vous aviez découvert le corps, les gens n'auraient jamais cru qu'elle avait quitté le village de son plein gré ! Alors, j'ai pris grand soin de faire en sorte qu'on ne découvre pas le corps !

Frank Abbott haussa un sourcil et lui dit :

— Pour l'instant, nous n'avons que votre parole qu'elle n'est pas partie de son plein gré. Toutes vos affirmations à propos de ce plan soi-disant si brillant que vous avez concocté, toutes ces affirmations tombent à l'eau s'il n'y a pas la moindre preuve pour les étayer. Personnellement je n'en croirai pas un mot tant que je n'aurai pas vu le corps. Puisque vous prétendez vous en être débarrassé, vous devez pouvoir nous dire ce que vous en avez fait. Mais vous ne pouvez pas nous demander de croire votre histoire avant de l'avoir retrouvé. Pour l'instant, je suis plutôt sceptique.

Elle reprit la parole et continua à parler.

Chapitre XLIV

Miss Silver était tout à fait prête quand Craig vint la chercher peu après neuf heures et demie. Elle portait le chapeau qui avait été son chapeau du dimanche pendant seulement deux hivers, un feutre noir orné d'un bouquet de pensées sur le côté gauche. Frank Abbott a toujours soutenu que pendant toutes les années où il a voué un véritable culte à Maudie, il ne lui a jamais connu que deux chapeaux, qualifiés respectivement de chapeau du dimanche et de chapeau numéro deux, mais que, périodiquement, tel le phénix renaissant de ses cendres, ils se renouvelaient en s'ornant de nouveaux rubans, noirs ou pourpres, ou d'un bouquet de fleurs différentes. Il faut reconnaître que ses chapeaux avaient tous la même forme et qu'ils étaient toujours en feutre noir ou en paille noire selon la saison. Celui qu'elle portait avait un ruban noir à liséré pourpre. Elle avait l'intention de mettre les gants de suède gris que Cecilia Voycey lui avait envoyés pour Noël. Elle les estimait trop légers pour être vraiment pratiques, mais pour un mariage, ils convenaient parfaitement à l'occasion. A en juger par sa physionomie sereine et reposée, nul n'aurait pu se douter qu'elle n'avait pas fermé l'œil de la nuit.

Après qu'une fouille du bureau de Dower House eut permis de mettre la main sur les rubis des Melbury, l'arrestation d'Henry Cunningham avait, bien entendu, été inévitable. Le désespoir de Lucy Cunningham avait été pénible à voir, et il n'avait pas été possible de la laisser seule avant qu'elle ne s'enfonce dans un sommeil agité. Nicholas s'était montré fort utile et miss Silver était revenue au petit matin, persuadée que Lucy Cunningham était en bonnes mains en attendant l'arrivée de Mrs. Merridew.

Marian, heureusement, avait dormi paisiblement, sans se douter le moins du monde que la porte d'entrée était restée ouverte toute la nuit et que son invitée avait passé la nuit dehors. Le temps qu'elle prenne conscience de ces faits, ils ne pouvaient plus être considérés comme étant d'une importance primordiale. L'arrestation de Lydia Crewe, d'Henry Cunningham et du jovial Mr. Selby éclipsait tout le reste.

— Oh, ma chère Maud, mais ces pauvres filles... que vont-elles devenir ! Et Lucy ! Elle doit être complètement effondrée, la pauvre ! Il faut absolument que j'aille la voir ! Ce pauvre Henry... ça ne paraît pas croyable ! C'était un si charmant jeune homme. Lydia, bien sûr, a toujours été bizarre. Cela ne peut être bon de vivre dans le passé comme elle le faisait. Après tout, ces vieilles demeures, ces tableaux, ces meubles anciens... ils ne comptent pas autant que les gens en chair et en os, et on ne devrait jamais se laisser aller à le croire. Mais c'est ce que faisait Lydia... on ne pouvait pas s'empêcher de le voir. Et dans tous les cas, elle n'en faisait qu'à sa tête.

Les langues allaient bon train à Hazel Green. Et pour une fois, Florrie n'avait pas la primeur de la nouvelle. Elle trouva Mrs. Merridew et miss Silver déjà informées et fort peu enclines à parler de ce qu'elles savaient. Le « tout cela est bien triste, Florrie, et il faut que je me dépêche de m'habiller pour aller voir miss Cunningham », de Mrs. Merridew fut tout ce qu'elle put tirer de son employeuse. Quant à miss Silver, elle avait emporté sa tasse de thé et s'était réfugiée dans sa chambre en refermant la porte.

Quand Craig arriva, Mrs. Merridew s'était déjà mise en route pour Dower House et miss Silver était prête. Elle attendit qu'ils soient sortis du village avant d'ouvrir la bouche pour lui adresser un « bonjour » grave. Puis elle lui demanda :

— Comment ont-elles pris la chose, Mr. Lester ?

Il marqua une légère hésitation avant de répondre.

— Elles ne sont pas au courant.

— Vous ne leur avez rien dit ?

Il secoua lentement la tête.

— Pas un mot. Dès que le jour a commencé à se lever, je les ai appelées par la fenêtre et je leur ai dit de s'habiller et de me suivre. Elles ne m'ont pas posé de questions. Je pense qu'il a dû y avoir une scène avec miss Crewe. Jenny avait l'air bizarre. Elle n'était pas dans sa chambre... elle a dormi avec Rosamond. Je ne leur ai pas posé de questions non plus. J'ai estimé que cela pouvait attendre jusqu'à ce que nous soyons mariés. Rosamond est parfaitement capable de me dire qu'elle ne peut plus se marier parce qu'ils ont arrêté la vieille folle. Mais dès que je serai devenu son mari, je m'occuperai de tout cela, et de toutes les autres difficultés qui pourront se présenter. Je vous avoue que je suis sur des charbons ardents et que je le serai tant qu'elle ne sera pas en sécurité quelque part.

— Où les avez-vous emmenées, Mr. Lester ?

— Eh bien, j'avais pensé les emmener chez mon oncle. C'était parfaitement respectable et tout, mais cela aurait créé trop de complications. Il y a une vieille bonne et une garde-malade et tout est réglé comme du papier à musique... vous voyez le genre. Cela n'aurait pas marché. Alors je les ai emmenées à l'Hôtel de la Gare. Ils ont l'habitude d'avoir des voyageurs qui arrivent très tôt. Elles vont rester dans leur chambre — tout au moins je l'espère — jusqu'à ce que nous venions les chercher. Je ne pense pas que Jenny ait beaucoup dormi, et Rosamond va probablement essayer de la calmer.

Miss Silver était pensive. Les nouvelles se répandent comme une traînée de poudre à la campagne. Et c'était une nouvelle sensationnelle. Les trois personnes arrêtées avaient été emmenées à Melbury pour y être inculpées. Peut-être commençait-on déjà à en parler à l'hôtel, alors que le personnel venait d'embaucher. L'histoire des diamants des Melbury allait sans aucun doute faire jaser. Elle se prit à espérer que Rosamond Maxwell n'allait pas quitter sa chambre.

Dès le premier coup de Craig sur la porte, Rosamond ouvrit. Si lui aussi avait nourri quelques craintes, elles furent immédiatement balayées. Rosamond portait le pull-over bleu avec lequel elle était venue prendre le thé chez Mrs. Merridew. Il n'était pas neuf, mais il mettait en valeur ses yeux de saphir. Quand elle regarda Craig, ils étincelaient.

— Miss Silver est venue nous servir de témoin, lui dit-il. Rosamond se tourna immédiatement vers elle et ouvrit les mains.

— Comme c'est gentil à vous... c'est tellement, tellement gentil !

Jenny était aux anges parce qu'elle portait une jupe et un pull-over appartenant à Rosamond. Ses vêtements à elle lui arrivaient tous au-dessus du genou et on ne peut pas aller au mariage de sa sœur habillée comme ça. Ces vêtements n'étaient pas neufs... aucune de leurs affaires n'était neuve, mais elle se sentait comme une grande personne à chaque fois que la jupe lui frôlait les jambes, et bien que la jupe n'ait été qu'un vieux tweed et que le pull-over ait été marron, son admirable chevelure était mise en valeur. Et puis soudain, quand miss Silver la regarda, elle eut envie de pleurer.

Ils montèrent tous dans la voiture de Craig et se dirigèrent vers le bureau de l'état civil. Jenny se dit que c'était bien triste de se marier ainsi. Rosamond aurait été tellement belle dans une longue robe blanche à traîne, avec un joli voile flottant. Et Jenny aurait été demoiselle d'honneur, avec une robe blanche aussi et une couronne de fleurs sur la tête. Il y aurait eu un orgue, des chants et des tas de fleurs dans l'église. Alors que ça, c'était triste, et c'était déjà fini, le temps qu'elle rêve à ce qu'aurait pu être l'autre mariage. Elle n'avait pas même eu le temps de choisir quelle variété de fleurs elle aurait eue sur la tête que déjà l'officier de l'état civil disait : « Permettez-moi d'être le premier à vous féliciter, Mrs. Lester », et que c'était fini.

Craig et Rosamond ne s'embrassèrent pas. Ils se regardèrent simplement. Mais il y avait dans ce regard quelque chose qui ébranla Jenny. Ce n'était ni les fleurs ni la robe blanche ni la musique qui rendaient un mariage romantique... c'était autre chose, quelque chose qui existait entre les deux êtres qui se mariaient. Et en voyant Rosamond et Craig échanger ce long regard, Jenny comprit ce que c'était.

Chapitre XLV

— Il n'y a pas moyen de la faire taire, dit Frank Abbott. C'est sinistre. Ils l'ont emmenée à l'infirmerie... elle parle sans discontinuer depuis des heures. Elle raconte en détail tout ce qu'elle a fait depuis vingt ans.

Miss Silver soupira.

— C'est une bien triste affaire, fit-elle.

Ils étaient au soir d'une journée bien remplie. Ils étaient assis dans le salon du White Cottage, Frank affalé dans le plus gros fauteuil, miss Silver assise bien droite, son tricot sur les genoux. Mrs. Merridew était encore auprès de Lucy Cunningham et y resterait jusqu'à ce qu'elle soit bien installée pour la nuit. Le plateau à café était près du coude de Frank et un feu de bois flambait gaiement dans l'âtre.

— Le commissaire divisionnaire refusait de le croire, vous savez. Il disait qu'elle était devenue cinglée et qu'elle racontait n'importe quoi. Même la vue des rubis des Melbury n'a pas ébranlé sa conviction. Il y avait eu des Crewe à Crewe House depuis trois cents ans, et ainsi de suite. Si quelqu'un devait porter le chapeau, ce ne pouvait être qu'Henry Cunningham. Vous comprenez, les Cunningham ne sont là que depuis une trentaine d'années, et quant à Selby, un Londonien fraîchement débarqué, tout était bien évidemment possible. C'est bizarre tout cela, parce que c'est un type très capable. Mais cela fait partie des idées dont les gens sont imprégnés... la vieille famille du comté ne peut pas avoir de brebis galeuse en son sein.

La barboteuse de la petite Joséphine était presque terminée. Elle avait eu juste assez de laine cerise.

— Et dites-moi, comment avez-vous fait pour le convaincre ?

Frank Abbott se versa une autre tasse de café qu'il sucra exagérément.

— Eh bien, vous savez, lorsqu'elle a annoncé que le corps de Maggie Bell était dans la vieille sablière, tout près de la route, en descendant le second chemin sur la gauche en direction de Melbury, et que nous l'avons effectivement retrouvé sous un fouillis d'orties et de ronces, il fallait, soit lui attribuer un don de double vue, soit reconnaître qu'elle avait aidé à le cacher là-bas comme elle le déclarait. Elle nous a raconté avec une grande fierté comment elle avait intercepté Maggie alors qu'elle se rendait chez les Hunt et comment elle l'avait persuadée d'entrer dans la voiture de Selby en prétendant qu'elle avait quelque chose à remettre à la mère de Florrie. Une fois dans la voiture, il avait été facile à Selby de lui fracasser le crâne et de l'emmener jusqu'à la sablière. *Exit* Maggie qui, comme la pauvre miss Holiday, en savait trop. C'était fort regrettable et cela avait donné bien du souci à miss Crewe. Henry avait commis l'imprudence de laisser traîner des rubis volés sur son bureau alors qu'il avait quitté la pièce et en revenant, il avait trouvé Maggie devant les pierres. Il n'y avait, bien entendu, qu'une seule chose à faire, et c'est ce que Selby et Lydia Crewe ont fait. Je pense qu'ils n'en ont pas parlé à Henry. Son rôle se bornait à remplir ses specimens des pierres volées.

— C'est bien cela. Mr. Lester et moi-même l'avons entendue lui assurer que Maggie était partie parce qu'elle s'ennuyait à Hazel Green et que miss Holiday s'était suicidée. Il était inquiet, mais il ne demandait qu'à être convaincu. C'était un faible sur qui elle exerçait énormément d'ascendant.

Frank vida sa tasse et la reposa.

— Vous savez, fit-il, ce qui nous a tous induits en erreur, ce fut la supposition que la disparition de Maggie avait un rapport quelconque avec les fuites à Dalling Grange. Si Maggie n'avait pas travaillé pour les Cunningham et si Nicholas n'avait pas travaillé à Dalling Grange sur des projets hautement confidentiels, jamais les deux affaires n'auraient été mêlées. Mais les gars de la Sécurité n'arrivaient pas à se sortir cela de la tête et tout était faussé au départ. Tenez, par exemple, ils ont fait des recherches sur Selby et ils ont découvert que son frère et lui étaient associés dans un garage, une affaire parfaitement respectable, et qu'il s'était retiré. S'ils avaient découvert — ce qu'ils n'ont pas fait — que le père de Mrs. Selby possédait une petite joaillerie qu'il avait léguée à sa fille, pour eux cela n'aurait eu aucune espèce d'importance, et pourtant c'est là-bas que se passaient les affaires louches. Mrs. Selby n'était au courant de rien... je présume que Selby ne lui rendait pas de comptes. Il a trouvé un faussaire extrêmement habile — un juif français réfugié — et ils se sont mis à fabriquer des faux bijoux. Ce que j'aimerais bien savoir, c'est comment vous avez fait pour piger ça.

Miss Silver trouva l'expression répréhensible. Elle exprima sa réprobation par un toussotement. Frank lui envoya un baiser du bout des doigts.

— Mes excuses les plus plates ! Les mauvaises fréquentations finissent par corrompre les bonnes manières. Mon cousin a un vocabulaire absolument lamentable. Après avoir fait amende honorable, j'espère que vous ne m'en tiendrez pas rigueur et que vous allez tout me raconter.

Elle lui adressa un sourire bienveillant.

— Quelle manière extravagante de s'exprimer, mon cher Frank. Que voulez-vous savoir exactement ?

— Comment vous en êtes venue à découvrir cette affaire de bijoux ?

Les aiguilles cliquetaient en cadence. Elle tira sur sa pelote de laine cerise.

— C'est assez difficile à dire. Miss Crewe m'avait donné une impression très désagréable. Elle avait ou avait eu des liens étroits avec les Cunningham. Henry Cunningham et elle avaient été fiancés. D'après Mrs. Merridew, elle le dominait complètement. Puis un bijou de valeur disparut dans des circonstances qui firent porter les soupçons sur Henry Cunningham. Il les accrédita en quittant le pays. Plus de vingt ans après, il revint et commença à mener une existence paisible et recluse, uniquement intéressé par l'histoire naturelle. Lydia Crewe montrait avec insistance que la rupture était totale entre eux. Elle refusait de le saluer dans la rue. C'est ce qu'elle a fait le jour où elle est venue prendre le thé ici. Mrs. Merridew s'en montrait désolée et elle m'a confié que c'était une habitude immuable. Pendant le thé, la conversation a porté sur Lady Muriel Street qui s'était aperçue que les pierres d'une broche qu'elle avait toujours cru être un bijou de grande valeur, étaient fausses. C'est Mrs. Merridew qui a abordé le sujet, mais miss Crewe, de manière assez curieuse, avait poursuivi en citant l'exemple de lady Melbury qui avait fait une découverte semblable. La chose n'aurait jamais dû être rendue publique mais lord Melbury, faisant fi de toute discrétion, s'était chargé de l'ébruiter. Elle avait ajouté que si tout se savait, on s'apercevrait que bon nombre de joyaux historiques n'étaient en fait que des copies dont les originaux avaient été vendus et que les gens sensés gardaient cela pour eux. Il y avait dans sa manière de s'exprimer quelque chose qui m'avait laissé une impression indéfinissable. Elle avait employé le ton déplaisant d'un censeur impitoyable, sous lequel perçait toutefois une certaine délectation. Elle s'appesantissait sur le sujet et j'ai cru déceler une sorte de fierté... il m'est difficile d'exprimer cela de manière plus précise.

Les yeux bleus très pâles l'observaient avec un vif intérêt entre les paupières mi-closes.

— Oui... continuez, fit-il.

— Quand miss Holiday a disparu, et après la découverte de son corps, je suis revenue sur ces premières impressions et je me suis aperçue qu'avec le recul elles avaient pris de la force. D'autre part, il était impossible de ne pas établir un parallèle entre cette disparition et celle de Maggie Bell l'année précédente. Mais je me refusais à accepter une théorie liant le meurtre de miss Holiday aux fuites des secrets militaires de Dalling Grange.

— Puis-je vous demander pourquoi ?

Elle inclina légèrement la tête.

— J'étais en train de me persuader qu'il devait y avoir un funeste rapport entre miss Crewe et la mort tragique de miss Holiday. Miss Cunningham avait rencontré la pauvre femme sortant de Crewe House le dimanche soir. Vous m'avez informé que la police avait recueilli la déposition d'une jeune femme qui était passée devant elles à bicyclette. Elle déclarait que l'une des deux avait laissé tomber une lettre et que miss Cunningham l'avait ramassée. D'après miss Cunningham, la lettre était tombée de la poche de la blouse de Miss Holiday lorsqu'elle avait sorti son mouchoir. Voyant que l'enveloppe avait été ouverte et qu'elle était adressée à miss Crewe, elle avait supposé que cette lettre avait été prise par mégarde et avait proposé, puisqu'elle s'y rendait, de la rapporter à Crew House. Ce bref épisode jetait une lumière nouvelle sur le mobile de l'assassinat de miss Holiday. La lettre contenait quelque chose de si dangereux pour miss Crewe qu'elle ne reculerait devant rien pour s'assurer du silence de miss Holiday. Et quand cet assassinat a été suivi d'une tentative de meurtre sur la personne de miss Cunningham, j'ai acquis la conviction que miss Crewe se livrait à des agissements criminels et que la vie de miss Cunningham était gravement menacée. Mais je me refusais à envisager toute théorie impliquant miss Crewe dans une vente de secrets militaires à une puissance étrangère.

Frank Abbott ouvrit les yeux.

— Là, vous me surprenez.

Miss Silver posa sur lui un regard où se lisait une légère déception.

— Mon cher Frank, vous ne réfléchissez pas. Miss Crewe est une créature malfaisante et impitoyable, mais il ne faut jamais perdre de vue les mobiles qui poussent un criminel. Dans le cas de Lydia Crewe, ils sont faciles à discerner. Elle a un orgueil démesuré de sa naissance, une passion frisant l'idolâtrie envers sa famille, ses traditions, ses hauts faits, l'accumulation de ses possessions. Mais comme les Crewe ont toujours fait partie intégrante du comté et le comté de la nation, elle n'aurait pas plus accepté de tremper dans une trahison quelconque qu'elle n'aurait négligé de se lever en entendant l'hymne national. Mais pour ce qui était de dépouiller ses voisins, elle était probablement dans le droit fil de la tradition familiale. L'histoire regorge d'exemples de grandes familles qui ont connu des hauts et des bas... de terres cédées parce qu'elles avaient embrassé une cause qui ne l'avait pas emporté ou de terres acquises aux dépens du voisin parce que le hasard avait voulu qu'elles se soient trouvées du côté du vainqueur. Il est hors de doute que les Crewe ont connu des hauts et des bas de ce genre et que les spoliations de miss Crewe lui apparaissaient sous cet aspect. Tout concordait parfaitement. La satisfaction que j'avais observée lorsqu'elle parlait des vols de bijoux, la pointe d'orgueil, sa conviction que la vente des bijoux de famille était devenue une pratique courante — tous ces éléments ne laissaient guère subsister de doute sur ce qui s'était tramé. Mais c'était le danger pesant sur miss Cunningham qui rendait la situation si préoccupante. Après que vous m'avez quittée, je me suis sentie de plus en plus inquiète à son sujet. Finalement, un mouvement irrésistible m'a menée à Dower House. Je voulais seulement voir s'il y avait de la lumière dans sa chambre. Hormis cela, je n'avais aucun plan bien arrêté. Comme vous le savez, j'ai fait la rencontre providentielle de Mr. Lester, et pendant que nous faisions le tour de la maison, nous avons vu miss Crewe entrer par la porte dérobée.

Frank Abbott lissa du plat de la main sa chevelure blonde.

— Ma chère miss Silver, vous êtes toujours là où il faut, quand il faut. C'est ce qui fait votre supériorité.

— Mon cher Frank...

Il se hâta de poursuivre.

— Miss Cunningham vous doit la vie.

Miss Silver était en train d'arrêter ses mailles. Lorsqu'elle eut terminé, elle dit :

— Tout cela a été un choc terrible pour elle. Je ne pense pas qu'elle ait entretenu beaucoup d'illusions sur son frère. Elle savait qu'il était faible et manquait de volonté, mais elle ne soupçonnait pas qu'il était impliqué dans une entreprise criminelle et elle n'avait pas la moindre idée que sa brouille avec Lydia Crewe n'était que pure comédie et qu'en réalité il la voyait constamment et était plus que jamais sous son influence. Son procès et tout ce qui éclatera au grand jour constituera une expérience extrêment pénible pour la pauvre femme.

Il hésita quelques secondes puis se décida à parler.

— Gardez cela pour vous. Selby n'y coupera pas, c'est entendu, mais il n'est pas du tout évident que le procès de Cunningham ait lieu. Il a fait une sorte d'hémorragie cérébrale et il n'y a guère d'espoir qu'il s'en tire. Si c'était vrai, quel soulagement pour sa sœur et pour le jeune Cunningham. A propos, l'affaire des fuites a été élucidée... la Sécurité nous en a informés ce matin. Nicholas a été victime d'un coup monté, mais apparemment il a réussi à renverser la situation. Les fuites étaient l'œuvre de Howard, le secrétaire particulier et l'homme de confiance de Burlington. Toujours la même histoire... une légère indiscrétion au départ, un verre de trop, la tentation de se faire mousser en paraissant bien informé. Et puis les pressions, la menace du scandale, le chantage... enfin toute la panoplie, vous savez comment cela se passe. Ce sont des empreintes digitales sur une lettre compromettante destinée à faire porter les soupçons sur Nicholas qui l'ont finalement trahi. Howard s'est tout de suite écroulé — un de ces « intellectuels friables qui craquent à la moindre pression » dont parle Kipling ! En tout cas, l'affaire est close. J'espère que vous vous êtes couchée et que vous avez pu dormir ce matin après votre nuit blanche.

Miss Silver lui sourit.

— J'avais pris un engagement beaucoup plus agréable.

— Qu'avez-vous encore manigancé ?

Elle posa ses aiguilles à tricoter sur la barboteuse achevée de la petite Joséphine.

— J'ai assisté à un mariage. J'étais le témoin de la mariée.

— Vous jouez sur tous les tableaux ! Qui était-ce ?

— Rosamond Maxwell. Miss Crewe devait envoyer Jenny à l'école demain et Mr. Lester avait persuadé Rosamond de consentir à ce mariage précipité de manière à pouvoir légalement la représenter dans cette affaire. Financièrement, elles dépendaient entièrement de Miss Crewe. En raison d'une longue période d'invalidité de Jenny, consécutive à un accident, Rosamond n'avait pu travailler pour gagner sa vie et celle de sa sœur. A vrai dire, la situation était si délicate qu'un mariage immédiat paraissait être la seule solution. Mr. Lester m'avait demandé d'être présente car il pensait que Rosamond aurait besoin d'un soutien et il n'avait pas voulu le demander aux amies de miss Crewe, car elle n'eût pas manqué de considérer cela comme un affront.

Frank ne put retenir un sifflement.

— Pauvre vieux Craig... où a-t-il mis les pieds !

Miss Silver toussota d'un air réprobateur.

— Je puis vous assurer qu'il s'estime comblé d'avoir conquis le cœur d'une jeune fille aussi douce et aussi charmante. Comme le dit si justement Lord Tennyson :

« Si j'étais aimé comme j'aspire à l'être,
Qu'y aurait-il sur toute la sphère terrestre,
Et parmi tous les maux qui nous guettent,
Qu'y aurait-il à redouter... si vous m'aimiez ? »

Frank se redressa en riant.

— Oh, si cela doit se passer comme ça, il n'y a plus rien à ajouter ! Après tout, que représente une tante folle et sanguinaire si Lord Tennyson et vous donnez votre accord. Comme elle est folle à lier, ils ne la pendront pas. Il ne nous reste plus qu'à présenter tous nos vœux de bonheur aux mariés, à leur choisir un beau cadeau et à espérer que tout ira pour le mieux. Nous vivons dans un monde absurde, de toute façon.

Miss Silver le gratifia de son plus charmant sourire.

Chapitre XLVI

— Craig, il faut que je reparte.

Assise, elle le regardait, mais le visage radieux et épanoui était déjà loin. Il se sentait dans la peau d'un bourreau. Vingt-quatre heures et il n'avait pu éviter de faire prendre à son visage ce masque tragique. Et même ce bref sursis avait été dur à arracher. Il avait fallu supprimer le journal du soir et courir le risque de tomber dans la rue sur une manchette de journal ou sur une vieille connaissance. Enfin, ils les avaient eues, leurs vingt-quatre heures. Puis l'arrivée ici, l'accueil chaleureux de la vieille Nan, l'excitation de Jenny, la joie sereine de Rosamond, le sentiment d'avoir enfin atteint un lieu où toutes les choses qu'ils avaient rêvées allaient se réaliser. Et là, dans la grisaille du matin, avec la pluie qui frappait sur les vitres et un vent froid qui soufflait dehors, il avait été obligé de la mettre au courant pour Lydia Crewe.

Il la connaissait déjà si bien qu'il avait su ce qu'elle allait dire et qu'elle était effectivement en train de dire :

— Craig, il faut que je reparte.

— Mon enfant chérie !

Elle tendit les mains vers lui et il les prit.

— Oh, tu aurais dû me le dire avant ! Tu n'aurais pas dû me laisser t'épouser !

Les grosses pattes qui tenaient ses mains étaient chaudes et fortes.

— Chérie, ne sois pas bête ! Allons, veux-tu m'écouter ! Tu vas me sortir tous les vieux clichés et je ne veux pas les entendre. Ecoute plutôt la voix du bon sens. Pour commencer, au jour d'aujourd'hui, les gens ne comptent plus que sur eux-mêmes. Ils se soucient de leur famille comme de leur première chemise. Et la plupart des gens ont un ou deux parents dont ils ne se vantent pas trop, tu sais. Ensuite, personne n'établira un rapport entre vous deux et miss Crewe si de votre côté vous ne criez pas votre parenté sur les toits.

Le sang afflua au visage de Rosamond.

— Craig, tu ne comprends pas que je ne peux pas me contenter de fermer les yeux et de la renier. C'est elle qui nous a hébergées quand nous n'avions nulle part où aller, et puis elle fait partie de la famille... ma mère est une Crewe. Je ne peux pas simplement me défiler en prétendant que cela ne me concerne pas. Il faut que quelqu'un s'occupe de l'aspect légal de la chose. Je ne peux pas m'enfuir et lui laisser croire que je m'en fiche. Il faut que j'y retourne.

— Elle ne t'en saura pas gré, fit-il.

Rosamond dégagea ses mains.

— Quelle importance ?

Le visage de Craig s'éclaira brusquement d'un sourire.

— Bien sûr, cela n'en a pas... pour toi. D'accord, chérie, nous repartons. Jenny peut rester ici avec Nan. Tu n'as pas l'intention de la mêler à tout ça, j'espère.

— Oh, *non !*

Jenny ne souhaitait aucunement retourner à Hazel Green. Les événements qu'elle y avait vécus faisaient partie des choses auxquelles elle ne voulait plus jamais penser. Ni maintenant ni plus tard elle n'essaierait de revivre en pensée le moment où elle s'était agenouillée derrière l'échalier qui donnait sur le chemin du presbytère et où elle avait vu le faisceau de la torche glisser sur quelque chose qui était étalé sur le bas-côté herbeux... quelque chose de long et de sombre recouvert d'un sac. Jamais plus elle ne penserait à la perle bleue trouvée sur ce même chemin. Toutes ces heures noires étaient oubliées. La perle était oubliée. Elle ne voulait pas savoir si tante Lydia était folle ou si elle était en prison. La seule chose qui comptait, c'était qu'elle n'aurait plus jamais, jamais, jamais à la revoir. Craig était comme un grand frère, elle vivait dans une maison merveilleuse et il y avait Nan, toute souriante, toute rose, et qui ne devait pas faire loin de deux mètres de tour de taille, pour s'occuper d'eux. Nan allait lui laisser faire une tarte aux pommes.

Elle était vraiment adorable.

Rosamond et Craig roulèrent sous la pluie. Il comprenait maintenant qu'il avait toujours été sûr que Rosamond voudrait y retourner. Elle était gentille mais très résolue. Il se mit à rire en lui disant :

— Tu sais, ma douce, que tu as une conscience droite et obstinée d'Ecossaise.

— Cela t'ennuie beaucoup ?

— Je m'y ferai. Une de mes grand-mères était Ecossaise, cela m'aidera à faire front.

Il pleuvait encore lorsqu'ils montèrent l'allée de Crewe House et y trouvèrent la police qui avait pris les choses en main.

Un peu plus tard dans la journée, on leur permit de voir Lydia Crewe. Rosamond ne possédait pas la faculté de Jenny de pouvoir fermer la porte sur ce qu'elle préférait oublier. Le souvenir de l'entretien qui eut lieu devait la hanter... la pièce nue aux murs blanchis à la chaux et l'odeur de vernis... la longue table jaune, Lydia Crewe à un bout et Craig et elle à l'autre... les deux policiers, l'un debout à la porte et l'autre derrière le fauteuil de tante Lydia. Ce n'est qu'après qu'elle se souvint avec un frisson rétrospectif qu'ils étaient deux. Sur le moment, cela lui avait donné un vague sentiment de sécurité. Ce n'était plus le flot de paroles incessant, mais une flambée de violence verbale pouvait toujours survenir.

Lydia Crewe était assise à l'autre bout de la table, le dos raide, les paupières baissées. Rosamond avait les mains serrées l'une contre l'autre.

— Nous sommes venus voir ce que nous pouvons faire, tante Lydia, dit-elle. Il faudra que tu voies un avocat.

— Un avocat !

Le ton de miss Crewe était excessivement hautain.

— Et t'imagines-tu que je ne dispose pas déjà d'un conseiller juridique ? Mr. Hawthorne de l'étude Hawthorne et Monkshead s'occupe de toutes mes affaires depuis des années.

— Ils ne s'occuperont pas de l'affaire... ce n'est pas leur branche, fit Craig à voix basse. Je suppose qu'ils vont vous recommander quelqu'un.

— Ne grommelez pas ainsi, Mr. Lester ! C'est une déplorable habitude. Et puis-je vous demander en quoi cela vous concerne ?

Rosamond s'empourpra.

— Tante Lydia... nous sommes mariés...

Elle leva les paupières et leur jeta un long regard glacial.

— Vraiment ? Alors c'est ainsi que tu me récompenses de tout ce que j'ai fait pour Jenny et pour toi ! Tu sembles avoir fait preuve d'un empressement pour le moins indécent.

Craig intervint de sa voix la plus plaisante.

— J'ai pensé que Rosamond et Jenny avaient besoin que quelqu'un prenne soin d'elles, miss Crewe. Mais Rosamond et moi sommes venus ici pour voir si nous pouvions faire quelque chose pour vous. Nous n'avons pas l'autorisation de rester très longtemps, alors peut-être allez-vous nous le dire.

Elle ne détourna pas les yeux, mais son regard s'était perdu dans le vide. « Mariés... » dit-elle avant d'ajouter :

— Je pense que je ne m'y serais pas opposée si les choses avaient été faites dans les formes. L'important est que le patronyme se transmette. Vous allez, bien entendu, prendre immédiatement toutes les dispositions nécessaires pour vous permettre de porter le nom de Crewe. Le major Maxwell a toujours refusé de le faire. Un individu particulièrement entêté et qui n'appréciait pas à sa juste valeur l'honneur que nous lui faisions de l'admettre dans la famille.

Comme Craig gardait le silence, elle hurla avec une violence soudaine :

— Vous allez prendre ce nom... immédiatement !

— Je ne pense pas, miss Crewe.

Elle se leva et se pencha en avant en s'agrippant des mains au bord de la table et commença d'une voix basse et tremblante à énumérer toutes les gloires de la famille — Sir John, mort aux côtés de Philip Sidney à Zutphen ; Charles, son frère, qui avait combattu l'Invincible Armada ; Bevis, l'évêque James, le courtisan plein d'esprit, très apprécié de Charles II — nom après nom, génération après génération, pendant que sa voix s'enflait et que ses yeux flamboyaient. Elle regarda Rosamond.

— Ma lignée... mes ancêtres. Et grâce à moi, ils ne périront pas. Les grandes familles disparaissent... on les a vidées de leur sang. Mais pas les Crewe... oh, non, pas les Crewe ! Ils seront plus grands que jamais ! La gloire passée reviendra ! J'ai fait ce qu'il fallait pour ça, tu sais ! Il y aura de l'argent en abondance !

Elle répéta dans un souffle : « ... en abondance ! » et resta debout, vide, tremblante.

Les deux policiers l'encadrèrent pour l'emmener.

Rosamond et Craig restèrent silencieux pendant tout le trajet jusqu'à l'hôtel où ils avaient pris une chambre. Craig ouvrit la porte et s'écarta pour laisser passer Rosamond qui se dirigea droit vers la fenêtre. Elle s'arrêta devant et regarda à l'extérieur, incapable de voir quoi que ce soit. Quand Craig s'approcha d'elle, elle tendit les deux bras pour le repousser. Il l'avait déjà vue pâle, mais jamais à ce point.

Elle parla enfin, d'une voix basse et très ferme.

— J'ai tellement honte... tellement honte...

Il lui prit les mains. Elles étaient glacées.

— Ma chérie, si nous commençons à avoir honte de ce que les autres ont fait, nous avons du pain sur la planche. Et puis, elle est folle. Tu ne t'en es pas aperçue, hein ?

— Tu crois ?

— Je pense qu'il n'y a pas le moindre doute. Si tu veux mon avis, cela faisait longtemps qu'elle en avait pris le chemin.

Un long frisson la parcourut. Il se rapprocha et la serra dans ses bras.

— Mais il ne faut pas que cela nous gâche la vie. Tu m'entends, chérie ? Si tu t'imagines que je vais te laisser porter la haire et le cilice, je serai au regret de te détromper. Tu sais, les gens heureux ont quelque chose à apporter au monde. Bon, ça peut paraître un peu grandiloquent, et je n'oserais jamais dire cela à quelqu'un d'autre que toi. Mais c'est la vérité. Nous nous aimons, nous avons le droit d'être heureux, et si tu commences à errer comme une âme en peine, je serai probablement obligé de recourir à la manière forte, après quoi tu pourras demander le divorce. Et nous serons bien avancés... sans parler de Jenny !

— Jenny...

Il posa sa joue contre la sienne.

— Tu sais, j'ai été frappé par le fait qu'un petit peu de bonheur ne ferait pas de mal à Jenny. Elle n'a pas mené une vie normale et elle est beaucoup trop mûre pour son âge. Ce qu'il lui faut, c'est pouvoir se détendre et avoir une vie de famille. Enfin, mener une vie normale... un externat pour commencer et trouver un milieu familial qui lui donne un sentiment de sécurité.

Il sentait la tension se relâcher en elle. Elle s'appuyait contre lui au lieu de se raidir et de se reculer. Il poursuivit d'une voix très calme.

— C'est cela dont elle a besoin. Et c'est ce dont tu as besoin aussi. Je ne veux pas t'ennuyer avec ça, mais je crois qu'il faudra que tu y réfléchisses. Si tu n'es pas heureuse, Jenny ne sera pas heureuse, et ce serait très mauvais pour elle. Et ce serait catastrophique pour moi. Alors, tu te décides à arrêter ?

— Tu me donnes l'impression d'être une épouvantable poseuse.

— Il y a effectivement une légère tendance, mais nous pourrons y remédier.

— Oh, Craig !

— Mais non, chérie, c'était une plaisanterie. La première condition pour qu'un mariage soit réussi est que la femme rie des plaisanteries de son mari. Ne laisse pas passer ta chance !

Ses lèvres commencèrent à trembler. Craig l'attira tout contre lui et l'embrassa.

— Oh, ma petite chérie, tu vas être heureuse... *Tu l'es !*

Elle sentit son corps se détendre et des choses s'enfoncer dans un passé d'où elles ne reviendraient plus. Il faisait clair. Le soleil brillait pour eux. Rosamond leva la tête et esquissa un sourire timide.

— Oui.

Le juge Ti
par Robert Van Gulik

Il y a deux atouts magistraux dans les manches de sa robe de juge en brocart vert : l'agilité de son esprit, qui dénoue les énigmes les plus difficiles et déjoue les ruses les plus malignes, et l'air du temps dans lequel il vit. Van Gulik nous plonge, sans le moindre didactisme, dans la vie quotidienne sous les T'ang, comme s'il pilotait une invisible machine à remonter le temps. La merveille de ces romans policiers qui ne ressemblent à aucun, c'est de nous offrir à la fois les clés d'une tête très maligne et d'un pays fabuleux et vrai : la Chine, ingénieuse nation dont l'ingénieux juge Ti est le digne fils.

Claude Roy
LE NOUVEL OBSERVATEUR

Meurtre à Canton, n°1558
Le pavillon rouge, n°1579
La perle de l'empereur, n°1580
Le motif du saule, n°1591
Trafic d'or sous les t'ang, n°1619
Le paravent de laque, n°1620
Le squelette sous cloche, n°1621
Meurtre sur un bateau-de-fleurs, n°1632
Le monastère hanté, n°1633
Le mystère du labyrinthe, n°1673
Le collier de la princesse, n° 1688
Assassins et poètes, n°1715
L'énigme du clou chinois, n° 1723
Le fantôme du temple, n°1741
Le singe et le tigre, n°1765
Le juge Ti à l'œuvre, n°1794
Trois affaires criminelles
résolues par le juge Ti, n°1917
Le jour de grâce, n°2294

Jim Qwilleran et ses deux chats siamois Ko Ko et Yom Yom

par Lilian Jackson Braun

Lilian Jackson Braun (née en 1916) écrit des romans fantastiques qui se cachent derrière une apparence de policiers. Il y a bien toujours un meurtre, mais à vrai dire tout le monde l'oublie assez vite, l'essentiel étant l'évocation d'un comté imaginaire, au nord du Nord, de ses traditions bizarres, de ses habitants très légèrement décalés. Très loin du whisky des durs à cuire et du thé de Miss Marple, Qwilleran ne boit que du jus de raisin, et de toute façon ne découvre jamais rien, car s'il est bien le héros de ces histoires bizarres, le vrai big boss, le malin, le Holmes des neiges, c'est son chat. Bref, Jackson Braun écrit des histoires délicieusement cinglées, un peu bancales et attirantes comme des rêves éveillés.

Evelyne Pieiller

MAGAZINE LITTERAIRE

Le chat qui voyait rouge, n°2188
Le chat qui jouait Brahms, n°2189
Le chat qui jouait au postier, n°2245
Le chat qui connaissait Shakespeare, n°2246
Le chat qui lisait à l'envers, n°2278
Le chat qui mangeait de la laine, n°2279
Le chat qui aimait la brocante, n°2280
Le chat qui sniffait de la colle, n°2303
Le chat qui inspectait le sous-sol, n°2321
Le chat qui parlait aux fantômes, n°2350
Le chat qui vivait haut, n°2387
Le chat qui connaissait un cardinal, n°2401

Le rabbin David Small
par Harry Kemelman

Le rabbin David Small, de la petite ville de Barnard's Crossing près de Boston, débrouille les écheveaux de crimes, qui laissent pantois l'inspecteur de police. Le lecteur portera un égal intérêt au déroulement de l'existence d'une communauté juive aux Etats-Unis, telle que l'auteur la déploie sous ses yeux.
Les aventures du rabbin portent le sceau de son humour et de sa joie de vivre, ce qui est fort sympathique, tout comme le personnage que le lecteur accompagnera avec plaisir tout au long de la "semaine".

BULLETIN CRITIQUE DU LIVRE FRANCAIS

Lundi, le rabbin s'est envolé pour Israël, n° 1803
Mardi, le rabbin a vu rouge, n° 1891
Mercredi, le rabbin a plongé, n° 1970
Jeudi, le rabbin est sorti, n° 2026
Vendredi, on soupçonne le rabbin, n° 1560
Samedi, le rabbin se met à table, n°1578
Dimanche, le rabbin est resté à la maison, n° 1705
Un beau jour, le rabbin a acheté une croix, n° 2161
Un jour le rabbin s'en ira, n° 2135
Le jour où le rabbin a démissionné, n°2357

Pepe Carvalho
par Manuel Vázquez Montalbán

Le roman noir espagnol a un père fondateur : Manuel Vázquez Montalbán. Son héros : un détective barcelonais, Pepe Carvalho, amateur de bonne bouffe, astucieux, plutôt frappé. Rien de tel qu'un bon polar pour comprendre l'indicible. Régalez-vous à suivre Pepe le désabusé dans les coulisses et les bas-fonds de ses enquêtes, vous nous remercierez plus tard.

VSD

Les mers du Sud, n°1907
La solitude du manager, n° 1908
La rose d'Alexandrie, n°2134
Les oiseaux de Bangkok, n°2163
Meurtre au comité central, n°2197
Les thermes, n°2198
Tatouage, n° 2243
Hors jeu, n° 2281
Histoires de politique fiction, n°2298

Le Club des Veufs Noirs
par Isaac Asimov

Les Veufs Noirs sont six. Ils ne sont pas forcément veufs, ni même célibataires, mais ils aiment se rencontrer, chaque mois, loin des femmes, pour dîner et résoudre des énigmes à la faveur de questions posées par un invité à chaque fois différent. Lorsque le besoin s'en fait sentir, ils n'hésitent pas à faire appel à l'indispensable Henry, leur maître d'hôtel.
Les Veufs Noirs ne se déplacent jamais. Ils examinent peu les pièces à conviction : ils interrogent leurs invités et font marcher leurs petites cellules grises. Inspirés d'un cercle qui a réellement existé, les Veufs Noirs sont l'une des créations les plus originales du grand Isaac Asimov (1920-1992).

Le club des Veufs Noirs, n°1980
Retour au club des Veufs Noirs, n°2015
A table avec les Veufs Noirs, n° 2061
Casse-tête au club des Veufs Noirs, n° 2146
Puzzle au club des Veufs Noirs, n°2183

Le 87e district
par Ed McBain

Les romans du 87e district arrivent groupés dans la très bonne série de Jean-Claude Zylberstein. En compagnie de la célèbre brigade, Ed McBain nous immerge dans l'enfer urbain : ici, le polar prend une réelle dimension sociologique, et surtout culturelle. Car on comprend en lisant cette œuvre que le genre lui-même du polar est une expression directe et quasi naturelle de la réalité historique dans laquelle nous sommes entrés en ce siècle. Il faut lire Ed McBain comme un reflet sur notre vitre des lumières de la ville.

LU

Le dément à lunettes, n°2130
Mourir pour mourir, n°2131
Faites-moi confiance, n°2132
Dans le sac, n°2199
Souffler n'est pas tuer, n°2200
Crédit illimité, n°2234
Rançon sur un thème mineur, n°2235
Victime au choix, n°2236
Soupe au poulets, n°2271
Pas d'avenir pour le futur, n°2320

Napoléon Bonaparte
par Arthur Upfield

Upfield nous entraîne à la suite de son héros l'inspecteur Napoléon Bonaparte de la police de Brisbane (Bony pour les intimes) dans les paysages du bush australien aussi étranges que la face cachée de la lune, et on s'initie grâce à lui aux arcanes de la culture aborigène. Bony sait à chaque fois mobiliser le meilleur de sa double origine pour triompher des obstacles. Tony Hillerman a reconnu sa dette à l'égard de son créateur, Arthur Upfield (1888-1964), véritable pionnier du "polar ethnologique".

L'homme des deux tribus, n°2226
La mort d'un lac, n°2227
L'empreinte du diable, n°2293
La loi de la tribu, n°2315
Mort d'un trimardeur, n°2345
Sinistres augures, n°2388

Nestor Burma
par Léo Malet

Nestor Burma, ce privé "made in France" n'a rien du héros justicier viril et sauvage d'outre-Atlantique. Son officine de police privée, Fiat Lux, sise rue des Petits-Champs, n'est dotée que d'un téléphone utilisé le moins souvent possible et d'une vieille Underwood, propriété d'Hélène Chatelain, sa secrétaire.
Voué à la dèche éternelle, toujours à la merci de la colère du commissaire Florimond Faroux, il s'engage tête baissée dans les affaires les plus foireuses.

Gérard de Cortanze
LE QUOTIDIEN DE PARIS

Brouillard au pont de Tolbiac, n°1756
Le sapin pousse dans les caves, n°1811
Les eaux troubles de Javel, n°1812
Les rats de Montsouris, n°1813
Casse-pipe à la Nation, n°1838
Fièvre au Marais, n°1839
Pas de bavards à la Muette, n°1840
Du rebecca rue des Rosiers, n°1861
L'envahissant cadavre de la plaine Monceau, n°1862
Boulevard...ossements, n°1883
Micmac moche au Boul'mich, n°1884
M'as tu vu en cadavre, n°1888
Corrida aux Champs-Elysées, n°1889
Le soleil naît derrière le Louvre, n°1933
120 rue de la Gare, n°1978
Nestor Burma revient au bercail, n°2084
Nestor Burma dans l'île, n°2109
Nestor Burma court la poupée, n°2110
Solution au cimetière, n°2292

ACHEVÉ D'IMPRIMER SUR LES PRESSES
DE COX & WYMAN LTD. (ANGLETERRE)

Dépôt légal : mars 1993
N° d'édition : 2269
Nouveau tirage : juin 1995
Imprimé en Angleterre